KB046541

# 정글북 사건의
# 재구성

# 정글북 사건의
# 재구성

## 정은숙

장편소설

사□계절

# ‖ 차례 ‖

**일러두기**

본문 193~194쪽의 인용문은 『하느님의 손 도장』, 최민자 외 지음(에세이스트사, 2010)에서 발췌했습니다.

1부

# 연수

　발신인란에 쓰인 '나'를 본 순간, 연수는 바로 정글북 아이들을 떠올렸다. 장난이 아님을 증명하는 정자체의 글씨 '나'. 누가 이렇듯 진지하게 '나'라는 이름으로 편지를 보낼 수 있을까? 정글북 아이들밖에는 없었다. 느닷없이 날아온 편지였지만 연수는 놀라지 않았다. 언젠가 이런 일이 일어나지 않을까 예상했던 것처럼 그저 담담하게 받아들였다. 다만 연수는 '나'에게 말하고 싶었다. 나도 너만큼 힘들었다고, 아팠다고. 하지만 편지 어느 구석을 살펴봐도 답장 보낼 주소를 찾을 수 없었다.

　'어쩌지…….'

　망연자실 앉아 있던 연수는 불현듯 인터넷을 열고 정글북 카페를 찾았다. 카페는 시간이 멈춘 것처럼 그대로였다. 아니,

카페 대문만 보고 미뤄 짐작했던 연수는 게시판에 새로 떠 있는 글을 보고 눈을 동그랗게 떴다. 몇 시간 전 누군가 글을 올렸다.

우리 어른이 되기 위해서라도 이제 만나야 하지 않을까?
수능이 끝난 토요일 오후 3시, 기림중학교 은행나무 앞.

편지와 똑같은 글. '나'는 누굴까? 닉네임을 확인하던 연수가 컴퓨터에서 주춤주춤 물러났다. 글을 올린 사람은 '크림콩'이었다.

"말도 안 돼……. 말도 안 돼……."

그저 작게 중얼거릴 뿐, 어떤 반응도 할 수 없었다. 하지만 한 번쯤은 파헤쳐질 일이었다. 컴퓨터를 닫은 연수가 조심스레 책상 서랍을 열어 신문 한 장을 꺼냈다.

10월 24일 도내 기림중학교 교사 1층에서 화재가 발생했다. 불은 교실 내부 10제곱미터를 태우고 20분 만에 진화되었지만, 학생 1명이 중상을 입었고 소방서 추산 300만 원의 손해를 입었다. 경찰은 토요일임에도 축제 준비로 많은 학생이 교내에 있었던 점으로 미뤄 방화 가능성에 대해서도 수사할 계획임을 밝혔다.

책상 서랍 속에 3년이나 처박아 두었던 신문은 바싹 마른 낙엽처럼 퍼석거렸다. 기사를 읽는 연수의 눈이 조금씩 뜨거워졌다.

'이 시간으론 어림도 없단 말이지…….'

하긴 엄 형사도 그랬다. 적어도 10년은 지나야 담담하게 사건을 생각할 수 있을 거라고.

엄 형사……. 오랜만에 그 얼굴이 또렷이 떠올랐다. 웃고 있을 때조차 눈길이 매서웠던 사내. 그때 엄 형사는 누구를 범인으로 생각했을까? 갑자기 연수 가슴이 꽉 막혀 왔다. 자욱하게 연기가 퍼지던 그때처럼, 어둠 속에서 출구를 찾던 절박한 순간처럼 그렇게…….

안쪽에선 창문인 양 눈속임을 하지만 바깥에선 내부를 볼수 있는 특수 장치와 단둘이 마주 앉는 2인용 탁자, 그리고 어두운 실내를 밝히는 노란 등이 어지럽게 흔들리는 영화 속 취조실을 생각했던 연수는 응접 세트를 보고 잠깐 의아했다. 물론 가림막으로 다른 공간과 분리는 시켰지만, 여하튼 형사 1과 사무실 한구석에서 이런 대화를 나눌 거라고는 생각지 못했다. 게다가 테이블 위에 놓인 따뜻한 코코아라니!

"긴장하지 말고 그냥 네가 본 것만 편안하게 말하면 돼."

회색 카디건을 걸친 엄 형사가 먼저 소파에 앉더니 커피를 마셨다. 엄 형사는 열여섯 살 소년을 위해 경찰서라는 물리적 한계를 넘어서는 뭔가 비현실적인 조건을 만들어 주고 싶은 듯했다. 가림막으로 둘러싸인 공간만 떼어 내서 보면 마치 고교 진학 때문에 상담받으러 온 장면으로 보이겠지만 여기는 엄연히 경찰서였다. 그러니 잡범에게 쌍욕을 하며 윽박지르는 소리가 고스란히 들리는 곳에서, 팔뚝 부분의 털실이 팽팽하다 못해 터질 것처럼 꽉 찬 근육질의 사내에게 어찌 편하게 말할 수 있겠는가?

커피를 한 모금 마신 엄 형사가 수첩을 펼쳤다. 그러더니 연수가 입도 떼지 않았는데 뭔가를 적었다. 내가 뭘 잘못한 건가? 연수 눈이 동그래진 걸 보더니 엄 형사가 수첩을 내려놓고 손사래를 쳤다.

"놀랄 거 없어. 별거 아니고 의례적인 걸 썼을 뿐이니까. 키 173센티미터, 몸무게 56킬로그램, 곱슬머리, 야구점퍼에 청바지, 나이키 운동화 등등. 안 써도 그만인데, 난 이게 습관이 돼서 말이야."

눈썰미가 보통이 아니었다. 연수의 키는 정확히, 몸무게도 1킬로그램 차이로 맞혔다. 게다가 드라이기로 곧게 편 곱슬머리까지 한눈에 알아봤다. 만난 지 5분 만에 엄 형사는 완벽하게 연수를 제압했다. 멀뚱히 있던 연수는 얼떨결에 코코아잔을 들었다. 미키마우스가 그려진 머그잔은 홧홧했다. 뜨거움! 손으로 전해지는 그 생생한 느낌에 흠칫 놀라 엄 형사를 바라봤다.

"24일 토요일, 왜 학교에 갔었니?"

엄 형사가 기회를 잡은 듯이 말을 걸었다.

"정글북 일이 있어서요."

"정글북?"

정글북은 기림중학교 문학 동아리 이름이었다. 몇 해 전 학교 신축 건물이 완공되면서 예전에 쓰던 4층짜리 구교사는 동아리방으로 사용되었다. 1, 2층은 중학교가 3, 4층은 고등학교 동아리가 쓰고 있었다. 구교사의 중앙 현관에서 1층 오른쪽 복도로 들어와 맨 끝이 정글북 아지트였다. 왼쪽 복도 끝에 있는 화장실과는 제일 멀었지만 콕 처박혀 있다는 아늑함이 장점인 공간이었다. 동아리방 앞문에는 휘갈겨 쓴 글씨체로 '정글북'이라고 적힌 아크릴 팻말이 붙어 있었다. 급하게 교실로 들어가지 않는다면 정글북 아래로 '정의로운 글쟁이들의 북소리'라고 친절하게 풀어 놓은 작은 글씨도 볼 수 있었다. 중학교 문학 동아리 이름치고는 좀 거창하다 싶겠지만, 처음 이름을 지을 때는 그야말로 단순무식함의 결정체였다고 한다. 구교사 뒤편의 무성한 숲(jungle)과 책(book)을 합한 '정글북'. 연수의 한 해 선배가 거기에 뭔가 의미를 부여하려고 머리를 굴리다가 '정의로운 글쟁이들의 북소리'라는 그럴듯한 해석을 덧붙였으니, 정글북은 꿈보다 해몽이 더 좋은 이름이었다.

"축제 준비로 학교에 모였어요. '은행제'라고 기림고등학교 축제가 이번 주부터예요. 원칙적으로 중학교는 축제에 참여하지 않는데 미술, 문학, 공예 동아리 정도는 은행제에 전시하는 전통이 있어요. 정글북도 시화전을 준비해야 해서 그날 전시판을 만들려고 모였어요."

흠, 엄 형사가 알아들을 수 없는 혼잣말을 하며 연수의 이야기를 수첩에 적었다. 소파에 앉아 차를 마시며 해도 어쩔 수 없이 수사구나! 연수는 뭔가 흠잡힐 말을 한 건 아닌지 잠시 긴장했다.

"그런데 왜 3학년만 모였지? 연합고사도 있어서 다른 학년보다 바빴을 텐데……. 어째서 1, 2학년 후배들은 참여 안 한 거지?"

엄 형사의 말투는 학생부 선생님보다 다정했지만 왠지 긴장을 늦추면 안 될 것 같았다. 연수는 입안에 고인 침을 꿀꺽 삼켰다.

"작년엔 2, 3학년 시를 같이 했는데 올해는 2학년에서 맘에 드는 시가 안 나왔어요. 그래서 3학년 시 네 편만 시화전을 하게 됐어요."

"네 편이라! 네 명의 시만 전시한단 말이지. 그런데 그날 학교에는 여섯 명의 아이가 나왔다던데. 누가 나왔는지 이름을 좀 말해 볼래?"

정글북 담당 선생님에게 들어서 분명히 알고 있을 텐데 엄 형사는 연수에게 아이들 이름을 물었다.

"추연수, 이도엽, 백기준, 진소정, 최율미, 그리고 신경하."

경하 이름을 말하는데 찌르르 입술이 떨렸다. 실체가 사라져도 이름은 남는다는 새삼스런 깨달음에 연수는 울컥했다. 신문에 나온 '중상을 입은 학생 1명'은 경하였다. 경하는 생과 사를 오가는 고독한 싸움을 벌이다 화재 발생 48시간 후 세상을 떠났다. 경하의 사인은 유독가스에 인한 바이러스성 폐 질환이었다.

정글북 3학년은 달랑 여섯 명이었다. 서른 명이 넘는 영화 감상부에 비하면 보잘것없는 숫자지만, 영화관에 천만 관객이 모여도 백만 부 팔리는 책은 거의 없으니 충분히 예상할 수 있는 현실이었다. 인기 있는 특별활동부로 몰리는 현상이 심해지면서 서예부는 아예 없어지기도 했다. 게다가 3학년 전체가 백 명이 안 되는 시골 학교에 동아리는 열 개나 되니, 열 명 미만의 동아리도 꽤 있었다.

엄 형사가 미간을 찡그리며 손가락 사이로 펜을 돌렸다. 도대체 저자의 머릿속엔 무슨 생각이 들어 있을까? 툭, 테이블 아래로 떨어진 펜을 주워 든 엄 형사가 표정을 바꾸더니 소파 깊숙이 몸을 기댔다. 마치 편안히 얘기 들을 준비가 됐다는 신경정신과 의사 같은 표정이었다. 엄 형사가 편안해진 것과 달리 연수는 점점 초조해졌다. 무슨 얘기든 그에게 해 줘야 할 것 같았다. 엄 형사의 목소리보다 눈빛이 먼저 연수에게 묻고 있었다.

"시를 낸 사람은 저랑 기준, 소정, 경하였어요. 그렇지만 전시판 꾸미는 일을 도우려고 모두 나왔어요."

시화전은 신교사 중앙 현관에서 할 예정이었다. 현관 입구에 세울 전시판을 꾸밀 아이디어는 진작에 나와 있었다. 커다란 나무판에 스티로폼을 붙이고 그 위에 지푸라기와 낙엽을 이용해 가을 분위기를 낸 다음, 화선지에 쓴 시 네 편을 붙일 거였다. 솜씨 좋은 경하가 허수아비 인형까지 전시판 한쪽에 장식할 거라고 했으니 시의 배경으로 그만일 터였다. 물론 말처럼 쉽지는 않은 게 낙엽과 지푸라기를 일일이 접착제로 붙여야 하는, 손이 많이 가는 일이었다.

"중3은 기말고사를 빨리 본다지? 시험도 얼마 안 남았는데 시를 내지 않은 사람까지 나오는 것에 좀 불만이 있었을 것 같은데⋯⋯."

연수는 단호히 고개를 저었다.

"그건 아니에요. 여섯 명이 도와야 할 만큼 시화전 준비가 어려운 건 아니었지만, 그래도 아이들이 다 나온 건 분위기 때문이에요."

"분위기?"

엄 형사가 의외라는 듯이 되물으며 뭔가 한 건 잡은 것처럼 눈빛을 반짝였다.

'분위기'라는 한마디에서 엄 형사는 무얼 알아차렸을까? 혹시 모임에 빠지면 뒷일을 걱정해야 하는 강압적인 분위기를 생각했다면 그건 대단한 오해다.

정글북 3학년은 도엽이를 빼고 모두 1학년부터 함께해 온 사이였다. 비인기 동아리를 3년이나 계속해 왔다는 건 뜻이 맞고 취향이 같다는 의미였다. 무슨 일이건 함께하는 것이 정글북 8기의 전통이었고, 연수가 말한 분위기였다.

연수의 설명에 엄 형사가 씁쓸한 표정을 지었다. 이제 그의 머리에서 '분위기'는 아무 의미 없는 단어가 되었으리라. 단어 하나에서도 부정의 냄새를 맡을 수 있는 사람, 그는 베테랑 형사였다.

"그날 정글북 교실 상황을 말해 줄래? 아까 스티로폼이 있었다고 했지? 또 뭐가 있었어?"

"교실 가운데에 큰 널빤지가 있었어요. 작년 시화전에도 썼던 거예요. 그리고 스티로폼, 지푸라기, 물감, 붓, 허수아비를 만들 헝겊들, 모여서 회의할 때 쓰는 테이블, 책상 몇 개…….물론 책이 제일 많았고요."

엄 형사가 얼굴을 찡그렸다.

"전부 가연성 물질이구나."

가연성 물질! 그 이질적인 말이 연수 가슴에 아프게 부딪혔다. 우리의 소중한 추억이 가연성 물질이었구나. 그래서 활활 타올랐구나.

분명 난방을 하고 있을 텐데 연수 몸에 서서히 한기가 들었다. 눈만 감아도 활활 타오르던 불길이 보이는데, 꿈속에서도

16

화기가 느껴지는데 왜 이렇게 추울까? 어째서 손이 떨릴까? 연수는 한 줌의 온기라도 느끼고 싶어서 떨리는 손으로 컵을 집었다. 하지만 어느새 식어 버린 컵은 오히려 생경스런 차가움만을 안겨 주었고, 연수는 황급히 컵을 내려놓았다. 그런 모습을 가만히 지켜보던 엄 형사가 뒤로 기댔던 몸을 세우며 기다렸다는 듯 말을 꺼냈다.

"창문으로 폭죽이 들어왔다고?"

순간 연수 눈이 커졌다. 초대한 손님을 위해 정성껏 차린 요리에 예고도 없이 찾아온 불청객이 포크를 푹 찔러 넣은 것처럼 엄 형사의 질문은 무례했다. 간단한 안부 인사 묻듯이 쉽게 말할 수 있는 게 아니었다.

그 사건으로 친구를 떠나보내지 않았던가? 같은 곳에 있었음에도 누구는 살았고 누구는 떠났다. 살아 있음을 좋아할 수 없을 만큼 깊은 상처를 입었는데 사람들은 잔인한 호기심으로 속사정만 궁금해했다. 네가 그랬니? 아니면 쟤가? 도대체 누가 그런 일을 저질렀는지, 그것만이 관심사였다.

열여섯 살 아이들이 처음 겪는 현실은 녹록지 않았다. 상실감과 죄책감으로 뒤범벅된 감정을 채 추스르기도 전에 형사실 한쪽에서 조사를 받아야 하는 처지만 봐도 알 수 있었다.

연수는 엄 형사를 향해 원망의 눈빛을 보냈다. 그러자 그는 이해한다는 듯이 고갤 끄덕였다. 아무 데로도 숨을 필요 없어. 뜬금없이 날아온 폭죽이 잘못이지, 왜 네가 주눅이 들어. 고개 들고 말해 봐. 왜 불이 났는지를 말이야. 어깨를 토닥이며 위로하는 눈빛. 하지만 연수는 다정한 눈빛 속에 숨은 의심의 날이 보여 더 섬뜩했다. 저자를 속일 수 없어. 대답을 미룰 수도 없어. 연수는 눈을 감고 그날의 기억을 끌어냈다.

　10월 하순, 쌀쌀한 날씨였지만 전시판을 꾸미려면 접착제를 써야 해서 창문을 열고 작업했다. 두 뼘 정도나 될까 싶은 창틈으로 피융, 만화의 말풍선에나 어울릴 법한 소리와 함께 불붙은 폭죽이 날아들었다. 아니, 어쩌면 소리는 포물선을 그리며 날아온 폭죽을 본 연수가 떠올린 의성어였을지도 모른다. 워낙 장난 같은 상황이었으니까.

　"누구야?"

　그래서 불을 끌 생각은 하지도 못한 채 창문을 향해 이렇게 물었다. 연수는 누군가 메롱, 혀를 내민 채 얼굴을 들이밀 거라 생각했다. 그런데 창문 앞에는 앙상한 가지를 드러낸 은행나무 말고는 아무것도 없었다.

　"왜 그렇게 물었지? 누군가 생각난 얼굴이 있었구나?"

　엄 형사가 연수를 향해 몸을 기울이더니 손깍지를 꼈다.

　그 순간 누구 얼굴이 떠올랐던가? 굳이 떠올릴 만한 얼굴을 찾자면 정글북 2학년 대표 한명우였을 거다. 3학년만 시화전을 하게 돼서 많이 미안해했으니까. 선배들에게도 스스럼없이 까부는 녀석이니 장난삼아 폭죽 정도야 던질 수 있을 테다.

그런데 누가 떠올랐는지가 왜 중요한 걸까? 혹시 용의자를 찾으려는 의도인가? 연수의 팔에 소름이 돋았다.

엄 형사의 집요한 눈빛에 질린 연수는 손톱 거스러미를 뜯는 시늉을 하며 고개를 숙였다. 하지만 연수를 바라보는 엄 형사의 눈빛은 보지 않아도 느낄 수 있었다. 연수는 결국 엄 형사를 마주 보았다.

여전히 대답을 요구하는 엄 형사의 눈빛. 연수 가슴에서 뭔가가 불쑥 치밀었다. 형사님은 순식간에 흘러간 기억까지도 소상하게 잡아낼 수 있나요? 한마디 말에서도 단서를 찾으려는 엄 형사의 페이스에 말려들고 싶지 않아 연수는 눈에 바짝 힘을 줬다.

"밖에서 날아들었으니 누가 던졌나 물어보는 게 당연한 거 아닌가요?"

요 녀석 봐라, 감히 덤벼? 대답을 들은 엄 형사의 표정을 글로 풀자면 이쯤 되지 않을까. 하지만 그는 쉽게 표정을 들킬 만큼 호락호락한 사람이 아니었다. 연수의 당돌한 질문에 쓴웃음을 짓던 엄 형사가 질문의 수위를 높였다.

"듣고 보니 그럴 수 있겠어. 그래도 작은 폭죽이었는데 불이 너무 크게 번졌어. 왜 바로 끌 생각을 안 했지?"

다음 순간을 예측할 수 있다면 누가 후회할 행동을 하겠는가. 연수도 그랬다. 은행나무 그늘 속에서 누구의 흔적도 찾지 못했을 때 '회전폭죽'에서 파르르 튀어나온 불똥은 이미 지푸라기로 옮겨 가 있었다.

"어, 뭐야?"

소정의 반응도 호들갑이라 부를 만큼의 놀라움을 담고 있진 않았다. 돌돌 말린 폭죽이 빙글빙글 돌면서 불을 내뿜는 회전폭죽은 연수도 생일에 친구들과 집 앞 공터에서 갖고 논 적이 있을 정도로 흔한 장난감이었다. 활활 타오른다는 말은 감히 쓸 수 없고, 그저 간질간질할 만큼 작은 불꽃이 정신없이 돌아가며 파바박 사방으로 튀는 폭죽. 지푸라기로 떨어진 불꽃이 자기 구역을 넓히고 있었지만 연수는 발로 밟으면서 어떤 새끼가 장난친 거야, 하며 불평을 늘어놓았다. 불꽃은 우사인 볼트를 연상시키는 연수의 빠른 발동작에 다 꺼졌다.

별일 아니었고, 연수 혼자 불을 끄는 동안에도 아무도 심각해하지 않았다. 그런데 불꽃을 너무 얕본 게 화근이었을까?

"연수야, 바지!"

기준이 손가락으로 가리켰을 때에야 바지 끝단에 불이 붙은 걸 알았다. 교복 입는 학생이 무슨 옷이 필요하냐는 엄마의 잔소리를 들어가며 산 새 바지였다. 아 씨, 연수가 바닥에 주저앉아 다리를 비비면서 얼른 껐음에도 바지는 불에 그슬려 보기 흉하게 돼 버렸다. 딱 맞게 줄여 놓은 바지인데 그냥 입을 수도 없고…….. 낭패였다.

연수의 짜증 난 얼굴을 본 기준이 그제야 옆으로 다가왔다.

"하필 입고 온 첫날 이래서 어쩌냐?"

기준이 안타까운 얼굴로 물었지만 연수는 성질이 나서 대꾸도 하지 않았다. 그나마 다른 녀석들은 별다른 내색도 없이 키득거리며 하던 일만 계속할 뿐이었다.

뭐, 저런 애들이 다 있나 싶어 씩씩거리는데 코로 매캐한 냄새가 들어왔다. 뒤를 돌아보니 지푸라기 쌓아 놓은 데서 다시 불꽃이 일었다. 연수 눈에 띄지 않게 튄 불꽃이 죽지 않고 살아 있었다.

"뭐야, 생쇼만 하더니 아직도 못 껐어?"

도엽이 녀석은 이죽거리면서도 자리에 앉아 꼼짝 안 했다. 그 말에 허수아비 만들던 헝겊까지 내려놓고 배 아프다며 웃는 경하마저 한 세트로 연수의 기분을 건드렸다.

"야, 뭐해? 빨리 꺼야지."

보다 못한 소정이가 그림붓을 담가 둔 물통을 들이부어 불을 끄려 했지만 불꽃은 얄밉게 또 옆으로 번져 있었다.


"불을 끌 생각도 않고 그러고 있었다고? 참 나, 이해가 안 가네. 내가 어렸을 땐 봄가을이면 이름표 옆에 불조심 리본을 하나씩 달고 다녔어. '불, 불, 불조심'이라고 쓰인 것도 있었고, '꺼진 불도 다시 보자!'도 있었지. 하얀 바탕에 빨간 글씨. 교문 앞에서 그 리본을 안 단 아이들은 잡혀서 벌을 받기도 했어. 그럴 만큼 불조심을 강조하던 시대였어. 그러고 보니 작은 성냥불이 산불로 번지는 영화를 본 기억도 나. 지금 생각해 보면 영화를 찍으려고 일부러 산불을 내지는 않았을 테니 그야말로 카메라 조작이었을 텐데, 그때는 영화가 어찌나 무섭던지 정전됐을 때 촛불만 켜도 벌벌 떨었어. 그런데 너희는 도대체 어떻게 된 거니? 119 대원들을 너무 믿는 거니, 아니면 대범한 애들만 모인 거야?"

엄 형사가 과장되게 고개를 흔들었다.

"글쎄, 왜 그랬는지 저도 잘 모르겠어요. 작은 폭죽이라고 무시했나?"

누구에게 묻고 싶을 만큼 연수도 그날이 너무 이상했다. 불이 번져 가는데 왜 그리 태평했을까? 다들 뭐에 홀린 듯이 불을 무서워하지 않았다. 혀를 날름거리면서 불꽃이 퍼지는 동안에도 연수는 까짓것 뭔 일이 벌어지겠어, 하는 심정이었다. 어쩌면 연수는 영화나 소설에 나오는 파란만장한 인생에 열여섯 살은 아직 끼어들 시기가 아니라고 믿었던 것 같다. 그래서 본격적인 인생의 레이스에 끼지도 않은 후보 선수에게 벌어질 엄청난 일이란 겨우 바지 끝단이 타는 불운이 전부일 거라 여겼고, 친구들도 비슷한 생각이었나 보다.

"그때 아이들은 뭘 하고 있었니? 동아리 선생님은 할 일을 정해 주고 교무실로 가셨다고 하던데."

의외로 순진한 구석도 있으시네! 연수는 마흔 살 전후로 보이는 엄 형사의 옷차림을 눈으로 훑었다. 카디건으로 상당 부분을 가렸지만 셔츠 깃은 반듯하게 다림질되지 않았다. 바지도 오래 입었는지 꼴사납게 반질거리고. 혹시 결혼 못 한 노총각인가? 십대 아이들에 대해 이리 모르는 것도 그래서일까? 동아리 선생님이 할 일을 정해 줬다고 그걸 곧이곧대로 따라 하는 순진한 십대는 이 세상 어디에도 없다.

"선생님은 그냥 기준이랑 소정이에게 전시판에 스티로폼을 붙이라고만 하셨어요. 그 위를 꾸미는 건 순전히 우리가 알아서 할 일이었고요."

엄 형사가 연수의 말을 적어 내려갔다. 눈이 나쁜 건지 아니면 몰입해서 쓰는 건지 엄 형사는 수첩 속으로 들어갈 듯이 고개를 묻었고, 그 바람에 드러난 뒷덜미가 어쩐지 쓸쓸해 보였다.

기준은 스프레이 접착제를 이용해 스티로폼을 나무판에 붙이는 일을 맡았다. 모서리를 맞출 때 연수랑 도엽이 도와줬지만 같이 했다고 생색낼 만큼 힘을 보태지는 않았다. 그리고 글씨가 예쁜 소정은 붓으로 화선지에 시를 쓰고 있었다.

"나머지 네 명은 뭘 하고 있었지?"

"일단 나무판과 스티로폼 작업이 끝나야 그 위에 지푸라기랑 낙엽을 붙일 수 있기 때문에 기다리고 있었어요. 저는 시의 마지막 부분이 맘에 안 들어 계속 고치는 중이었고, 경하는 헝겊이랑 지푸라기로 허수아비 인형을 만들었어요. 맞다, 도엽이는 경하의 목발에 그림 그린다고 장난을 쳤고요."

경하의 이름을 말할 때마다 까슬한 가시가 박힌 것처럼 가슴이 따끔거렸다. 화재 진압 후 발견된 경하의 목발은 절반 이상 불에 타 있었다. 쓸모없는 목발, 그게 경하의 발목을 잡았다.

사고 며칠 전, 학교 계단을 내려오다 미끄러지면서 발등에 금이 간 경하는 오지 말라는데도 기어이 고집을 부려 나왔다. 자신의 시가 걸리는데 못 본 척할 수 없다는 이유였지만, 다 같이 모이는 분위기에 편승했다고 하는 편이 더 맞았다.

연수 대답에 엄 형사가 고갤 번쩍 들었다.

"그럼, 경하 옆에 목발이 없었던 거구나?"

대체 엄 형사의 목적은 뭘까? 누구에게 가장 큰 책임이 있는가를 가리고 싶은 건가? 연수는 재빨리 엄 형사의 다음 말을 막았다.

"아뇨. 도엽이는 경하 바로 옆에 있었어요. 경하도 도엽이가 장난치는 걸 그냥 보고 있었으니까 싫지는 않았던 거고요."

엄 형사 표정이 시큰둥해졌다. 수첩을 보며 하나 둘 숫자를 세더니 다섯에서 멈췄다. 연수가 말한 아이는 모두 다섯 명. 엄 형사도 그걸 알아차렸다.

"율미가 빠졌네. 율미는 뭐 하고 있었어?"

연수 가슴이 빠르게 뛰었다. 엄 형사를 똑바로 볼 자신이 없어 이리저리 눈길을 돌리는데 테이블 위에 놓인 코코아가 보였다. 그래, 코코아라도 마시자. 시간을 끌면서 대답을 생각해 보는 거야. 연수는 허겁지겁 컵을 들었다. 식은 코코아가

목줄기를 지나는데 엄 형사가 피식 웃더니 선수를 쳤다.

"혹시 그 자리에 율미가 없었니?"

컵 안의 코코아가 출렁거릴 만큼 연수의 손이 떨렸다. 연수를 보는 엄 형사의 눈길에서 그날처럼 작은 불꽃이 일었다.

# 소정

편지는 소정의 학교 기숙사로 배달됐다. 소정은 온천으로 유명한 P읍에서 멀지 않은 광역시 소재의 국제고에 다녔고, 학교 규칙상 기숙사 생활을 했다. 가끔 집에서 택배가 오는 경우를 제외하곤 우편물 받는 일이 드물었기에 사감 선생님이 건네준 봉투를 받으면서도 "저요?" 하며 반문할 정도였다. 그런데 봉투에 반듯하게 적힌 이름 석 자는 '진소정'에게 온 편지임을 밝히고 있었다. 문자나 SNS 사용이 가능한 시대에 편지라니! 하지만 친구들이 호들갑을 떨며 놀리는 이유는 따로 있었다. 발신인란에 쓰여 있는 '나'라는 생뚱맞은 글자 때문이었다.

소정의 '나'는 과연 누구일까? 4인 1실 기숙사 방에선 모처럼 입시에 대한 부담감을 잊은 웃음소리가 터져 나왔다.

"복고가 유행이라더니 러브레터를 보내고, '나' 씨 대박이다!"

"그뿐이야? 유머 감각도 짱인걸!"

소정은 아이들의 입방아에도 누가 보냈을까, 전혀 짐작조차 할 수 없었다. 그러면서도 풋사랑의 느낌이 솔솔 풍겨 나는 편지를 들고 있으니 기분 좋은 설렘에 절로 웃음이 나왔다. 얼른 읽어 보라는 채근에 소정은 조심스럽게 내용물을 열고는 다른 친구들이 보지 못하게 종이를 바짝 당겨 글을 읽었다. 혹시나 '독일안경점 할인 이벤트'나 '족집게 논술 과외 받으세요' 같은 허접스러운 전단지가 나올까 싶어서였다. 그런데 편지에는 겨우 몇 줄의 글이 전부였다.

우리 어른이 되기 위해서라도 이제 만나야 하지 않을까?
수능이 끝난 토요일 오후 3시, 기림중학교 은행나무 앞.

소정의 손이 초겨울 바람에 흔들리는 가로수처럼 미세하게 떨렸다. 하지만 그 순간도 잠깐, 오른손에 간신히 붙들려 있던 편지지는 곧이어 힘없이 떨어졌다.

바닥으로 떨어지는 편지지를 잽싸게 낚아챈 친구들이 내용을 읽더니 꺅 소리를 질렀다.

"기림중학교 은행나무 앞? 맞다, 너 기림중학교 나왔댔지. 뭐야, 그럼 중학교 동창에게서 온 데이트 신청이잖아?"

"어머, '나' 군 좀 봐. 어른이 되기 위해서 만나재. 얼마나 찐한 데이트를 하려고 이러는 거야?"

소정의 중학교 동창이라고 확신한 친구들은 '나' 씨에서 '나' 군으로 연령을 낮춘 호칭을 붙여 가며 저희끼리 찧고 까불었다.

"포옹에 키스에…… 이날 진도 팍팍 나가겠는걸!"

한 친구가 입술을 쭈욱 내밀자 다른 친구가 그 튀어나온 입술을 툭 치며 말했다.

"그래도 '나' 군 공부 좀 하나 보네. 수능 끝나고 만나자는 걸 보니까."

친구들은 한동안 소정을 놀리다가 다시 칸막이로 막혀 있는 각자의 책상 앞으로 돌아갔다. 아무 반응이 없는 소정을 보니 시들해진 모양이었다.

"정색여사 또 시작했다."

입술을 쭈욱 내밀며 놀렸던 친구는 소정을 이해할 수 없다는 표정으로 머리를 갸웃거렸다.


소정도 친구들에게 재밌는 리액션을 해 주며 같이 즐기고 싶었다. 하지만 그게 안 됐다. 가끔 그날의 기억이 떠오르면 걷잡을 수 없는 공포로 옴짝달싹할 수 없었다. 누구에게도 말할 수 없는 두려움을 감추느라, 심하게 떨리는 온몸에 힘을 주느라, 소정은 정색한 표정으로 한참을 버티곤 했다. 그러니 친구들이 '정색여사'라 부르는 것도 이해가 됐다. 상황 파악 못 하고 괜히 분위기를 싸하게 만드는 친구라면 소정도 싫어할 만하니까. 그래도 소정은 친구들에게 그 사건을 말하고 싶지 않았다. 아니, 할 수만 있다면 그날의 기억을 발로 꾹꾹 눌러 무의식 저편으로 보내고 싶었다.

부들부들 떨고 있는 소정의 존재를 잊어버린 듯 친구들은 다시 시험공부에 집중했다. '나' 군이 보낸 이 편지가 얼마나 큰 불안덩어리인지를 SAT(미국 대학입학자격시험)에 매달리는 친구들은 결코 알 수 없으리라. 소정은 편지를 읽은 즉시, 그날 지옥을 함께 경험했던 친구 중 하나가 보냈다는 걸 알았다. 정글북 리더였던 기준이 보낸 건가? 시커멓게 타 버린 교실 문을 닫고 나온 그날로 소정은 정글북의 기억을 잊으려 애썼기에 갑자기 날아온 편지가 반갑지 않았다.

'도대체 왜 만나자는 거야? 만나서 뭘 하겠다고?'

지금 만난들 서로의 상처를 확인하는 것 말고 무슨 할 일이 있을까? 더는 그날의 기억에만 끌려다닐 수 없기에 소정은 기준을 만나기 싫었다. 그런데 연락할 길이 없었다. 기준이 기림고등학교에 다니는 건 알고 있었지만 그사이 바뀐 연락처는 몰랐다.

'안 나갈 거야. 기다리다 안 오면 제풀에 돌아가겠지.'

소정도 친구들처럼 단호하게 맘을 먹고 책을 펼쳤다.

'멍청한 자식, 마냥 기다리는 건 아니겠지?'

아닐 거라고 고개를 흔들었지만, 소정의 기억 속에 남아 있는 기준은 화염에 휩싸인 교실로 경하를 찾으러 들어간, 든든하면서도 불안한 소년의 모습이었다.

'백기준, 무슨 사고를 치려고 이러는 거니?'

한참 동안 페이지가 넘어가지 않은 영어 문제집을 가지고 씨름하던 소정은 태블릿 피시를 들고 휴게실로 나왔다.

'혹시 그게 아직 있으려나?'

소정은 피시를 켜고 인터넷을 열었다. 21세기는 혼령들도 인터넷 세상을 떠도는 시대라 했던가. 세상을 떠나고도 블로그며 미니홈피가 남아 자신의 흔적을 그대로 보여 주니 말이다. 소정은 만약에 정글북 8기 카페가 아직 남아 있다면 거기에다 만나지 않겠다는 글을 남길 생각이었다.

놀랍게도 카페는 그대로였다. 그리고 소정이 받은 편지글이 게시판에도 있었다.

이 자식 일 크게 벌이네, 하는데 글을 올린 이의 닉네임이 눈에 들어왔다. 소정은 머리가 쭈뼛 설 만큼 충격에 빠졌다. 기준이 아니었다. '크림콩', 누군가 신경하의 이름으로 올린 거였다. 이런 장난을 치다니, 괘씸했다. 그런데 소정만 편지를 받은 게 아니었는지 아래에 댓글 하나가 달려 있었다.

마왕 - 이 장난 재미없으니까 그만하자.

연수도 편지를 받았구나. 연수 녀석, 학교도 때려치웠다던
데 어떻게 살고 있을까? 경하의 장례식 날, 웃을 때마다 실종
될 정도로 작은 연수 눈에 그렁그렁 눈물이 차오르더니 끝내
주룩 흘러내렸다. 그 옆에 있던 율미도 흐느꼈고, 기준이와 도
엽이는 부둥켜안았었지……. 잊은 줄 알았던 기억들이 하나둘
씩 되살아났고 필름을 거꾸로 되감는 것처럼 시간이 줄어들
면서 소정은 3년 전 그때로 돌아가 있었다. 애써 도망쳐 나왔
던 그 시간으로…….

　스위스와 오스트리아에서 5년을 살다 온 소정이 온천 개발
때문에 시끄러운 P읍으로 이사 온 이유는 네 살 터울 남동생
의 아토피 피부병 때문이었다. 농업 관련 연구원으로 일하는
아버지가 인근 광역시로 발령을 받은 것이 계기였지만, 엄마
는 이참에 공기 좋은 시골로 아예 이사를 하자는 파격적인 제
안을 했다. 자동차로 20분 거리에 직장이 있으니 아버지 출퇴
근이야 걱정 없고, 읍내 온천물이 좋아서 벌겋게 딱지가 앉은
동생의 피부병이 나을지도 모른다는데 소정이 반대할 까닭은
없었다.
　만약 소정이 '읍내'란 말에서 코리코리한 소똥 냄새를 맡았
다면, 나이키 매장과 그 옆에 자리한 유명 패스트푸드점 말고
는 도시의 흔한 풍경을 볼 수 없다는 걸 진즉 알았다면 P읍으
로의 이사를 찬성하지 않았을 것이다.

읍내로 이사를 온 후 소정이 처음 한 일은 패스트푸드점에서 햄버거를 먹는 거였다. 유럽의 여러 곳으로 거주지를 옮겨 가며 살아야 했을 때부터 생긴 버릇이었다. 체급이 다른 장신의 외국인들 틈에서 지칠 때면 소정은 가까운 패스트푸드점에 가서 햄버거를 먹었다.

'구텐모르겐'을 시작으로 '굿모닝'을 거쳐 '봉주르'와 '짜이찌엔'으로 이어지는 온갖 외국어 사용자를 만날 수 있는 곳. 그곳에서 소정은 햄버거를 우적우적 씹으며 한국말로 중얼거렸다.

"별거 아니야. 서울이랑 똑같은데 뭘."

미세한 차이가 있긴 하지만 서울에서 먹었던 그 맛을 느낄 수 있는 햄버거야말로 소정에게 별스럽지 않은 익숙함을 안겨 줬다. 서울에 있는 맥도날드가 잘츠부르크에도 있는 것처럼 사람 사는 데는 다 똑같다는 위로를 얻을 수 있었다.

P읍의 패스트푸드점도 그랬다. 똑같은 유니폼을 입은 직원들이 획일적인 시스템으로 몇 분 만에 만든 햄버거의 맛이 도시와 다르지 않아서 소정은 안도했다. 그래서 무심히 유리창 밖으로 눈길을 돌렸는데, 복고풍 드라마 세트장을 연상시키는 읍내 모습은 살풍경 그 자체였다. 내색하지 않았지만 소정은 실망스러웠다. 맞은편에 보이는 중앙종묘, 영식이네 농기구, 평화접골원 등의 간판에도 촌스러움이 덕지덕지 달려 있었다. 그런데 탈탈탈 먼지를 일으키며 지나가는 경운기를 보

면서 끝내 한마디를 뱉은 건 소정이 아니라 남동생 승로였다.

"오 마이 갓!"

누구 때문에 여기까지 왔는데! 그때 소정은 승로 머리에 꿀밤을 먹이면서 이렇게 타일렀다. 유럽에서도 시골에 살았던 건데 오버하지 마라, 여기 온 건 순전히 네 피부병 때문이니까 불평하면 안 된다 등등.

소정은 자신이 결코 P읍에 어울리진 않지만 겸손한 마음으로 잘 살 수 있으리라 믿었다. 외국물 좀 먹은 덕에 읍내 아이들보다 아는 건 많았지만 티 내지 않으리라 마음먹었다. 그리고 소정은 그렇게 했다. 아니, 그렇게 했다고 믿었기에 도망치듯 P읍을 빠져나갈 일이 생길 거라곤 예상치 않았다. 그날의 화재 사건은 소정의 많은 부분을 바꿔 놓았다. 그리고 그건 다른 아이들도 마찬가지였다. 엄 형사가 범인을 찾아내기만 했어도 서로가 불신과 반목만을 안고 흩어지지는 않았을 거였다.


관할 체계가 어떻게 되는 건지 광역시가 훨씬 가까운데도 화재 사건에 대한 조사는 P군 경찰서에서 받았다. 소정은 테이블 위에 있는 핫초코를 보면서부터 기분이 상했다. 누굴 초딩으로 아나? 초딩처럼 순순히 당신 말에 따를 거 같아?

"저는 이거 말고 커피로 주세요. 원두커피 있으면 그거로요."

소정은 어른인 척 굴었다. 경찰서란 공간에 주눅 들고 싶지 않았고, 덩치 큰 형사에게도 얕보이기 싫었다. 엄 형사는 그런 소정을 이해한다는 듯이 고개를 끄덕이더니 전화로 누군가에게 원두커피를 사다 달라고 부탁했다.

"아메리카노? 라떼? 아니면 딴거?"

경찰서에 원두커피가 있을 거라 기대한 건 아니었다. 엄 형사가 엉거주춤 일어나 인스턴트 커피를 타 오면 소정은 달갑지 않지만 참고 먹는 아량을 보이고 싶었고, 화재 사건의 피해자를 오라 가라 한 것에 엄 형사가 멋쩍게 미안해하기를 바란 거였다. 이렇게 다른 사람에게까지 피해를 끼치고 싶은 맘은 전혀 없었다.

어쩔 수 없이 원두커피를 사 온 직원이 소정을 힐긋 노려보더니 엄 형사에게 선배님 고생하세요, 인사를 챙겼다.

"외국 살다 와서 원두만 마시나? 아직 청소년인데 커피 많이 마시면 안 좋을 텐데……"

소정에 대해 이미 사전조사를 끝낸 듯 엄 형사는 느긋했다.

"핫초코의 단맛이 싫을 뿐이지 커피를 좋아하는 건 아니에요."

쏘아붙이는 대꾸에도 엄 형사는 별 반응 없이 소정을 뚫어지게 바라봤다. 외국에서 살다 온 아이. 성적도 기림중학교 최상위권에 국제고를 지원한 학생. '매직펌'으로 찰랑거리는 긴 머리를 유지하고 광역시 백화점에서 산 유명 브랜드 옷을 입는 취향까지, 엄 형사는 분명 소정이 P읍에 어울리지 않는 아이라 생각할 터였다. 엄 형사의 눈빛에서 소정은 그 생각을 읽었고 그래서 이 자리가 불편했다.

엄 형사가 수첩을 보더니 소정에게 물었다.

"동생 아토피 때문에 읍내로 이사 온 거라던데?"

P읍에 사는 내내 소정은 그런 시선에 시달려야 했다. 눈 찢어진 동양의 작은 아이로 살았던 외국에서도, 유창한 영어 실력과 옷차림 때문에 가만히 있어도 튀는 P읍에서도 소정은 이방인 취급을 받았고 그런 눈길에는 이제 질려 있었다.

"잠깐만요. 제가, 아니 우리가 용의자인가요?"

소정의 질문에 엄 형사가 처음으로 웃었다.

"밝혔듯이 너희는 용의자가 아니라 사건에 대해 말해 주는 참고인이야. 학교로부터 방화 사건을 접수했고 우리는 현장에 있었던 너희 얘길 들으면서 수사하는 거야. 절대로 너희를 의심해서가 아니라."

미성년자이니 옆에 앉아 있겠다는 엄마를 떼어 낸 건 소정이었다. 피해자에게 물어볼 말이야 뻔하리라 생각했기에 그런 거였다. 그런데 스포츠머리에 덩치도 우람해서 일견 무식해 보이기까지 하는 엄 형사가 소정의 약점을 잡아 공격 포인트를 높이고 있었다.

"그러면 제가 일일이 대답할 의무가 있는 건 아니죠?"

소정은 화재로 친구를 잃은 피해자였다. 그런데 사람들의 입방아에 오르내리는 것도 모자라 조사까지 받아야 한다는 것이 마뜩지 않았다.

"그렇긴 하지만 너도 폭죽을 던진 범인을 찾고 싶지 않니?"

엄 형사의 말은 사실이었고 소정은 할 말이 없었다.

"한 가지만 물어볼게요. 왜 참고인 조사를 연수부터 한 거죠? 무슨 순서가 있나요?"

"순서는 없어. 다만 마지막까지 교실에 있었던 아이들 얘기부터 듣고 싶었을 뿐이야."

말을 마친 엄 형사가 피곤을 떨치려는 듯 목을 돌리자 우두둑 소리가 났다. 운동 부족이군. 간이 안 좋은 듯 어두운 혈색과 언제 감았는지 짐작도 어려울 만큼 기름진 머리는 엄 형사의 영양 상태와 생활이 불규칙적임을 알려 주었다.

소정은 엄 형사에게 어디까지 속내를 보여야 하나 가늠해 봤다. 연수는 얼마나 얘기했을까? 열린 창문으로 폭죽이 날아왔을 때부터? 아니면 시화전을 준비하던 여름부터?

"폭죽이 날아왔을 때 소정이는 뭘 하고 있었니?"

연수에게 다 들었을 텐데도 엄 형사는 소정에게 또 물었다. 그때 소정은 화선지에 경하의 시를 옮겨 쓰고 있었다.

소정의 대답에 엄 형사는 알고 있다는 표정을 지어 보였다. 그러고도 한동안 눈빛조차 움직이지 않고 소정만 빤히 쳐다봤다. 뭐 다른 얘긴 할 거 없니, 묻듯이.

소정은 긴장감에 입술이 말랐고 입술에 침을 묻히다 잠깐

흠칫했다. '입술에 침이나 바르고 거짓말하라'는 속담이 생각나서였다. 외국 생활을 오래 한 소정은 상대적으로 사자성어나 속담에 약했기에 지금 자신의 행동이 엄 형사 눈에 거짓말하기 전의 행동으로 보일까 봐 걱정됐고, 그래서 얼른 손등으로 입술을 닦았다. 참고인 조사라 하지만 거짓말을 하고 싶진 않았다. 그리고 소정은 엄 형사에게 하고 싶은 말이 따로 있었다. 그건 다른 아이들은 모르는 이야기였다. 그러자면 폭죽이 날아든 창문 앞에 서 있던 은행나무 이야기부터 해야 했다.

"정글북 창문 앞에 있는 은행나무가 떨렸어요."

바람에 떨린 게 아니라 누군가의 인기척에 의한 움직임.

소정은 시화전 준비를 하면서도 계속 신경이 쓰였다. 화장실 간다며 나간 율미가 돌아오지 않았기에 혹시나 운동장을 배회하나 싶어 창가로 자주 시선을 돌렸다. 서 있는 것도 아니고 책상에 앉아 있는 상태에서 운동장이 보일 리 만무한데도 소정은 이상하리만치 그랬다. 신경이 곤두서 있기 때문일까? 평소라면 무심코 흘려들을 소리들이 소정의 귓속으로 들어왔다. "마이볼" 외치는 소리, 뒤이어 터지는 박수와 함성, 와와 굵은 응원 소리……. 주말이면 운동장을 지역 주민들에게 개방하기에 제법 나이 든 목소리가 들려도 이상하지 않았다. 아마도 운동장에서 팀 대항으로 구기 경기를 벌이나 보다, 소정은 대수롭지 않게 여겼다.

"창문을 쳐다본 다른 이유라도 있었니?"

율미 이야기를 할 순 없었다. 소정은 거짓말하는 것과 감추는 것의 상관관계는 알지 못했지만 엄연히 다른 범주일 거라 생각했다.

"가을이잖아요. 바람이 불 때마다 은행잎들이 쏴아아 떨어지는데 당연히 눈이 돌아가죠."

"쏴아아! 은행잎은 그렇게 떨어지는구나. 흠, 시적인데."

엄 형사가 의외라는 듯 어깨를 으쓱했다. 엄 형사는 몇 살일까? 백발이거나 주름이 자글자글하지 않은 이상 소정의 눈에 어른들은 비슷하게 늙어 보였다. 마흔쯤 됐을까? 그러면 알 만도 하지 않을까? 인생의 어느 순간은 시 같기도 하고, 동화 같기도 하고, 영화 같기도 하고, 드라마 같기도 하다는 걸. 다만 인생 전체가 같은 장르로 쭉 이어지지는 않기 때문에 시 같은 순간이 끝나기 무섭게 화재 사건을 소재로 한 재난 영화가 될 수도 있음을.

"은행잎 때문에 창가 쪽을 봤다, 이거지. 그런데?"

머리를 찧을 듯이 꾸벅꾸벅 졸다가도 적절한 순간에 붕어빵을 뒤집는, 그래서 절대로 태우는 일 없이 노릇노릇 구워 내는 읍사무소 앞 포장마차 아저씨처럼 엄 형사는 이야기를 맺고 끊는 걸 자기 페이스대로 했다. 지금도 그랬다. "그런데?" 하고 과하지 않게 이야기를 재촉하는 걸로도 소정은 압박감을 느꼈다.

그날, 옆에 수북이 쌓인 화선지를 보며 소정은 한숨을 쉬었다. 붓으로 조심스레 글씨를 써야 하는데 정신이 산만하다 보니 한 글자씩 틀렸고, 새 종이에 처음부터 다시 써야 했다.

'율미는 금방 돌아올 거야. 지금은 집중해서 시만 써야 해.'

콧잔등에 주름이 잡히도록 얼굴을 찡그리며 정신을 모았다. 그때 창밖에서 휴대폰 벨 소리가 들렸다. 율미인가? 소정이 창문을 봤을 때 사람의 흔적은 없었다. 그저 은행나무 가지가 떨리고 있을 뿐. 바람이 지나간 것과 사람의 인기척에 의한 흔들림의 차이는 무엇일까? 소정이라고 그 차이를 알 수는 없을 테니 아마도 그건 직감일 것이다.

"그럼 아무도 못 봤다는 거네. 그런데 휴대폰 벨 소리가 가까이서 났니?"

엄 형사는 구미가 당기는지 수첩을 꺼내 적으면서 물었다.

"그게 정확하지가 않아요. 그냥 귀에 흘러들어 온 소리였으니까요."

"벨 소리는 뭐였니? 노래?"

"기억나는 음악은 아니고 휴대폰에 기본적으로 깔려 있는 멜로디였어요."

엄 형사가 고개를 갸웃하며 혼잣말을 했다.

"그런 얘긴 없었는데……."

사건 후에 소정이 휴대폰 벨 소리 얘길 꺼냈을 때 아무도 그 소리를 못 들었다고 했다. 도엽은 오히려 영문을 모르겠다는 얼굴로 소정을 바라봤었다. 혹시 얘가 정신이 어떻게 된 거 아닌가 하는 걱정스러운 표정이어서 소정도 자신이 환청을 들었나 생각했지만 소리를 듣고 난 후 떨리던 나뭇가지의 모습이 너무 또렷했기에 그건 아니라고 고개를 저었다. 아무도 소정의 말에 귀 기울이지 않았고 연수도 말하지 않았을 테니 엄 형사로선 처음 듣는 이야기일 테다. 수첩에 메모하는 엄 형사의 손길이 바빴다.

"그 소리를 들은 게 폭죽이 날아오기 전이니, 아니면 날아온 뒤니?"

"휴대폰 벨 소리를 들은 후 얼마 있다가 폭죽이 날아왔어요."

먹지도 않을 거를 시킨 민폐 캐릭터가 되지 않기 위해 소정이 커피를 들었을 때였다.

"혹시 주위에서 그런 벨 소리 들은 적 있니?"

엄 형사의 질문에 소정의 몸과 마음이 그대로 멈춰 버렸다. 벨 소리를 들은 직후, 소정도 그 멜로디를 머릿속으로 떠올려 봤다. 하지만 전혀 생각나지 않았다. 휴대폰에 기본적으로 저장된 흔한 멜로디라는 것만 기억났다. 어떻게 불과 몇 분 전에 들은 멜로디가 순식간에 사라질 수 있을까, 의아할 정도로 머릿속엔 음표 몇 개가 떠돌아다닐 뿐 음으로 연결되지 않았다.

다시 생각해도 왜 그랬나 싶지만 소정은 하던 일을 멈추고 아이들을 둘러봤다. 옆에 있는 기준의 벨 소리는 걸그룹 노래였고, 연수는 팝송이었던가? 경하는 인디밴드 음악이었고 도엽은? 기본 휴대폰 벨 소리였다. 그리고 율미도…….

율미인가? 소정은 목을 길게 빼서 창가를 봤지만 은행나무 말고는 아무것도 없었다. 역시 아니야. 율미라면 창밖에서 손을 흔들면서 아무렇지 않은 듯 전화를 받았겠지. 그런데 혹시라도 율미였다면, 왜 벨 소리만 남기고 사라졌을까?

순간 소정은 붓을 떨어뜨릴 만큼 오싹한 생각이 들었다. 순식간에 사라진 형체도 없는 오싹함! 팔뚝에 돋은 소름을 문지르며 소정은 엉망이 된 화선지를 바라봤다.

"에휴, 또 망쳤네."


엄 형사에게 도엽과 율미의 휴대폰 이야기를 해야 하나? 스스로도 확인할 수 없는 멜로디였기에 자신이 없었다. 소정은 안타까운 표정으로 고개를 젓고는 원두커피를 한 모금 마셨다. 쓴맛이 찌르르 식도를 타고 내려갔다. 인생의 쓴 기억도 이렇게 담담히 흘려보낼 수 있다면 얼마나 좋을까.

엄 형사가 머뭇거리며 물었다.

"율미가 화장실을 간다고 하면서 나갔다던데, 그 후 얼마나 시간이 흘렀니?"

"시계를 안 봐서 모르겠어요."

"그래도 감이란 게 있잖아. 삼십 분 이상이라든지, 한 시간 이상이라든지 말이야."

시간을 잴 때는 '언제부터 언제까지' 같은 기준이 있어야한다. 그러니까 엄 형사의 말은 율미가 나가고 불이 날 때까지 얼마나 시간이 흘렀나를 묻는 거였다. 율미를 의심하는 건가? 삼십 분과 한 시간은 왜 그렇게 중요하지? 혹시 폭죽을 준비하는 데 얼마나 시간이 걸릴까 가늠하는 건가?

소정은 입이 바싹 말라 다시 커피를 마셨다. 엄 형사의 이마에도 땀방울이 맺혀 있었다. 그도 조심스러우리라. 누구를 의심하는 건 쉬운 일이 아니다.

"삼십 분 정도였던 거 같은데 정확하진 않아요."

잘한 대답일까. 어쨌든 소정은 대답을 뱉어 냈고 겨우 한시름 돌릴 참이었다. 그런데 엄 형사가 소정의 허를 찔렀다.

"그럼 화장실에 간 건 아니었단 말인데, 율미가 교실을 나간 이유는 뭐였니?"

이 사람, 나와 율미 사이를 알고 있구나! 쓴 원두커피 탓인지 소정은 아랫배가 살살 아파 왔다. 그날 교실을 빠져나간 율미처럼 소정도 이 자리를 벗어나고 싶었다.

# 연수

소정이 뿌린 병아리 오줌만큼의 물로 막지 못한 불꽃은 조금씩 그 몸집을 불렸다. 기준도 약간 당황한 얼굴이었다.

"야, 다들 발로 밟고 있어. 난 소화기 가져올게."

연수는 급하게 교실을 나가는 기준의 뒷모습을 보면서도 자신은 이미 바지를 버렸으니 나머지 아이들이 불을 꺼야 한다고 생각했다. 참 멍청했다. 그때까지도 바짓단 생각만 하고 있었으니 말이다. 오만하게도 모든 불행은 자신을 빗겨 갈 거라 믿었고, 기준이 소화기를 가지고 올 때까지 불도 얌전히 제자리에서만 타오를 줄 알았다.

연수의 눈치를 보던 도엽이 결국 운동화 신은 발로 불을 밟았고, 소정도 걱정스러운 얼굴로 합세했다.

"불이 자꾸 커진다!"

경하의 불안한 목소리에 연수도 자리에서 일어나려는 순간, 불이 스티로폼으로 옮겨붙었다. 그리고 몇 초나 지났을까, 순식간에 검은 연기가 교실을 감쌌다.

어쩜 좋아, 가까운 곳에서 소정의 목소리가 들렸지만 어딘지 보이지가 않았다. 한 치 앞의 사물도 확인할 수 없는 상황. 오로지 보이는 건 어리석은 아이들을 놀리듯이 계속 커져만 가는 불꽃뿐이었다. 그때까지 연수의 머릿속에 있던 생각은 이것뿐이었다.

'에이, 설마?'

타닥타닥, 아궁이 속으로 장작을 밀어 넣는 것처럼 불은 먹이를 먹고 자꾸 퍼졌고, 눈앞엔 온통 불기둥만 보였다.

"살려 줘!"

누군가의 목소리가 들렸지만 매캐한 연기가 눈과 코를 자극하는 아수라장 속에서 긴박한 외침은 아무 의미도 없었다. 그저 지옥 같은 이곳을 빠져나가야 한다는 생각뿐이었다. 유독가스를 마시면 안 돼. 살려는 의지가 머릿속 이성을 일깨웠다. 연수는 옷소매를 잡아당겨 입과 코를 막고 허리를 숙인 채 불길을 피해 교실 문이 있을 거라 여겨지는 방향으로 뛰었다. 잠시도 미적거릴 틈이 없었다.

쿵! 앞을 향하던 연수 옆구리에 강한 충격이 가해졌다. 더듬더듬 손으로 만져 보니 테이블이었다. 원래 동아리방 가운데 있던 것을 전시판을 꾸미느라 교실 앞문 쪽으로 옮겨 놓았다. 몇 걸음만 더 가면 문이 나온다! 희망이 생기자 옆구리의 통증쯤이야 아무렇지 않았다. 등 쪽으로 열기가 느껴질 만큼 불은 커져 있었고, 연수는 필사적으로 교실을 탈출했다. 연기로 자욱한 복도를 지나쳐 중앙 현관까지 오자 다리에 힘이 풀려 주저앉아 버렸다. 소화기를 들고 있는 기준과 율미를 보자 살았구나, 비로소 실감했고 감격의 눈물이 절로 흘렀다.

"연수야!"

이름 한 마디 불러 놓고 기준은 아무 말도 못 했다. 아직 중앙 현관까지 연기가 퍼지진 않았지만, 연수의 그은 얼굴을 본 두 사람의 표정에 스민 건 확실히 공포였다.

어서 교실로 가서 아이들을 구해 줘, 말을 하고 싶은데 목은 진흙덩이가 꽉 들어찬 것처럼 소리를 낼 수 없었다. 어떻게든 성대를 이용해 말을 꺼내려던 욕심을 포기하고 연수는 팔을 들어 교실을 가리켰다. 하지만 그마저도 힘이 빠져 허우적대는 꼴로 보였는지 기준은 그런 연수를 의아하게 바라볼 뿐이었다.

기준의 눈동자에 연수가 비쳤다. 이렇게 눈을 마주칠 수 있다니, 난 살았어, 살았다고! 그러나 사지를 벗어났다는 기쁨을 느낄 새도 없이 목구멍을 간질이며 터지는 기침이 연수를 괴롭혔다. 배 속이 요동치듯 아프더니 결국 물컹한 액체가 입 밖으로 흘러나왔다. 구토였다. 시큼한 냄새에 고개를 돌렸을 때 까맣게 그은 도엽과 소정이 복도를 돌아 나왔다. 녀석들도 연수처럼 터져 나오는 기침에 고통스러워했다. 그런데 경하가 안 보였다. 연수가 경하를 찾아 두리번거리자 기준과 율미도 새파랗게 질린 얼굴로 주위를 살폈다. 경하를 구하러 가야 했지만 누구도 나서지 않았다.

"내, 내가 가 볼게."

기준이 소화기를 내려놓았다. 이미 소화기로 해결할 수준이 아니라는 걸 기준도 알고 있었다. 기준이 동아리 교실을 향해 갈 때 연수는 제법 몸을 추슬렀지만 다시 지옥으로 갈 엄두가 안 났다. 복도를 돌아가는 기준의 뒷모습을 본 율미도 주저하며 따라갔다. 잠시 뒤 기준이 경하를 등에 업고 나타났다. 기준이 갔을 때 경하는 복도에 쓰러져 있었다고 했다. 시커먼 얼굴과, 머리와 옷의 일부가 탄 경하의 모습은 충격적이었다.

그 뒤로 소방차와 구급차가 왔고 동아리방에 있었던 넷은 병원으로 실려 갔다. 예고된 불행처럼 경하가 세상을 떠났고, 남은 아이들은 한 명씩 엄 형사에게 조사를 받았다.

그때 율미는 교실에 있지 않았다는 이유만으로 아이들에게 의심의 눈빛을 받아야 했다. 율미가 정말 범인이었을까? 감춘 속마음까지 꿰뚫어 볼 듯했던 엄 형사도 결국 누가 폭죽을 던졌는지 밝히지 못했고, 사건은 그대로 묻혔다. 그리고 아이들은 졸업을 했고 약속이라도 한 듯 다른 학교로 뿔뿔이 헤어졌다.

# 기준

'너 아니지? 정글북 카페로 들어와 봐.'

연수의 문자를 받기 전, 기준도 '나'가 보낸 편지를 받았다. 그런데 이걸 보낸 '나'가 나라고? 경하의 마지막을 본 게 자신이었는데 어떻게 이런 장난을 칠 수 있단 말인가.

도대체 왜 그런 생각을 했을까 싶어 기준은 정글북 카페로 들어갔다. 거기에 기준이 받은 편지와 똑같은 글이 올라와 있었다. 게다가 글을 올린 사람은 경하의 닉네임 '크림콩'까지 썼다.

생크림처럼 하얀 피부에 콩처럼 작은 아이, 신경하! 신경하가 이 글을 올렸다고? 황당하면서 기분 나쁜 장난이었다.

마왕 – 이 장난 재미없으니까 그만하자.

세스 – 혹시 '나' 군이 기준이? 네가 편지를 보낸 거면 통화 좀 하자. 010 - × × × × - × × × ×

연수도, 소정도 아니라면 편지를 보낸 사람은 율미와 도엽 가운데 하나였다. 그런데 정말 그 애들이 그랬을까?

기분이 묘했다. 누가 우리를 불러 모으는 걸까? 혹시 그 애가?

기준은 얼마 전 경하에게 다녀왔다. 기일에는 경하 부모님이 오실 것 같아 미리 다녀온 거였다. 경하의 납골당에는 꽃이 꽂혀 있었다. 그리고 그 옆에 붙어 있던 포스트잇.

'잘 지내……'

겨우 세 글자의 메모와 하고 싶은 말을 감추듯이 남긴 말줄임표. 한눈에 보아도 경하 부모님이 쓴 것 같진 않았다. 도대체 누구지?

우리 중 누가 경하를 찾아온 걸까? 말줄임표 뒤로 감춘 말은 무엇일까?

점 몇 개가 이어진 말줄임표가 어쩐지 음침해서 기준은 포스트잇을 떼어서 갖고 왔다. 분명히 그걸 서랍 어디에 넣어둔 것 같은데…….

'크림콩'으로 올라온 글을 읽은 기준은 미친 듯이 서랍을 뒤져 메모지를 찾아냈고 자신이 받은 편지에 적힌 글씨와 비교했다.

손글씨 편지 속에 '잘 지내' 세 글자는 없었다. 기준은 꼼꼼히 살펴봤지만 어찌 보면 비슷해 보이고 어찌 보면 영 딴 사람이 쓴 것 같았다. 그러다 문득 텔레비전에서 본, 필체 감정을 할 때 획의 기울기를 측정하던 장면이 생각났다. 각도기를 가져와 나름 과학수사대처럼 시도해 보았지만 메모지에 적힌 글씨가 워낙 작아 기울기를 재는 것이 불가능했다.

정글북 '우리' 중 누군가가 메모를 남겼으리라. 기준은 눈을 감고 한 명씩 얼굴을 떠올렸다. 누가 다시 우리를 불러 모으는 걸까. 우리가 만나서 할 일은 무엇일까. 경하의 죽음에 대한 부채를, 경하 몫까지 살아야 한다는 의무감을 다 털어 낼 수 있을까.

가스 불만 봐도 소름이 돋는데 어찌 그날을 잊을 수 있을까. 감당 못 할 만큼 끔찍한 기억을 공유했기에 헤어졌다. 그리워하면서도 외면할 수밖에 없는 우리가 정말 다시 만날 수 있을까.

지독한 상념을 끊어 내듯이 기준은 꽉 쥔 주먹으로 책상을 쾅 내리쳤다. 그날의 기억도 이렇게 부숴 버릴 수 있다면 얼마나 좋을까 생각하면서…….


경하의 납골당에 갔을 때 기준은 우연히 엄 형사를 만났다.

"어? 너, 너는……."

엄 형사가 먼저 기준을 발견하곤 아는 척을 했지만 정확한 기억은 안 나는지 잠시 더듬거렸다.

"그래, 기림중학교 화재 사건! 이름이 흠, 뭐더라. 그래 백 기준, 맞지?"

그동안 맡았던 사건의 양이 만만치 않을 텐데 그의 기억은 정확했다. 게다가 몇 해 전 사건의 피해자 기일까지 챙길 정도로 감성적인가 했지만…… 그건 아니었다. 엄 형사 아버지도 여기 있어 가끔 들른다고 했다.

"신경하 보러 왔다고? 그렇게 어이없이 갔으니 친구로서 가슴이 아플 만하지. 그런데 혼자 왔니?"

기준이 고개를 끄덕이자 엄 형사가 별안간 수첩을 꺼내 들었다.

"어디 보자, 연수 녀석은 다리를 다쳤고, 소정이는 뭐 지금도 열공 중이고, 도엽이 요놈은 경남 시골에 있고, 율미는 이모네 집에 머물고 있다니 너밖에 올 사람이 없겠구나."

기준도 몰랐던 사실을 엄 형사는 알고 있었다. 두려움으로 몸이 떨렸다. 이 남자, 사건이 끝난 뒤로도 우리를 조사하고 있었구나. 피해자라고, 참고인이라고 말하면서도 결국 우리를 의심했구나.

기준의 얼굴이 너무 굳었는지 엄 형사가 어깨를 툭툭 쳤다.

"긴장하지 마. 그저 어떻게 살고들 있나 알아본 거야. 진짜 별일 아니라니까."

50

누군가 자신의 뒤를 캐고 있다는데 어찌 '별일'이 아닐 수 있을까. 엄 형사가 친근하게 굴어도 기준은 마음을 풀 수 없었다.

"내가 괜한 소릴 했나 보네. 특히 너는 의심하지 않아서 친구들 소식을 알려 준 건데. 아무튼 바빠서 간다."

엄 형사가 납골당 건물로 들어간 뒤에야 기준은 큰 숨을 몰아쉬었다. 우습게도 기준은 엄 형사 말에 마음이 놓였고, 그 마음이 부끄러워 차마 발걸음을 뗄 수 없었다.


화재 사건에 대한 참고인 조사를 받던 날, 엄 형사가 기준에게 건넨 음료는 인스턴트 커피였다.

"중학생들도 커피 마시잖아, 그치?"

엄 형사는 소파에 앉아 시시한 잡담이라도 하려는 듯 다리를 꼬며 커피를 홀짝였다.

"정글북 3학년 대표라더니 보기에도 모범생 같네. 어서 앉아."

두발 규제가 없지만 짧게 깎은 머리와 뿔테 안경, 일부러 입고 온 교복은 기준을 누구나 인정하는 '범생'으로 보이게 했다.

기준이 뻘쭘하게 앉자 엄 형사가 수첩을 폈다. 그러고는 볼펜을 찾아 점퍼 속주머니를 뒤졌지만 없는 눈치였다. 기준이 가지고 있던 볼펜을 건네자 엄 형사는 덩치에 안 맞게 땡큐,

귀엽게 인사하더니 손에 어울리지 않는 작은 펜을 쥐고 필기를 했다.

저 안에 연수와 소정이 말한 것도 다 적혀 있겠지? 연수와 소정의 말을 듣고, 엄 형사는 뭘 알아냈을까? 이 사람은 몇 마디 주고받는 말로 타인의 진실에 다가갈 수 있다고 믿는 걸까?

"궁금하지? 네 친구들도 그러더라. 내가 뭔가 쓸 때마다 침을 꼴딱꼴딱 삼키면서. 어때, 살짝 보여 줄까?"

기준을 골려 줄 작정인지 엄 형사는 거침이 없었다. 그렇지만 기준은 긴장할 것도 없고 떨 필요도 없다 생각하며 어깨를 곧추세웠다.

"아니요. 필요한 거 적으셨겠죠. 저기, 그런데 제가 뭐라고 불러야 하나요?"

이런 질문은 처음 받는지 엄 형사 눈이 휘둥그레졌다.

"아저씨도 좋고, 선생님도 좋고, 엄 형사님도 다 괜찮아. 근데 네가 날 부를 일은 없을 거야. 참고인이라 해도 어디까지나 이건 조사고, 주로 내가 묻는 말에 대답해야 할 테니까."

딱 잘라 말하는 엄 형사.

"그래도 굳이 부를 일이 있으면 엄 형사님이라고 부르겠습니다."

기준은 의젓하게 대답하고 미지근해진 커피를 마셨다.

"네가 정글북 8기 리더지? 담당 선생님이 특히 기준이 말을 잘 들어 보라고 하셨어. 아마도 선생님이 모르는 얘기를 너는 알고 있을 거라면서."

어깨에 무거운 덤벨 하나가 올라간 것 같았다. 선생님은 왜 엄 형사에게 그런 얘기를 하셨을까? 어느 관계에서도 깊이 빠지지 않고 발만 살짝 담그며 관찰한다는 걸 알고 계셨을까? 언제나 점잖다고 칭찬하셨는데 혹시나 그런 면을 말한 건가 싶어 울적해졌다. 기준은 어떻게 대꾸해야 할지 몰라 그냥 머리만 긁적였다.

"친구들 말 들으니까 정글북 인터넷 카페도 있다던데 주소 좀 알려 줘 봐."

같은 학교 친구들 '뒷담화'까지 올라와 있을 텐데, 걱정이 됐지만 기준은 엄 형사에게 카페 주소를 말했다.

"거기 들어가려면 회원 가입해야 하잖아. 잠깐 네 이름으로 들어가도 되지? 여기 종이에 네 아이디와 비밀번호 좀 적어 봐. 아 참, 거기서 쓰는 친구들 닉네임도."

마왕 추연수, 세스 진소정, 크림콩 신경하, 여비 이도엽, 주님 최율미, 기준 백기준.

"다른 닉네임도 있는데 전학 간 아이들이라서 신경 안 쓰셔도 돼요."

"최율미는 왜 주님이야? 교회 다녀?"

"아니요, 공주님의 뒷 글자예요."

엄 형사가 피식 웃었다. 그렇지만 한순간 표정을 바꿔 낮은 목소리로 말했다.

"너는 큰불이 나기 전에 교실을 나가서 그나마 고생을 덜했지?"

왜 비겁하게 먼저 나갔느냐고 묻는 건가? 기준은 엄 형사의 진의를 파악하려고 그의 눈을 똑바로 쳐다봤다.

"네. 소화기를 가지러 나갔어요."

"소화기는 어디 있었니?"

기준은 중앙 현관까지 뛰어가서 소화기를 들고 다시 정글북 방으로 가려면 얼마나 시간이 걸릴까 곰곰이 생각했다. 절대로 도망간 건 아니었는데…….

"구교사 중앙 현관 입구에 있었지만 맘이 급해서 바로 찾지는 못했어요."

순간 엄 형사의 얼굴이 흔들렸다. 이해했다고 고개를 끄덕인 건가, 아니면 그냥 습관인가. 기준은 땡볕 아래 있는 것처럼 덥고 목이 탔다.

"저기 엄 형사님, 물 좀 마실 수 있을까요?"

엄 형사가 손가락으로 가림막 너머를 가리켰다. 형사 1과 출입문 옆에 정수기가 보였다. 기준은 종이컵 가득 물을 따라 마셨지만 공간이 주는 위압감 탓인지 두 컵이나 마셔도 갈증이 없어지지 않았다.

"어제저녁 일이 기억 안 난다는 게 말이 됩니까? 네?"

정수기 옆 책상에 앉아 있던 형사가 두꺼운 다이어리로 책상을 내려치자 맞은편에 앉은 중년의 아저씨가 목이 쑥 들어 간 자라처럼 웅크렸다.

"네?"에 맞춰 책상을 내리친 소리에 물을 마시던 기준도 그만 사레가 걸렸다.

"야, 서 형사야, 여기 미성년자도 있는데 살살 좀 해라. 경찰이 민중의 지팡이라고 학교에서 배웠을 텐데 사람 때려잡는 몽둥인 줄 알겠다."

어느새 옆으로 온 엄 형사가 기준의 어깨를 감쌌다. 그제야 기준은 자신이 떨고 있다는 걸 알았다.

"기림중 화재 사건 조사한다고 그랬죠? 조심할게요. 근데 이 자식이 자꾸 기억 안 난다고 헛소릴 하니까 저도 모르게 그만! 어이, 학생 미안해!"

엄 형사도 물을 한 컵 따르더니 기준과 함께 가림막 안으로 들어왔다.

"놀랐지? 영화에서 보면 어디 조용한 사무실 같은 데에서 조사하던데 여기는 왜 이러나 싶고. 그런데 현실이 그렇지 못해. 하다못해 당직실에서라도 할까 했는데 농작물 싹쓸이 하는 놈들 잡는다고 야근한 형사들이 자고 있어서. 그러니까 이해 좀 해라."

물을 들이켜는 엄 형사의 목울대가 울렁울렁 움직였다. 시원하게 물을 마신 후 컵을 내려놓으며 엄 형사는 마음의 준비도 안 된 기준에게 물었다.

"소화기를 발견하고 어떻게 했니?"

중앙 현관까지 가서도 커다란 화분 사이에 놓인 소화기를 쉽게 찾지 못했다. 소화기를 찾은 뒤 교실로 바로 왔던가? 아니다. 그때 율미가 중앙 현관으로 들어왔고 잠깐 말을 나누는 사이 교실을 빠져나온 연수가 나타났다.

"그러니까 소화기를 찾고 율미와 얘기하느라 시간을 뺏겼다?"

"율미와 얘길 나눈 건 아주 잠깐이었어요!"

엄 형사의 말에 기준이 당황하며 대답했다.

소화기를 가지러 간 기준이 돌아오지 않아 불이 커진 거라고 누가 귀띔이라도 한 건가. 연수가? 아니면 소정이?

두 아이가 뭐라 했을까 생각하다가 아차 싶었다. 기준은 생각할 때마다 큰 눈을 이리저리 굴리는 습관이 있었다. 그 모습을 엄 형사가 본다면 좋게 생각할 리가 없었다.

"죄송해요. 아이들이 위험한데도 그만 늑장을 부렸어요. 그렇지만 불이 그렇게 순식간에 번질 거라곤 생각도 못 했어요."

기준은 고개를 푹 숙였다. 소화기를 좀 더 빨리 가져갔다면 경하도 살지 않았을까, 몇 번이나 후회했다.

"네가 나올 때만 해도 큰불이 아니었으니 그럴 수 있어. 너무 자책하지는 마. 사내 녀석이 이렇게 소심해서야 원! 이래서 아버지가 걱정이 많으셨구나!"

아버지 소리에 정신이 번쩍 들었다.

"저희 아버지를 어떻게 아세요?"

기준의 큰 목소리에 되레 엄 형사가 놀랐다.

"알긴, 미성년자 참고인 조사 때문에 통화 좀 했지. 뭘 그렇게 놀라, 이 녀석아!"

엄 형사가 오백 원짜리 동전만큼 커진 기준의 눈을 보며 너털웃음을 터뜨렸다. 그렇겠지, 엄 형사가 아버지를 알 리 없지……. 기준은 가슴을 쓸어내렸다.


기준이 참고인 조사를 받는다는 걸 알고 아버지는 전전긍긍했다. 네가 분명히 참고인이 맞느냐, 혹시 뭘 의심해서 부르는 건 아니냐, 악질 형사들은 없는 죄도 만들더라……. 내가 따라가야 하는데, 당최 경찰서라는 말만 들어도 다리가 떨리니 어찌해야 하나……. 밥상에 앉은 아버지는 밥 한 숟가락 뜰 때마다 걱정도 한 움큼씩 뱉어 냈다.

"혼자 가도 잘할 수 있으니까 걱정하지 마세요."

짜증이 날 만큼 아버지의 잔소리를 듣고서도 기준은 싫은 내색을 하지 않았다. 아버지가 그러는 이유를 잘 알고 있었다. 아버지는 전과자였다. 경찰 조사를 받고, 검찰로 사건이 넘어가고, 재판을 기다리는 동안 구치소에 있다가 결국 교도소에서 실형을 산 전과자.

아버지는 P읍 태생이었다. 고향이 싫진 않았지만 사나이 큰

꿈을 키우기엔 좁은 곳이고 청춘을 보내기엔 답답한 곳이었다. 대학은 당연한 듯 포기하고 일찍 군대를 갔다 온 뒤, 농촌 총각의 도시 상경이 으레 그렇듯 연줄 하나 없는 서울로 무작정 젊은 몸뚱이를 디밀었다.

아버지는 건강했고 성실했으며 무엇보다 젊었다. P읍 사람들이 하나같이 사람 좋다 칭찬했기에 아버지는 학벌과 경력에서는 뒤질지 몰라도 열심히만 하면 뭐든 이루리라 믿었고 무슨 일이든 닥치는 대로 했다. 그러다 아버지와 비슷하게 도시로 돈 벌러 나온 엄마를 만났고, 알콩달콩 연애를 하다 사랑 하나만 믿고 덜컥 결혼해 기준을 낳았다.

기준이 제법 걷기 시작할 무렵, 아버지는 동대문 시장 포목점에서 점원으로 일했다. 조그마해도 도매 소매의 거래처가 많고 수입이 꽤 짭짤한 가게였다. 물론 가게가 돈을 번다고 점원의 월급이 많은 건 아니었으나, 아버지에겐 '쨍하고 해 뜰 날 돌아온단다'라는 유행가 가사처럼 자신의 인생에도 찬란한 빛이 내리쬘 거라는 신앙 같은 믿음이 있었다. 1년이 지나도 월급이 겨우 십만 원 오를까 말까 한 가게에서 아버지는 5년을 일했다. 도시로 나와 별의별 인간을 다 만나 봤고, 이만큼 무던한 주인을 만나기도 쉽지 않다는 걸 알았기에 다른 직업을 알아볼 생각도 안 했다. 3년이 지날 무렵부터 주인 내외가 번갈아 지키던 가게를 아버지 혼자 보는 일이 많아졌지만, 다른 곳으로 눈 돌리는 천성이 못 됐던 아버지는 주인이 있거나 없거나 자기 일만 할 뿐이었다.

하루는 주인이 급히 나간 뒤 바닥을 보니 십만 원 수표가 떨어져 있었단다. 아버지는 수표를 줍고 나서 후후 입김을 불어 먼지를 털고 고스란히 금고에 집어넣었다. 사실 그건 주인이 아버지를 시험해 보려고 일부러 떨어뜨린 것이었다. 기분 나쁘게 받아들일 수도 있었지만 아버지는 그런 내색 하나 없이 이렇게 말했단다.

"아이고, 다음부터는 이런 장난 하지 마세요. 먼지 때문에 하루에도 수차례 청소기 돌리잖아요. 바쁠 땐 바닥도 안 보면서 하는데 그리로 쓸려 가면 어떡할 뻔했어요?"

아버지는 우직했으며, 그만큼 눈치가 없었다.

"전에 데리고 있던 애들은 하나같이 금고에 손을 대서 내보낸 건데 자네는 어쩜 그리 한결같은가? 보는 사람도 없는데 갖고 싶지 않았나?"

주인의 말에 아버지는 천부당만부당하다는 듯 펄쩍 뛰었다.

"아니요. 제 돈이 아니잖아요. 그걸 왜 가져요?"

오히려 이상하게 쳐다보는 점원을 보면서 늙은 주인 내외는 그래 이놈이야, 눈을 반짝 빛냈건만 아버지는 그 눈치 또한 전혀 몰랐다고 했다.

그 뒤 주인의 신뢰를 얻어 월급이 올랐기에 아버지는 기뻤고, 그래서 월급 인상분보다 뒤로 감추는 돈이 더 쏠쏠하다며 옆구리를 찌르는 앞 가게 점원의 말은 귓등으로도 안 들었다.

그날 주인 내외가 아버지를 보며 눈을 반짝인 이유는 따로 있었다. 마침 후세사노 없는데 이 녀석한테 가게를 물려줘야겠구나, 하는 스토리는 21세기엔 가당치도 않을 테고 실제로 그런 일 따위는 일어나지 않았다. 나이 든 주인 내외가 아버지를 탐낸 건 점원으로서가 아니었다. 그들에게는 뒤늦게 얻은 아들이 하나 있었는데, 그 아들이 시장 한편에 초라하게 자리한 부모의 포목점에는 영 관심이 없고, 뭔가 한답시고 돈은 뜯어 가건만 내복 사 입으시라고 용돈 한번 내놓지 못할 정도로 말아먹고 있는 사업과 관계가 있었다. 주인 내외는 아버지를 아들 옆에 붙여 두고 싶었던 거였다.

아버지도 주인 내외에게 골칫덩어리 아들이 있다는 건 알았지만, 뜬금없이 포목점을 그만두고 아들 회사를 도와달라니 영문을 알 수 없었다.

"경리요? 제가 그걸 어떻게 해요?"

경리라니? 회계, 감사 같은 어려운 용어가 등장하는 일은 아버지가 가진 정직함이나 성실성으로 해결할 수 있는 문제가 아니었다.

"그냥 들어오고 나가는 돈만 계산하면 되는 거야. 뭐 어려운 일을 시킬까 봐."

우린 자네만 믿네, 하며 손을 잡는 늙은 주인 내외의 깍듯한 부탁에, 자기 일이 아니라며 사양하던 아버지는 대처로 나와 언제 이런 대접을 받아 봤나, 나이 든 분들의 청을 모질게

거절하면 예의가 아니지 싶어 넌지시 한마디 물었다.

"그런데 아드님은 무슨 일을 하는 거예요?"

"아이티 쪽이라는데 우리가 뭘 알아야지. 지난번에도 경리 부장인가 하는 놈이 돈을 갖고 날랐다고 하소연하는 걸 보면 그래도 회사 꼴은 제법 갖췄나 봐."

남미 어디쯤에 있다는 그 아이티를 말하는 건 아닐 테고, 신문에서 컴퓨터나 반도체 어쩌고 얘기할 때 나오는 그 아이티인가? 신문에 나올 정도의 일을 하는 거면 꽤 큰 회사인가 보네. 아버지는 기준이처럼 큰 눈을 굴리며 생각했다.

그래, 경리가 별거겠냐. 들고 나는 돈 정확히 계산하고, 혹시라도 사장님이 수표 떨어뜨리면 냉큼 주워 금고에 집어넣으면 되겠지. 늙은 주인 내외가 퇴직금 명목으로 맞춰 준 양복을 입고 아들의 회사로 출근하던 날, 쇼윈도에 비친 자신의 모습이 고급 실크보다 더 빛났다고 아버지는 기억했다.

"아버지에게 말씀 많이 들었습니다. 앞으로 잘 부탁드립니다."

제법 규모가 있을 거라는 말과는 달리 늙은 주인의 아들은 달랑 혼자 지키던 사무실에서 아버지를 맞았다. 그리고 아들이 하는 사업도 아이티 쪽과는 아무런 관계가 없는 일이었다. 늙은 주인은 아들에게 돈을 갖다 바치면서도 실상 무슨 일을 하는지는 하나도 몰랐던 거였다.

늙은 주인 내외를 반반씩 닮은 그 아들은 아버지보다 어렸시만 병분대를 나왔고, 명문대를 나온 만큼 머리도 좋았고, 무엇보다 화술이 좋았다.

"혹시 선물 거래라고 아시나요?"

주인 아들은 몰라도 된다는 너그러운 미소를 지으며 아버지에게 물었다고 한다. 혹시 하면 역시라고, '선물'도 알고 '거래'도 아는데 그걸 합친 말을 아버지는 알지 못했다. 얼떨떨한 아버지의 표정을 본 주인 아들은 아주 쉽게 설명한다고 종이에 그림을 그리면서, 중간에 인근 상가에서 돈가스 정식을 시켜 먹으며 긴 시간을 할애해 교육했다. 아버지가 그의 말을 듣고 짐작할 수 있었던 건 뭔가 투기의 냄새가 난다는 것이었지만, 장시간에 걸친 교육이 끝나고 던진 질문은 딱 하나였다.

"그러니까 제가 할 일은 뭔가요?"

"별거 없어요. 그냥 전화받고 간혹 서류 심부름 하는 정도예요."

주인 아들은 아주 쉽게 설명해 주었고 아버지는 그를 젊은 사장으로 모시게 됐다.

아버지는 지금도 '별거 없다'는 말을 믿지 않는다. 하지만 그 당시 젊은 사장 밑에서 아버지가 했던 일은 그의 말처럼 별거 없이 빈 사무실을 지키거나 전화를 받거나 컴퓨터 게임을 하는 게 고작이었다. 아버지의 직책이 '전에 돈 떼먹고 도망갔다던' 그놈처럼 경리부장이었음에도……. 겨우 둘 뿐인

사무실에 하나는 사장, 하나는 경리부장이었지만 포목점 점원에서 수직 상승한 직위에 이십만 원이나 인상된 월급을 받았기에 아버지는 책상에 앉을 때마다 좋아서 히죽거렸단다.

젊은 사장은 아무리 비공개라지만 계약직도 아니고 정식 직원 채용이니 인감증명과 주민등록등·초본, 주민등록증 사본, 통장 사본, 도장 등 여러 개의 증빙서류를 제출하라고 아버지에게 요구했다.

아버지는 달랑 이력서 한 장만 냈던 포목점과는 역시 스케일이 다르구나 싶어 괜히 으쓱했고, 그러다 혹시 고등학교 성적 증명서를 요구하면 어쩌나 걱정했지만, 젊은 사장은 그건 필요 없다며 경리부장님 유머도 있으세요, 하고 오히려 칭찬해 줘서 몸 둘 바를 몰라 했단다. 그리고 불과 반년 후 아버지는 갑자기 찾아온 경찰들에 인해 진짜 몸 둘 바 모를 일을 겪었다.

젊은 사장은 선물 거래를 하며 큰 빚을 졌는데, 그 '선물'을 사느라 대출을 받을 때 경리부장이면서도 돈 한 푼 만져 본 적 없는 아버지 이름을 썼다고 한다. 아버지는 그에게 건넨 수많은 서류와 도장이 그렇게 쓰일 줄 미처 몰랐고, 이건 오해다 사기다 하며 젊은 사장에게 연락을 취했지만 그는 이미 외국으로 날라 버린 뒤였다. 다급한 아버지는 결국 포목점 늙은 사장에게까지 전화를 걸었지만 '그래, 이놈이야' 눈을 빛냈던 일도 잊어버린 양 자신들은 아무 상관없다며 발뺌해 버렸단다. 선물 거래가 뭔지는 몰라도 정직한 마음만은 늙은 사장과 섦은 사상 모두에게 '거래' 없이 오로지 '선물'로 주었건만 아버지는 철저히 배신을 당했다.

갑자기 당한 날벼락을 헤쳐 갈 만큼 아버지는 영리하지 않았고, 그건 엄마 또한 마찬가지였다. 그래도 경찰 조사가, 대한민국의 법이 잘잘못을 밝혀 주겠지 믿었건만 어찌 된 영문인지 명의를 도용당한 피해자임에도 아버지는 똥바가지를 옴팡 뒤집어쓴 것처럼 교도소 생활까지 하게 되었단다. 3년 7개월의 징역을 살고 나온 아버지는 미련 없이 도시 생활을 접고 P읍으로 돌아왔다.

그렇게 기막힌 시간을 겪으며 아버지는 명징한 인생의 깨우침을 얻었다. 그건 엉망진창 수사에 대한 한탄이나 무능력한 국선 변호인과 사법제도를 향한 분노가 아니었다. 우직함보다는 약삭빠름이, 정직함보다는 분위기 파악 능력이 더 중요하며 무엇보다 절대로 사람을 믿어서는 안 된다는 철저한 신념이었다.

"세상에 믿을 놈 없다. 절대로 마음을 열지 말고 함부로 곁을 주지 마라."

아버지의 말은 기준에게도 각인되었다. 양복 입은 아버지의 회사로 구경 갔을 때 젊은 사장은 아이고 이놈 참 잘생겼네, 칭찬을 하더니 기준을 번쩍 안아 들고 빙글빙글 돌렸다.

한 바퀴, 두 바퀴, 세 바퀴를 돌고 땅에 내렸을 때 기준은 어지러움에 비틀거렸고, 마침 젊은 사장이 용돈이라며 기준의 손에 오만 원을 쥐여 줘서 눈이 핑 돌만큼 정신이 없었다. 그 황홀한 어지러움! 그것이 단란했던 한 가족의 행복을 부숴 버리는 화약의 뇌관일 거라고는 생각조차 할 수 없었다.

아버지는 사람을 믿지 않는 것이 인생을 살아가는 데 가장 기본적인 안전장치라고 생각했지만, 안전장치가 더 견고하고 넓어질수록 고독하다는 건 미처 몰랐다. 그건 기준도 마찬가지였다. 따듯한 위로에도, 즐거운 칭찬에도 기준은 저 말이 '황홀한 어지러움'은 아닐까 하는 의심이 앞섰다. 그래서 친구의 손을 잡으면서도 주저하게 됐고 그만큼 외로웠다.

# 소정

복통 때문에 얼굴을 찡그렸건만 엄 형사는 모르는 척 팔짱을 낀 채 기다렸다. 언제까지건 대답을 기다리겠다는 듯 꾹 다문 입술이 소정에게 대답을 재촉했다.

스트레스를 받을 때마다 소정은 만성 복통을 앓았다. 아랫배부터 스멀스멀 올라오는 싸한 통증은 소정을 무너뜨렸다. 그건 신호였다. 더 이상 버티기 힘들다고 몸이 보내는 신호. 식은땀이 나고 손끝이 차가워지면서 얼굴이 일그러졌다. 이 자리만 벗어날 수 있다면 괜찮아질 텐데……. 소정의 변화에도 엄 형사는 눈 하나 깜짝 없이 그대로였다.

'내가 말할 때까지 버티겠다는 거지? 저 사람을 이길 순 없어…….'

당장 엄 형사 앞을 벗어나고 싶은 것처럼 소정은 외국에 살면서도 그곳이 아닌 다른 곳을 원했다. 언제나 이방인의 느낌이었다. 하지만 시골을 고향으로 가져 본 것도 아니었는데 소정은 P읍에 와서야 안정을 찾았다. 그리고 P읍에 와서야 자신이 꽤 우월한 조건을 많이 가졌음을 알게 됐다. 사회적으로 성공한 아버지와 그에 못지않은 학력과 인맥을 갖춘 어머니, 똘똘한 자녀로 이루어진 가정. 이게 남들이 보는 소정의 집이었다. 게다가 대학 시절 내내 미인 대회에 나가라고 추천받았을 정도로 아름다운 엄마를 꼭 빼닮은 외모와 오랜 외국 생활로 익힌 버터가 녹을 듯 부드러운 영어 발음까지, 소정은 P읍 아이들에게 동경의 대상이었다. 모든 걸 갖췄기에 잘난 척을 해도 밉상은 아닐 텐데 소정은 겸손하기까지 했고, 그건 어린 시절부터 받아온 엄마의 교육 때문이었다.

"둘을 가진 사람은 언제나 하나 가진 사람에게 양보해야 해."

손가락 없이 더하기 정도는 할 수 있는 나이였지만 소정은 엄마의 말을 이해할 수 없었다.

"그럼 하나 가진 사람이 둘이 되고, 둘 가진 사람은 하나가 되는걸? 이건 불공평한 거잖아."

그때 엄마는 소정의 어깨를 붙잡고 말했다.

"왜냐하면 둘 가진 사람은 다른 이에게 하나를 줘도 또 하나를 얻을 기회가 생기지만 하나만 있는 사람은 누군가 돕지 않으면 그냥 하나로 남을 수밖에 없기 때문이야. 그러니까 그건 불공평한 게 아니야."

어린 소정은 교훈적이지만 이해하기는 어려웠던 엄마의 말을 아예 외워 버렸다. 그 말이 사회적으로는 공공의 선을 추구하자는 의미이고 개인적으로는 겸손과 배려에 대한 뜻이었다는 걸, 소정은 커서야 알았다.

어느 순간부터 소정은 자신이 가진 조건이 다른 이들에겐 부러움과 염원의 대상이 될 수 있다는 걸 알았다. 그리고 타인의 질투와 시샘을 받는다는 게 마냥 좋은 일만은 아니기에 경계와 신중함이 필요하다는 것도 알게 됐다. 소정은 스스로 낮춰야 자신이 가진 것들이 더 빛날 수 있음을 새록새록 깨달았다.

겸손이 얼마나 힘든 것인지 사람들은 알고 있을까? 자신이 수긍하면서 남들도 인정하는 그런 겸손 말이다. 언제나 전교 상위 등수를 맡아 놓고 하는 아이가 '난 공부를 못해' 말하는 건 겸손이 아니라 위선이다. 소정은 태생적으로 '감(感)'이 좋은 아이였다. 그래서 자신이 예쁘고 똑똑하고 잘사는 것을 부정하지 않았지만 내세우지도 않았다. 은근히 자신을 '공주과'라고 얕잡아 놀리던 한 아이에게도 우연한 기회에 돈을 빌려주며 이렇게 말했다.

"프린세스 론을 이용해 주셔서 감사합니다. 한도는 오만 원까지이며 이자는 최소 백 원에서 최대 오백 원까지입니다."

넉넉한 용돈을 자본으로 소정은 '프린세스 론'을 운영하며 피시방에 학원비 일부를 때려 박은 남학생과 인터넷 쇼핑에 한 달 용돈을 다 써 버린 여학생들을 구제해 주었다. 본인 입으로 '프린세스'라 하는데 누가 입 아프게 공주라 놀릴 것인가.

아는 것은 안다고 나서지 않았고 모르는 것은 그렇다 인정했지만 소정에게 '허당'이란 캐릭터가 붙은 건 우연한 계기였다.

2학년 국어 시간, 선생님은 교과서 속의 지문을 설명하고 있었다.

"글에 나타난 것처럼 조선 시대 서민들의 밥상은 초라하기 이를 데 없어요. 그래도 주인공이 밥을 게걸스럽게 먹는 이유는 뻔해요. 왜 속담에도 있잖아요. 시장이 뭐다?"

여기서 시장이 영어의 헝그리를 뜻하는 줄 몰랐던 소정은 시장에서 사 온 음식이라 맛있게 먹는가 보다 이해했고, 큰 목소리로 "마켓이다!" 하고 얘기했다. 책상이 부서질 듯 두드려 대는 아이들과 배를 잡고 웃는 선생님, 뭐가 잘못된 건지 몰라 어리둥절한 소정의 요절복통 상황. 그날 소정은 아무리 외국에서 생활했다지만 그런 황당한 대답은 처음 들어 본다는 국어 선생님의 말에 제대로 허당 이미지를 갖게 되었다. 지적이면서도 허당이라는 양면의 캐릭터가 소정은 나쁘지 않았고, 그런 자신에게 호감을 느끼는 P읍 아이들이 좋았다.

P읍 아이들 중에서도 율미는 가장 친한 친구였다. 친하다는 건 마음의 거리가 가깝다는 뜻일 테다, 그런데 가깝다는 거 어떤 의미일까? 물리적인 의미로도 '가깝다'는 거리의 짧음을 뜻한다. 속속들이 다 알 수 있는, 감추고 싶은 허물과 흠도 들킬 수 있는 거리. 소정은 그렇게 가까운 거리에 친구를 두는 게 얼마나 불안하고 위험한 일인지를 율미를 통해 알았다. 최율미, 그 아이를 만나면서…….

P읍 아이들은 시골에서 사는 것에 불만을 가졌고, 자신들의 학업 실력이 대학 갈 때 상당 부분 부족할 거라 여겼으며, 경제 문화 교육 여러 면에서 도시와 비교해 뒤처져 있기에 아닌 척하지만 조금씩은 주눅 들어 있었다. 그래서 P읍 아이들은 순박한 반면에 자신의 약점을 감추려는 난폭한 면도 동시에 갖고 있었다. 그런데 율미는 그런 게 없었다. 율미는 일찍 엄마를 잃은 탓에 축사를 운영하는 아버지와 할머니 셋이서 살았지만 구김 없이 밝았다.

"진소정, 네가 나타나고 시들해져서 그렇지, 기림초등학교 때부터 율미 인기 끝내줬어."

2학년 겨울 방학에 전학 간 모지유는 유난히 율미 얘기를 많이 했다. 빼빼로 데이에 쇼핑백이 부족할 정도로 선물을 받았고, 생일이면 밀려드는 친구들 때문에 집 안이 난리도 아니었다고 전하는 지유 얼굴은 상기돼 있었다. 공부며 운동이며

70

못하는 게 없다고 칭찬을 늘어놓는 지유마저도 율미를 향한 애정이 장난 아님을 소정은 느낄 수 있었다.

P읍으로 이사 오기 전, 한 학년에 세 개 반이 전부인—그나마 온천 개발로 유입 인구가 들어오면서 한 개 반이 늘어나서—시골 학교는 뛰어난 한 명의 수재가 독주하는 체재라고 들었다. 소정은 자신이 율미의 가장 강력한 라이벌이며 그 이유로 한동안 시달림을 당하겠구나, 한숨을 쉬었다.

"야, 너 좀 예쁘다! 나랑 같이 기림중학교 미모의 투톱이 되겠는걸. 그동안 혼자 미모를 담당하느라 힘들었거든. 암튼 반갑다!"

쿨하면서도 당당한 환영 인사! 소정은 단박에 율미가 맘에 들었다.

물론 객관적 전세로도 율미는 상대가 되지 않았기에 소정은 기림중학교 1학년 첫 시험부터 율미를 제치고 전교 1등을 차지했다.

"역시 유학파를 이기긴 힘들구나. 그래도 마음 놓지 마. 나도 마냥 당하고만 있지는 않을 테니까. 그리고 너 한턱내. 설마 나를 이겨 놓고 모른 척하려는 건 아니지?"

시달림은커녕 P읍 생활에 어두운 소정에게 율미는 정확한 내비게이션 역할을 해 줬다. 물론 율미도 소정 덕을 톡톡히 보곤 했다. 기림중학교에서 '프린세스 론'을 제일 많이 이용한 사람이 바로 율미였다.

"있는 친구 덕 좀 보는 게 뭐가 나빠? 야, 서민 보호 차원에서 이자 좀 면제해 줘."

돈을 빌리면서도 당당한 아이, 율미도 공주였다.

"몰랐어? 우리 둘 다 공주야! 소정인 허당 공주, 난 P읍 태생의 토속 공주."

소정의 정글북 카페 닉네임은 '세스'였다. 프린세스의 줄임말. 그리고 율미는 공주님을 줄인 '주님'. 둘 다 율미가 지은 이름이었고 소정은 인터넷 어느 공간에서도 '세스'로 살았다. 천박하지 않고 유머러스한 자신의 닉네임이 맘에 들었고, 그걸 선물해 준 율미는 더더욱 좋았다.

두 공주는 사이좋게 지냈다. 하지만 역사의 어느 장을 봐도 영원한 투톱은 없으며 막후에는 권력 다툼이 벌어졌고, 소정과 율미 역시 그런 역사의 수레바퀴에서 벗어나지 않았다.

# 도엽

밭에서 땅콩을 털고 있을 때 도엽은 '나'가 보낸 편지를 받았다.

"너한테 편지가 다 오고 별일이네. 그런데 '나'란 놈은 누구니?"

승묵이 들고 온 편지를 보면서 도엽은 직감적으로 정글북 친구가 보냈음을 알았다. '나'란 이름으로 편지를 보낼 사람은 정글북 친구들밖에 없었다. 궁금해하는 승묵에게는 미안했지만 도엽은 편지를 집에 가져다 달라 부탁하고 남은 일을 마저 했다.

"안 궁금해? 진짜로 안 궁금해? 나 같으면 완전 궁금하겠구만……"

승묵이 구시렁거리는 소리를 들으면서도 도엽은 모른 척

땅콩만 캤다. 여름 한 철 비가 많이 내려 땅콩이 썩었겠지 싶어 기대를 안 했는데 생각보다 알이 굵고 수확량이 많았다 이번 주에도 땅콩을 캐지 않으면 분명 다 썩어 버릴 테니 더는 늑장을 피울 수 없었다. 자연은 엄격한 존재였다. 조금이라도 시기를 놓치면 아무것도 수확할 수 없었다. 게으른 농부가 배를 곯는 건 자연이 주는 벌이었다.

호미로 파헤칠 때마다 촉촉한 흙 속에서 땅콩 줄기가 매달려 나왔다. 한 줄기에 조랑조랑 매달린 땅콩들을 보니 문득 친구들 얼굴이 떠올랐다. 우리도 이렇게 몰려다녔는데…….

땅콩을 한 줄기 캘 때마다 추억도 한 무더기씩 따라 올라왔다. 정글북에서 글을 썼던 기억은 없다. 하긴 글을 쓰겠다고 들어간 동아리도 아니었으니까. 그렇다고 책을 많이 읽는 것도 아니었는데 이상하게 녀석들이랑은 잘 맞았다.

우르르 쾅쾅! 비가 오려는지 어두워져 가는 하늘에 천둥이 쳤다. 비 오기 전에 이 고랑이라도 다 해야 하는데…….  도엽은 호미를 쥔 오른손을 재빠르게 움직였다. 흙을 파헤치고 땅콩 줄기를 캐내고, 또 파헤치고 또 캐내고…….

다시 번쩍 번개가 치더니 천둥소리가 가까이 들렸다. 몇 미터만 더 파면 이 고랑은 끝이었다. 비가 먼저 오나, 고랑을 먼저 끝내나 혼자 내기를 걸었다. 팔 근육이 제대로 붙은 도엽은 자신의 승리를 예상했지만 겨우 한 줄기 캐기가 무섭게 후드득 비가 쏟아졌다. 늘 그렇듯이 자연을 이길 수는 없었다.

도엽은 호미를 내던지고 기지개 켜듯 양팔을 쫙 폈다. 고개를 바짝 치켜들자 얼굴로 따가운 비가 쏟아졌다. 가을비치고는 빗줄기가 셌다. 이 비를 맞으며 일을 할 수는 없었다.

까불지 말고 얼른 집에 가서 편지를 읽으라는 뜻이지 싶었다. 장갑을 벗고 밭을 나서는 도엽의 입가로 찝찔한 맛이 느껴졌다.

"뭔 놈의 비가 짠맛이 나고 지랄이야?"

아무도 듣는 이 없건만 괜히 큰소릴 쳤다. 그 짠물이 눈가에서 흐르는 걸 도엽은 모르지 않았다.


3년 전 도엽이 경찰서를 찾았을 때 엄 형사는 우아, 놀라며 악수를 청했다. 180센티미터를 훌쩍 넘는 큰 키 때문이었다. 처음 만나는 사람들이 흔히 보이는 반응이라 도엽은 그다지 신경 쓰지 않았다. 도엽은 아버지를 닮아 덩치가 컸다. 주먹도 거짓말 조금 보태 멜론만 했다. 게다가 짙은 눈썹과 부리부리한 눈 때문에 쉽게 건드릴 수 없는 인상이었다. 하지만 덩치에 안 맞게 도엽은 겁이 많고 심약한 아이였다. 누구와의 갈등이나 싸움같이 마음 불편한 일은 아예 질색했다. 다행히 아이들도 큰 덩치에 겁을 집어먹어서인지 웬만해선 도엽을 건드리지 않았다. 도엽은 거친 말투를 쓰긴 했지만 속이 여렸고, 심각한 일에는 어찌 반응해야 할지 몰라 괜히 엉뚱한 농담이나 던지곤 했다. 그래서 종종 눈치 없다는 시선을 받았지만 도엽은 자신의 속마음을 솔직하게 표현하는 방법을 알지 못했다.

악수한 손을 내려놓은 엄 형사가 도엽의 얼굴을 살피더니 눈살을 찌푸렸다. 심한 여드름 때문이었다.

"아이고, 치료 좀 받아야겠다. 앉아."

잠이 부족하거나 스트레스를 받으면 더 심해지는 여드름인지라 그즈음 도엽의 얼굴은 폭발 직전이었다. 하얀 피지가 올라온 놈부터 노랗게 곪아 가는 놈, 좁쌀처럼 난 놈까지 도엽의 얼굴만 가지고도 각종 여드름 임상실험장이 만들어질 지경이었다. 하지만 치료라니. 세상을 떠난 친구도 있는데 이깟 여드름이 대수겠는가? 도엽은 이 개념 없는 작자가 맘에 들지 않았다.

도엽이 대꾸 없이 자리에 앉자 엄 형사는 무안한지 수첩을 펴 들었다.

"도엽이는 정글북 활동한 지 일 년밖에 안 됐구나. 그래도 애들이랑 잘 지내는 걸 보면 사교성이 좋네."

심기 건드려 좋을 게 없다고 판단했는지 엄 형사가 상냥하게 말을 걸었다. 자신의 첫인상이 좋지 않다는 건 알고 있었다. 하지만 도엽인 결코 불량하지 않았다. 댁이 생각하는 그런 애 아니거든, 속으로 한마디 뱉어 주며 도엽도 친절하게 말을 받았다.

"동아리 활동은 안 했지만 정글북 애들이랑 원래 친했어요.

작년 전시회 때는 제가 도와주기도 했고요."

작년 은행제 때 도엽은 연수와 함께 전시판 나르는 일을 맡았다. 물론 피자 몇 조각이라는 대가가 있었지만, 시골 학교답게 운동장이 넓은 만큼 긴 거리를 오가며 무거운 전시판을 나르는 건 힘든 일이었다.

"정글북 아이들이 고마워했겠네."

엄 형사 말에 도엽은 아니라며 손을 내저었다. 자신이 서예부이긴 했지만 수시로 정글북을 드나들었기에 다들 외부인이 아니라 준회원급으로 대우했고, 그 정도 일은 당연히 도와줄 수 있다고 생각했다.

"정글북에 자주 드나든 이유가 따로 있었니? 연수랑 친해서?"

도엽이 정글북 아이들과 친해진 건 모지유 때문이었다. 동아리 활동을 하는 목요일, 서예부는 언제나 글씨 몇 자만 쓰고는 일찍 끝났다. 그러면 도엽은 모지유를 기다리며 정글북 동아리방 앞에 서 있곤 했다.

그날은 서예부 선생님이 급한 볼일이 있다며 아이들에게 견본을 건네주고는 열 번씩 연습하라 말하고 먼저 나갔고, 당연히 아이들은 열 번 쓸 정성으로 한 번을 쓰고는 헤어졌다. 그래서 다른 날보다 일찍 정글북으로 갔다. 평소 얼굴을 알던 정글북 선생님이 도엽이 복도에 서 있는 걸 보더니 들어오라고 손짓을 했다. 독서토론 끝나려면 한참 기다려야 한다며.

"바르톨로메는 개가 아닌네노 개 취급을 받았어요."

『바르톨로메는 개가 아니다』. 도엽이 들은 적도, 읽은 적
도 없는 책에 관해 토론하고 있었다. 뭐 저런 제목이 다 있을
까 싶어 귀를 바짝 세웠다. 바르톨로메가 개가 아니라면 고양
인가? 무슨 동물 이름을 이따위로 고급스럽고 길게 지었을까.
성질 급한 아버지라면 바르톨로메야, 바르톨로메야, 이리 오
렴 쮸쮸, 하면서 고양이 한 마리 부르다가 숨넘어가시겠네. 어
떻게 생긴 짐승이기에 이런 이름을 가졌을까 궁금해서 도엽
은 지유가 건네 준 책을 펼쳤다. 하지만 깨알같이 작은 글씨
라면 이미 교과서만으로도 충분했기에 도엽은 과감히 책을
덮었다. 누가 바르톨로메 이름을 부르다가 숨이 넘어가거나
말거나 도엽은 신경 끄기로 했다.

그런데 지그시 눈을 감고 숙면에 빠지려는 도엽의 신경을
건드리는 대화가 들렸다.

"아무리 시대적 배경을 생각해야 한다지만 장애인이 이 정
도로 눈에 띄는 차별을 받았다고? 난 믿기지 않는걸."

바르톨로메가 장애인이라고? 도엽은 눈을 번쩍 떴다. 공부
잘하고 예쁘고 부자인 소정은 말을 한 뒤 안타깝다는 듯 입술
을 깨물었다.

"하지만 지금 우리 사회 장애인들 역시 맘껏 거리를 다닐
수 있나 생각해 봐. 환경의 불편함은 말할 것도 없고 남들의

시선으로부터 자유롭지 않아서 그냥 집 안에서만 살잖아. 그러니까 글의 배경이 되는 시대를 고려하면 충분히 가능한 일이라고 생각해."

율미가 똑 부러지게 소정의 말에 반박 의견을 냈다.

"물론 율미 말이 틀린 건 아니야. 그래도 이 책은 분명 과장되어 있다고 봐. 한 나라의 공주라고 해도 장애를 가진 바르톨로메를 개처럼 다뤘다는 건 억지 같아 보여."

아이들이 몇 마디씩 주고받는 말을 통해서 도엽은 대강의 내용을 짐작할 수 있었다. 바르톨로메는 장애를 가졌는데 가족이 그의 모습을 감추려 했을 만큼 부끄러운 존재였으며, 우연한 계기로 궁에 들어가게 되면서 공주의 개 노릇을 하게 되었다는 내용이었다. 그리고 언젠가 한번 본 적 있는 그림 속의 개가 실은 바르톨로메라는 설정이었다.

세상에, 장애를 가졌다고 개 노릇을 시켜? 도엽은 당장에라도 그 공주의 뺨따귀를 갈겨 주고 싶을 만큼 분노를 느꼈다.

억지스럽다 아니다로 아이들의 의견이 나뉘었다. 순간 도엽은 그건 중요하지 않다 싶었고 손뼉을 짝짝 치며 한마디를 건넸다.

"이때를 살아 보지 않았는데 뻥인지 아닌지 알 게 뭐야? 책속에서만 내용이 어긋나지 않으면 되는 거잖아. 그러니까 우리는 바르톨로메가 얼마나 인간적인 아픔을 느꼈을까 공감하면 되지, 얼마만큼 뻥인지가 뭐가 그렇게 중요해? 어차피 작가는 다 구라 치는 사람들 아니냐고."

신시하게 말한 것도 아닌데 정글북 선생님이 대단한걸, 하며 칭찬했다. 게다가 책도 안 읽고 와서 이 정도 의견을 말한다는 건 평소 사색이 깊은 거라고 말해, 아이들이 웃음을 터뜨렸다. 경하는 도엽을 향해 엄지손가락을 치켜들었다.

책과는 담쌓고 살았던 도엽은 그날 이후로 간혹 책을 들여다보았고 지유나 연수랑 책 이야기를 하는 기적적인 현상마저 벌어졌다. 그리고 3학년 들어 지유는 전학을 갔다. 서예부는 신청자가 없어 폐지됐고 도엽은 자연스럽게 정글북 회원이 되었다.


"그럼, 모지유 빈자리를 네가 채운 거구나."

"아뇨, 기준이가 정글북에 들어오라 했으니까 엄연히 스카우트된 거예요."

엄 형사가 빙그레 웃으며 도엽을 찬찬히 뜯어봤다. 인상보다는 좀 나은 녀석이네, 하듯이.

도엽은 사람들이 자기를 어떻게 보는지 잘 알았기에 일부러 농담을 건넸고 익살맞게 행동했다. 그게 도엽이 사는 방법이었다.

"글 쓰는 거 좋아하니?"

엄 형사 질문에 도엽이가 되물었다.

"정글북 카페 안 들어가 보셨어요? 거기에 제 명작이 다 있을 텐데……."

엄 형사가 고개를 끄덕였다. 더 안 물어도 된다는 듯이.

"그런데 정글북은 왜 들어간 거야?"

도엽은 사람들이 좋았다. 어릴 때부터 그랬단다. 사람 가리지 않고 남의 무릎에 넙죽 올라앉고, 누가 부르면 대뜸 달려가고, 거리낌 없이 말을 나누곤 했다고 한다. 귀티 나게 생겼으면 벌써 유괴됐을 거라고, 엄마가 농담 섞인 걱정을 할 정도로 사람을 좋아했다. 그래서인지 정글북 아이들과도 친했다.

엄 형사가 수첩에 간단한 메모를 했다. 정글북 친구들과는 아무 문제 없다고 적었겠지. 불안해할 이유가 없는데 도엽은 괜히 입술이 말랐다.

"소정이랑 율미가 시화전 작품 문제로 갈등이 있었잖아. 도엽이 네가 보기엔 어땠니?"

도엽에게 시는 어려웠다. 아니다, 솔직히 말하면 쉬웠다. 도엽은 누가 썼건 시는 다 아름다웠다. 그래서 소정의 시도, 율미 시도 참 좋았다. 물론 두 사람의 시가 비슷하게 보이기도 했다. 소정이 오해할 만도 했지만, 율미가 그런 시를 왜 썼는지 도엽은 알고 있었다.

시를 쓰기 얼마 전, 도엽은 율미와 같이 집에 걸어간 적이 있었다. 학교 주변 논에는 벼가 익어 갔고, 율미는 그 모습을 아련하게 바라봤다. 그러더니 자기는 가을을 사람으로 표현하면 아버지 같다며, 자식에게 한없이 내어 주는 모습이 꼭 닮았다고 나긋나긋 말했다. 도엽은 그렇게 따지면 가을은 어머니와 더 닮은 것이 많다고 생각했지만, 엄마가 없는 율미 앞에서 그 말을 꺼낼 수는 없었다. 율미가 시를 냈을 때도 그때 말한 걸 썼구나 생각했다. 하지만 아이들에게 율미가 했던 말을 전하지는 않았다. 잘 모르면서 뭔가 아는 척하는 것도, 일방적으로 율미 편을 드는 것도 부담스러웠기 때문이다.

그런데 그 말을 할걸, 하며 도엽은 뒤늦게 후회했다. 껄끄러운 과정을 거쳐 소정의 시가 시화전에 나가게 된 후였다. 정글북 동아리방 창가에 우두커니 서 있던 율미의 뒷모습이 심상치 않아 도엽이 어깨를 툭 치며 농담을 걸었다.

"왜 그래? 실연이라도 당했냐?"

도엽의 장난이 무색하리만치 율미는 진지한 얼굴이었다.

"누군가를 마음에서 밀어내는 게 참 힘들다."

결국 소정이랑 완전히 멀어졌구나! 도엽은 자신이 오해를 풀어 주지 않아서 둘 사이가 그렇게 된 것 같아 마음이 불편했다. 하지만 이 얘기도 엄 형사에게 전할 수는 없었다. 화재 현장에 없었다는 이유만으로 율미에 대한 시선이 곱지 않은데 거기에 이 말까지 보탠다면 율미가 완전히 의심을 받을 것 같았다.

"그때 소정이와 율미 사이가 안 좋았던 건 맞지만, 표가 날 정도로 냉랭하지는 않았어요."

"하지만 아이들 전부 두 사람 사이를 알았잖아. 표가 났으니 그랬을 테지."

엄 형사가 반문하자 도엽은 할 말이 없어서 패스, 하고 외쳤다. 그러자 엄 형사가 어이없다는 표정을 지었다.

"패스라니, 이게 무슨 퀴즈 문제냐?"

엄 형사는 이 녀석이 장난치나 생각했겠지만 도엽은 곤란한 상황에 적절히 대처할 자신이 없어서 그런 거였다. 소정에게도 율미에게도 피해를 주고 싶지 않은데 마땅한 말을 찾을 수 없었다. 또 바보같이 대답했구나 싶어 도엽은 슬슬 엄 형사 눈치를 봤다.

# 소정

    소정이 유럽에 가면서 챙긴 한국어 책 중에 세계의 미담에 관한 동화가 있었다. 그 책에서 제일 인상 깊은 글은 제방에 금이 간 걸 발견한 소년이 온몸을 던져 물을 막았다는 네덜란드 이야기였다. 제방에 생긴 실금은 점점 틈새를 넓혔고 한스라는 소년은 처음에 엄지손가락으로, 나중엔 주먹으로, 팔뚝으로 물을 막아 내다가 결국 목숨을 잃었다. 그때 소정은 목숨을 걸고 나라를 구한 소년의 희생정신보다 어떻게 실금 같은 작은 균열이 그렇게 큰 재앙을 불러올 수 있는지가 더 궁금했다.

    그런데 봉합하기도 우스울 만큼 작은 틈이, 그 균열이 얼마나 무서운 것인지 소정은 알게 되었다. 별거 아닌 갈등은 정말 별거 아니기에 해결할 수 없고 앙금만 쌓인다는 것도…….

"저는 다음 달 필독서로 라헐 판 코에이의 『바르톨로메는 개가 아니다』를 했으면 합니다."

정글북은 한 달에 한 번 세 개 학년이 모이는 전체 모임을 가졌다. 모임 전에 다 같이 읽고 토론할 필독서를 정하는데 대부분은 자신이 읽은 책을 추천하는 형식이었다. 2학년 가을, 책을 많이 읽는 연수가 추천한 책은 제목이 독특했다. 1학년은 초등학생 수준을 벗어난 지 얼마 안 돼서, 3학년은 연합고사 준비 때문에 바빠서 책 추천은 거의 2학년이 했다.

"그럼 바르톨로메가 뭐란 말이에요?"

변성기가 찾아온 1학년 후배가 연수에게 물었고,

"바르톨로메는 사람 이름이야."

소정도 짐작한 대답이 나왔다.

"그럼 바르톨로메는 개가 아니라 개자식이란 말이야?"

그때까지 정글북을 같이했던 지유의 한마디에 담당 선생님까지 한바탕 크게 웃었다.

"연수가 책 소개 좀 제대로 해 봐."

선생님의 말에 연수는 준비한 책을 들고 간단한 줄거리를 말했다. 벨라스케스의 그림 속에 나오는 개가 실은 장애를 가진 바르톨로메라는 설정의 이야기였다.

"아, 벨라스케스의 그림 '하녀들'이 소재였구나. 그거 내가 좋아하는 그림인데."

연수에게 내용을 듣자마자 소정은 반색하며 아는 척을 했다. 한 장의 그림을 가지고 어떤 이야기를 꾸며 냈을까 흥미로웠기 때문이다. 그런데 그때 소정 옆에 앉은 율미가 피식 웃으며 말했다.

"벨라스케스의 그림은 '하녀들'이 아니라 '시녀들'이야. 넌 좋아한다면서 제목도 제대로 모르냐?"

소정을 면박 주려고 한 말은 아니었다. 그냥 사실을 제대로 알려 주려는 의도였겠지만 1학년 후배들까지 있는 자리여서 그런지 얼굴이 화끈했다. 소정은 그림의 원제목이 '라스 메니나스'(Las Meninas)인 것도 알았지만 우리말로 옮기는 과정에서 뒤죽박죽되었다고 변명을 할까 고민했고, 그러는 사이 화제는 다른 것으로 넘어가 있었다.

'뭐 일부러 그런 건 아니니까.'

소정은 둘을 가진 자신이 하나 가진 율미에게 양보해야 하고, 지금이 그런 순간이라고 느꼈다. 그래서 얼굴이 땅겼지만 율미를 향해 웃어 보였다. 그게 균열의 시작이었다. 앞으로 율미 앞에서 말조심을 해야겠다고 소정은 생각했다.


한번 생긴 균열은 시간이 흐를수록 그 틈이 점점 더 벌어졌다.

3학년 봄, 소정은 광역시에 있는 국제고로 진로를 정했다. 외국 생활을 오래 한 점도 인정받을 수 있고, 기숙사 생활을 하면 가족이 P읍을 떠나지 않아도 되니까 피부병을 많이 고친 동생에게도 좋기에 결정한 일이었다. 아무래도 국제고에 가면 P읍 친구들과 소원해질 것 같아서 소정은 엄마를 졸라 크게 생일 파티를 열었다.

정글북 친구들은 물론 같은 반 친구들까지 해서 열댓 명이 모인 꽤 번잡한 파티였다. 읍내 제과점에서 맞춘 커다란 케이크와 음식들을 준비해 놓고 엄마와 동생은 집을 나가 버렸다. 편히 놀라는 뜻이었다. 그 덕에 친구들은 피시와 노트북, 태블릿 피시 등으로 게임을 하거나 디브이디를 보며 진짜 멋대로 놀았다. 그런데 뒤늦게 온 도엽이 갑자기 다 먹어 가는 케이크에 다시 생일 촛불을 붙였다.

"뒷북치지 마. 이미 축하 다 했거든."

경하의 핀잔에 도엽은 특유의 느물거리는 목소리로 말했다.

"이거 그냥 초 아니니까 가만히나 계셔."

도엽의 말대로 멜로디가 나오는 특별한 초였다. 띠리리 띠리리, 기계음이긴 하지만 분위기 띄우는 데 제격인 소품이었다. 어머 신기해라, 소정이 초를 향해 손을 뻗자 도엽은 그걸 높이 들면서 나 잡아 봐라 하듯이 도망갔다. 그런데 하필 도망간 방향이 웅크리고 앉아서 휴대폰 게임 삼매경인 아이들 쪽이었고, 도엽은 지뢰를 밟은 것마냥 한 친구의 발목에 걸려 넘어지면서 초를 놓치고 말았다. 또 하필 소정의 엄마가 아끼는 카펫으로 초가 떨어졌고, 도엽이 민첩하게 발로 비벼 껐지만 백 원짜리 동전만 하게 구멍이 나 버렸다.

"아휴, 뭐야?"

소정은 저도 모르게 짜증 섞인 소리를 냈다. 그러자 아이들이 일제히 소정과 도엽을 쳐다봤다.

"어, 미안. 이거 비싼 거니?"

도엽의 말대로 유럽에서 사 온 비싼 거였고, 엄마가 좋아하는 카펫이었다. 미안해하는 도엽의 반응 때문에 소정은 화를 낼 수 없었다.

"어쩌지……. 수선 비용은 내가 낼게."

수공예로 짠 카펫을 수선할 수도 없고 중국집을 하는 도엽이네 형편도 뻔히 알기에 소정은 됐어, 했다.

"이도엽, 너 까불다가 그럴 줄 알았어. 조심 좀 하지. 그런데 소정아, 너도 그렇다. 이렇게 비싼 게 널린 곳이라면 우리가 편히 놀 수 있겠니?"

또 율미였다. 율미는 그러면서 혹시 수리 비용이 많이 나온다면 그건 생일 파티에 온 아이들이 모아서 내자고 제안했다. 율미의 말에 아이들은 뜨악한 얼굴로 소정을 바라봤다. 설마 그 돈을 받겠어, 하듯이.

이미 도엽을 향해 됐어, 말할 때 소정은 진심이었다. 말투가 퉁명스럽긴 했지만 그래도 진심이었다. 소정은 아이들 앞에서 또 그 말을 꺼내야 하나 싶었지만 억지로 미소를 지으며 말했다.

"얘들아, 우리 집이 카펫에 구멍 하나 났다고 벌벌 떨진 않거든. 신경 쓰지 말고 그냥 놀아."

율미의 지적 때문에라도 소정은 다른 대답을 할 수 없었다. 어차피 정해진 답이었기에 아이들은 그럴 줄 알았다는 듯이 다시 게임 속으로, 티브이 노래방 화면 속으로 시선을 돌렸다. 소정도 어디로든 고개를 돌려야 하는데 영 방향을 잡을 수 없었다. 여전히 뻘쭘해하는 도엽과도, 만족한 표정을 짓는 율미와도 눈을 마주칠 수 없어 화장실로 갔다. 그리고 거울에 비친 붉어진 얼굴을 보면서 느꼈다. 이건 아니라고……

도엽을 용서하는 것도, 불편한 분위기에 눈치 보는 아이들을 배려하는 것도 자신이어야 했다. 제삼자인 율미 몫이 아니라 그건 소정의 몫이었다. 왜냐하면 소정은 둘을 가진 아이니까. 그런데 하나 가진 율미가 그 역할을 빼앗아 버렸고, 겸손과 배려가 자신의 자랑이라고 여겼던 소정은 할 일이 없었다. 소정은 자신의 마음에도 카펫처럼 구멍이 뻥 뚫린 것 같았고 눈물이 핑 돌았다.

# 기준

엄 형사가 소화기를 찾으러 나가서 늑장 부린 걸 이상하게
생각할까 봐 기준은 조바심이 났다.

"엄 형사님, 제가 소화기를 갖고 곧장 교실로 돌아가지 않
은 것도 죄가 될까요?"

"교실 상황을 잘 몰랐고 또 시간을 길게 끈 것도 아닌데 무
슨 죄가 되겠어? 다만 그 일로 친구가 죽었으니 그게 네 맘에
아픔으로 남겠지."

묻고 나서야 기준은 부끄러웠다. 친구가 죽었는데도 혹시
죗값을 치를까 봐 벌벌 떨고 있다니……. 기준은 고개를 푹
숙였다. 점잖은 듯해도 계산적이고, 의젓한 듯 보이지만 우유
부단한 자신의 못난 모습에 얼굴을 들 수 없었다.

"내가 형사밥 먹으면서 느낀 게 하나 있는데 말이야. 일어

날 일은 꼭 일어난다는 거야."

엄 형사가 멋쩍은 듯 위로의 말을 건넸다. 기준이 묵묵부답
하자 엄 형사는 곧바로 질문을 던졌다.

"율미가 교실에서 나갔을 때 분위기 좀 말해 줄래? 소정이
랑 작품 문제로 갈등이 있었다고 하던데. 네가 볼 땐 어땠어?"

기준은 정글북 카페에서 두 편의 시를 다 읽었다. 가을과
아버지라는 흔치 않은 소재가 겹쳤지만, 시의 내용도 분위기
도 달랐기에 문제될 게 없다고 생각했다. 다만 그즈음 소정은
날카로웠고 율미는 침울했기에 결국 감정의 대립이 일어나고
말았다.

그렇지만 워낙 친했던 둘이기에 문제가 생긴 것이 느닷없
었다. 시화전 준비를 위해 학교에 왔던 날도 소정은 일부러
아이들한테 밝게 말을 거는데 율미는 겉도는 느낌이었다. 기
준이 신경 쓰여서 무슨 일 있느냐고 물었더니 율미는 응, 짧
게 대답했다. 그래서 기준이 손가락으로 소정을 가리키자 율
미는 아니라고 고개를 저었다. 소정이 때문이 아니면 뭐지?
기준이 다시 입 모양으로 그럼 뭐, 라고 묻자 아니야, 하며 밖
으로 나가 버렸다.

"둘 사이가 어색하긴 했어도 심각하지 않았어요."

엄 형사는 기준의 말을 못 믿는 얼굴이었다.

"학교 선생님들에게 들었더니 소정이가 오기 전까지 율미
가 학년 톱이었다고 하셨어. 게다가 율미는 승부욕도 있는 아

이라더군. 그런 아이가 갑자기 나타난 소정이에게 톱 자리를 내준 거야. 맞지? 다행히 율미는 소정이보다 글을 잘 썼다고 해. 글짓기 상은 모두 율미가 받았어. 그런데 이번 시화전 때 공교롭게도 두 사람은 비슷한 시를 썼어. 그렇지만 소정이가 자신이 먼저 시를 썼다고 항의했고 결국 소정이의 시가 뽑혔어. 율미 입장에선 자기가 쓴 시를 못 내게 됐는데 억울하지 않았을까?"

엄 형사의 질문이 곤혹스러워 기준은 머리를 긁적였다. 소정 때문은 아니라고 했지만 율미의 속내까지 알 수는 없었다. 다만 그날 율미의 얼굴은 어두웠다. 연수도 힐끔거리며 율미를 살폈고, 도엽이도 농담을 뱉으면서 율미를 의식하는 눈치였다. 결국 두 사람의 갈등이 문제라는 건가?

신경이 곤두선 듯 미간 사이에 주름이 잡힌 엄 형사에게 기준이 겨우 뱉은 대답은 '잘 모르겠다'였다. 하지만 그 말은 진심이었다. 기준은 타인의 진실과 정의에 대해 믿지 않았다. 무엇보다 알고 싶지도 않았다. 아버지가 전과자가 된 것도 젊은 사장이 만든 다른 피해자를 구제하기 위한 정의였다고 하니, 기준에게 정의란 교묘한 말장난과 다름없었다. 정의 따위 개나 줘 버려, 말할 만큼 기준은 냉소적이었다.

엄 형사는 다음 질문을 생각하는지 우두둑 손마디를 꺾으며 시간을 끌었다.

"율미가 교실을 나간 후 얼마 만에 중앙 현관에서 만난 거였지? 삼십 분? 아니면 한 시간 이상?"

율미만 기다리면서 시계를 쳐다본 것도 아니어서 기준은 정확한 시간을 말할 자신이 없었다. 삼십 분은 넘은 거 같고 한 시간은 안 된 거 같았지만, 또 잘 모르겠다고 대답할 수는 없어 엄 형사가 제시한 것 중에서 후자를 찍었다.

"한 시간 정도 걸렸던 거 같아요."

엄 형사가 수첩에 메모를 하고 또 물었다.

"그런데 한 가지 궁금한 게 있어. 경하가 교실을 빠져나올 때 목발 없이 그냥 나왔단 말이야. 소정이나 연수도 경하 옆에 목발이 있었다고 했는데……."

기준이 교실로 돌아갔을 때 경하는 문 앞에 쓰러져 있었다. 그래서 걸어 나왔는지 어쨌는지 전혀 모르는 상황이었다.

"경하가 오른쪽 발에 깁스를 했지만 왼쪽 한 발로도 뛸 수는 있었을 거예요."

"엑스레이 결과 경하의 왼쪽 발목엔 실금이 가 있었어. 의료진의 추측에 의하면 목발 없이 왼발로 뛰다가 충격으로 넘어졌을 것으로 보인데. 양쪽 무릎에 집중적으로 상처가 있고 팔꿈치에도 타박상이 남아 있었으니까 팔을 이용해 기어 나왔단 의료진 말에 수긍이 가. 경하는 왜 목발 없이 나왔을까?"

스티로폼에 불똥이 튀면서 불이 커졌고, 교실엔 연기가 자욱했다고 연수에게 들었다. 그렇지만 옆에 목발이 있었다면 더듬어서라도 찾을 수 있었을 텐데 경하는 왜 목발 없이 나왔을까?

"다친 지 며칠 안 돼서 익숙하시 않으니 아예 목발 짚을 생각을 못 한 건 아닐까요?"

"그건 아닐 거야. 의료진 말에 따르면 당시 경하는 목발 없이는 일어서는 것조차 힘든 상태였다고 해. 위급한 상황일수록 사람은 본능적으로 행동하게 마련이야. 불이 난 교실에 있다 생각해 봐. 살고 싶다, 어떻게든 빠져나가야 한다, 본능만이 남을 거야. 그러니 아무리 불 때문에 정신이 없다 해도 목발이 없으면 힘들다는 걸 경하도 알았을 거야. 그런데 목발 없이 교실을 나왔어. 그게 이상하지 않니?"

엄 형사의 말을 듣고 보니 일리가 있었다.

"그날 도엽이가 경하 목발에 장난을 치고 있었다고 하던데, 왜 그런 거니?"

기준은 또 한 번 엄 형사의 속내가 궁금해졌다. 능구렁이 같은 이 남자, 지금 도엽을 의심하는 건가?

그날 도엽은 경하의 목발에 그림을 그리고 있었다. 하트였던가? 아니다. 도엽은 네 잎 클로버를 그려 주겠다고 했다. 요즘은 대부분 알루미늄 목발을 쓰는데 경하는 특이하게도 나무로 만든 옛날 목발을 썼다.

경하는 봄에도 자전거 사고로 왼쪽 발목을 다쳤는데, 그때 쓰던 알루미늄 목발은 다시 쓸 일 없겠지 싶어 버렸다고 했다. 그런데 가을에 또 목발이 필요하자 옆집에서 오래전에 쓰던 목발을 준 거라고 했다.

그날, 한 해에 두 번이나 다쳐 재수 옴팡지게 없는데 구석기 시대 유물 같은 목발을 끼고 다녀야 한다며 경하가 툴툴거렸다. 그러자 장난이라면 자다가도 벌떡 일어나는 도엽이, 내가 행운을 비는 의미로 네 잎 클로버를 그려 줄 테니 명작을 받는 대가로 경하에게 떡볶이를 사라고 말했다. 솜씨도 없는 애가 무슨 그림을 그리느냐며 아이들이 비웃자, 도엽은 당대에 인정받은 대가의 그림은 거의 없었다며, 삼백 년 뒤 타임캡슐에서 발견된 목발 그림이 소더비 최고가를 경신할지 혹시 아느냐며 너스레를 떨었다. 그러자 경하가 삼백 년 뒤에 그림 경매가를 보고 떡볶이를 사 주겠다 말했고, 도엽은 정 그렇다면 재능기부 차원에서 무료로 그리겠다며 한발 물러섰다.

경하와 도엽이 말장난을 치는 동안에도 기준은 전시판에 스티로폼을 붙이느라 귀로만 흘려들었다. 기준의 기억으로도 책상에 앉아 허수아비 인형을 만들고 있는 경하 옆에 도엽이 있었고, 도엽의 손에 목발이 들려 있던 건 확실했다.

큰소리 뻥뻥 치긴 했지만 원래 손재주 없는 도엽이 긴 목발을 들고는 자세가 나오지 않는다며 이렇게 저렇게 목발을 세우다가 시간을 보냈고, 경하는 그럴 줄 알았다며 핀잔을 줬다. 그때 기준은 티격태격하는 두 사람이 재밌어서 물끄러미 바라봤다.

결국 도엽은 바닥에 주저앉는 게 가장 이상적인 자세라는 걸 알아냈고, 신문지를 펴고 자리를 잡았다. 그러고는 옆에다 목발을 눕혀 놓은 뒤 좋은 아이디어가 떠올랐다면서 손뼉을 짝, 쳤다. 목발 아트의 대가가 될 거라는 도엽의 말에 경하는 기대치가 없다는 듯 시큰둥하게 대꾸했다.

"마음대로 하세요. 목발 다 쓰면 어차피 황토방 아궁이 땔감으로 쓸 거니까."

경하네는 민박집을 했다. 그런데 민박집 황토방에 땔감으로 쓰겠다는 걸 보니 경하는 애초부터 도엽의 솜씨를 기대하지 않는 듯했다.

"땔감이 될지 작품이 될지는 그림 보고 판단해라!"

도엽은 자신만만하게 목발에 밑그림을 그렸다. 경하는 피식 거리면서도 도엽을 두고만 보았다.

기준이 두 사람을 바라본 건 어쩌면 저렇게 허물없이 대화를 나눌 수 있나 부러운 마음에서였다. 언제나 관계의 언저리에서 맴도는 자신과 비교돼서 기준은 우울한 기분이 들었다. 그때 도엽이 말했다.

"가만있자, 지난번 전시회에 사용하고 남았을 텐데, 그게 어딨더라?"

도엽이 녀석, 목청이 커서 혼잣말도 웅변하듯 우렁찼다.

기준은 그 말이 내내 마음에 걸렸다. 도엽은 갑자기 뭘 찾은 걸까? 작년 시화전에 쓰던 게 뭐기에 그림을 그리는 데 필요했을까? 하지만 이미 불타 버린 교실 안에서 확인할 수 있는 건 아무것도 없었다.

"도엽이가 목발에 그림을 그리고 있었지만 경하가 손만 뻗으면 잡을 수 있는 거리였어요."

연수나 소정에게 이미 들은 대답인지 엄 형사는 흥미 없다는 듯 입을 삐죽거렸다.

# 도엽

    곧장 다음 질문을 할 것 같던 엄 형사가 지그시 눈을 감고는 말을 아꼈다. 잠시 후 도엽아, 말을 떼운 엄 형사의 목소리가 갈라졌다. 무슨 말을 꺼내려나 싶어 도엽은 그의 입만 쳐다봤다. 엄 형사가 천천히 눈을 뜨더니 도엽과 눈을 맞췄다.

    "처음 작은 불길이 피어올랐을 때 너는 그걸 보고 꼼짝도 안 했다고 하던데……."

    엄 형사 말이 맞았다. 연수가 발로 불을 끌 때 도엽은 히죽 웃고 있었다. 도엽에게 불은 무서운 존재가 아니었다. 언제나 '장안성' 주방에는 훨씬 더 높은 불길이 치솟았으므로 왜 저 정도로 오버를 하나, 연수의 행동이 그저 웃기기만 했다. 장안성은 유례없는 번영을 누렸던 당나라 시절만큼, 많은 재물과 높은 명성을 얻기 바라며 아버지가 지은 중국집 이름이었다.

P읍에 있기 아깝다는 말을 듣는 짬뽕은 장안성의 자랑이었다. 해산물이 듬뿍 들어가서 그런가 보다 하고 손님들은 짐작했지만 사실 장안성 짬뽕의 비밀은 불맛이었다. 강한 불로 살짝 탄 맛이 나도록 순식간에 볶아 낸 해물과 양념이 불맛의 포인트였다. 칼칼한 매운맛이 살아 있는 장안성 짬뽕은 도엽도 자신 있게 권할 만했다. 물론 그 맛을 아무나 낼 수 있는 건 아니었다. 가슴 높이까지 피어오르는 불길은 초보 주방장들에겐 피할 수 없는 공포의 입문 과정이기도 했으니까. 아버지도 눈썹이 데고 이마에 화상 흉터가 남은 뒤에야 터득한 비법이었다. 화르르 피어오르는 불 속으로 아무렇지 않게 프라이팬 잡은 팔뚝을 들이미는 아버지를 보고 자라서인지, 폭죽에서 튀어나온 불은 도엽에겐 애교 수준이었다.

도엽의 말을 들은 엄 형사가 장안성이라 했지, 되묻더니 수첩에 적었다. 짬뽕을 먹으러 오겠다는 뜻인가? 아니면 가게로 조사하러 온다는 뜻? 아직까지는 흠잡힐 거 없이 대답했는데……. 도엽은 앞에 앉은 의뭉스러운 사내를 감당할 자신이 없었다.

"기준이가 나가고 불이 커졌잖아. 왜 그랬는지 아니?"

"스티로폼에 불이 붙으면서 커졌어요."

연수가 발로 밟으면서 꺼뜨린 줄 알았던 불이 다시 살아나자 이번에는 도엽이 나섰다. 연수는 바지가 그을려서 화가 난 상태였기 때문이다. 그때 기준이 소화기를 가지러 나갔고 도엽은 연수 눈치를 보며 건성으로 지푸라기를 밟았다.

그러다 불길이 스티로폼으로 옮겨 갔고 상상 못 할 정도로 불이 커졌다. 스티로폼이 기폭제라도 되는 듯, 불길은 싱싱하고 재빠르게 제 몸집을 불렸다. 스티로폼이 그렇게 무서운 가연성 물질인 줄 도엽은 미처 몰랐다. 앞이 안 보일 만큼 매캐한 연기로 가득했던 교실을 떠올리자 도엽은 목이 따가웠다.

"소화기를 가지러 간 기준이가 오지 않았어. 원망스럽진 않았니?"

기준이 나간 직후 갑자기 불이 커졌기에 교실에 누가 있는지 없는지조차 생각할 겨를이 없었다. 그러다 중앙 현관에서 소화기를 들고 있는 기준을 보자 조금만 일찍 와서 구해 줬으면 하는 원망이 들긴 했다. 하지만 나중에 불구덩이 교실로 경하를 구하러 가겠다고 자청한 건 기준이었고, 그렇기에 녀석을 원망할 수 없었다.

도엽은 이렇다 할 대꾸 없이 가만히 머리를 가로저었다.

엄 형사가 테이블 위로 수첩을 내려놓고는 머뭇거리다 손깍지를 껴서 무릎에 올렸다. 뭔가 어색한 행동이었다. 무슨 얘길 꺼내려고 저러지? 도엽은 입이 타서 테이블 위에 있는 물을 한 모금 마셨다.

"도엽아, 경하가 목발을 짚지 않고 나왔어. 그치? 왜 그랬는지 아니?"

엄 형사의 말을 듣는 순간, 도엽은 숨이 콱 멎는 듯했다. 도엽이 경하 목발에 그림을 그려 줬다는 건 엄 형사도 알고 있으리라. 발끝부터 조금씩 진동이 왔다. 덜덜덜 무릎까지 떨리자 도엽은 두 손으로 무릎을 꽉 움켜쥐었다.

"목발에 네 잎 클로버 그림을 그려 줬어요. 아, 다 그리진 못하고 그리다 말았어요. 불 때문에."

경하는 봄에도 다리를 다쳤었다. 이러다 불운의 아이콘이 되겠다며 징징대기에 도엽은 경하의 목발에 행운의 상징 네 잎 클로버를 그려 주겠다 했고 못 그리는 솜씨로 절반 정도 그렸다.

"목발은 경하 옆에 있었어요. 그래서 경하가 왜 목발을 안 짚었을까, 저도 그게 이상해요."

말이 끝났는데도 엄 형사는 더 할 얘기가 없느냐는 듯이 도엽을 빤히 쳐다봤다. 그래도 도엽이 아무 말 없자 어쩔 수 없다는 듯 입을 열었다.

"불난 교실에 들어갔더니 목발 두 짝이 나란히 붙어 있었어. 절반 넘게 불탄 채로. 네가 그린 그림도 찾아볼 수 없었지. 그게 참 이상해! 경하가 목발을 찾았으면 한 짝이라도 흩어져 있어야 정상인데 얌전히 두 짝이 같이 놓여 있었거든."

친구를 위해 그림을 그린 게 무슨 죄라고 이런 얘길 들어야 하지? 불쾌해진 도엽은 상당히 거칠게 대답했다.

"그래서요? 불난 교실에 있어 봤어요? 깜깜해요, 안 보여요! 활활 타오르는 불밖에 없고 옆에 뭐가 있는지 찾을 수도 없다고요."

시커먼 연기 속에서는 젓가락 두 짝이나 목발 두 짝이나 찾을 수 있는 확률은 비슷할 거다.

말을 하던 도엽이 울컥했다. 경하가 죽었는데 목발 따위가 무슨 문제라고 이렇게 구질구질한 질문에 대답을 해야 하지? 다시 그때로 돌아가면 자신의 다리 한쪽이라도 선뜻 빌려주면서 어서 이 불구덩이를 빠져나가라고 말하고 싶은데……. 마음 같아선 그러고 싶은데…….

도엽의 눈에서 주룩 눈물이 흐르자 엄 형사는 당황한 눈치였다. 그래도 그는 베테랑 형사였다. 티슈를 건네주면서도 질문을 잊지 않았다.

"폭죽이 들어왔을 때 도엽이는 무슨 생각을 했니? 이상하지 않았어?"

이상한 일이 한두 가진가? 어디선가 폭죽이 날아왔고, 그 시시한 폭죽 때문에 불이 났고, 또 그 때문에 경하가 죽었다. 이상한 일투성인데 그중에 또 뭐가 이상하다고 묻는 거지?

"그날 운동장에서는 사회인 야구 시합이 열렸어요. 구교사 신교사 합해서 오십여 명의 학생들이 축제 준비 때문에 학교에 나왔고요. 그중에 사이코패스가 있으면 어떡하죠? 그중에 연쇄 살인범이 있으면 어떡하죠? 내 눈엔 다 이상하고 모두 범인 같아요. 그런데요, 범인 잡는 건 형사님이 해야 할 일이잖아요. 나한테 꼬치꼬치 물을 게 아니라 당장 범인 잡으라고요."

　덩치에 맞지 않게 눈물을 줄줄 흘리면서 도엽은 그 자리를 빠져나왔다. 엄 형사는 뒤쫓아 나오지 않았다. 그것이 도엽과 엄 형사의 마지막이었다.

# 연수

창문으로 보이는 하늘이 잿빛 구름으로 가득했다. 이런 날이면 다친 오른쪽 다리가 유난히 욱신거렸다. 연수는 사고 기사가 실린 신문을 서랍에 집어넣고 화장실로 가기 위해 목발을 집어 들었다. 아직도 오른발을 내디딜 때마다 통증이 있지만, 의사는 걸을 수 있는 것도 기적이라고 했다. 부딪힌 자동차 밑으로 온몸이 껴 들어갔으니 어쩌면 살아 있는 것 자체에 감사할 일이었다. 친구 중 가장 먼저 경하를 만날 뻔했다. 만약 경하가 연수를 만났다면 뭐라고 했을까? 일찍 구해 주지 않았다고 원망하려나? 물론 싫은 소리는 안 하겠지만 연수는 경하 얼굴을 볼 자신이 없었다. 지옥 속을 혼자서 빠져나온 비겁함에 얼굴을 들지 못했을 거다.

걷기 힘든 연수를 위해 화장실 벽에도 손잡이가 있었다. 아직 중심을 잡고 오래 서 있는 건 힘들었다. 재활 치료를 받을 때마다 담당 선생님은 80퍼센트의 신경이 돌아왔다고 말했다. 나머지 20퍼센트만 돌아오면 예전처럼 뛰고 걸을 수 있을 거라는데, 두 달째 같은 말만 되풀이할 뿐 치료는 답보 상태였다.

변기 물 내려가는 소리가 폭포처럼 크게 울렸다. 인근에 새로 생긴 대형 마트로 장을 보러 나간 엄마도 없어 집 안이 괴괴했다. 학교라도 다녔으면 덜 심심했으려나. 연수는 교복을 입고 학교에 다녔던 그 시간이 너무 아득하게 느껴졌다.

몇 달 전 기준이 병원으로 문병을 왔다. 2년 넘게 한 번도 마주친 적이 없었으니 오랜만에 보는 얼굴이었다. 사실 그동안 연수는 몇 번이나 기준을 봤다. '치맥' 배달이 한참 몰리는 시간, 야자가 끝나고 집으로 가는 기준의 무거운 발걸음을 지켜본 적이 있었다. 저 녀석 등이 저렇게 굽었던가, 걱정했다. 하지만 이미 지난 일, 연수는 시치미를 떼고 능청스럽게 물었다.

"어떻게 알고 온 거야?"

고3답게 피로의 기색이 역력했지만 기준의 표정은 편안해 보였다.

"너희 사장님이 우리 아버지 동창이야. 아버지가 너 사고 났다고 알려 주시더라."

읍에서 동으로 행정구역명이 바뀌었다지만 촘촘하게 얽힌 인간관계는 예전 군이나 읍에 걸맞아서 여전히 이웃의 시시콜콜한 소식쯤은 쉽게 접할 수 있었다. 그래도 '꼬꼬치킨' 사장이 기준 아버지 친구였다니, 진짜 세상은 좁고 좁았다.

"그럼 너희 아버지 빽으로 사장님한테 병원비 좀 보태라고 부탁해야겠다."

병원비가 상당하게 나왔지만 연수는 정식 직원이 아니었고, 사장은 위로금 몇십만 원 들고 온 게 다였다. 연수가 사고 난 뒤로 직접 배달까지 한다는 사장은 염색할 시간도 없었는지 하얗게 센 머리로 병원을 찾아와서는 엄마의 눈치를 보다 슬그머니 돌아갔다. 엄마는 사장이 내놓고 간 봉투를 확인하곤 어이없어하며 불같이 화를 냈지만 연수는 원망의 마음이 들지 않았다. 그리고 어렵게 시작한 치킨집에서 알바생의 실수로 오토바이까지 폐기했으니 어쩌면 그의 사정이 나보다 못할지도 모르겠다, 생각했다.

"그건 내가 나설 일이 아닌 것 같은데……."

연수 말에 기준이가 머리를 긁적였다. 난처할 때마다 나오던 버릇이었다.

"야, 농담한 거야. 분위기 파악 못 하는 건 여전하구나."

기준이는 자기 일도 아니면서 괜한 변명을 늘어놓듯 미안한 얼굴로 사장의 사정을 전했다.

"꼬꼬치킨 아저씨, 아직 오토바이 살 돈이 없어서 자전거로 배달 다니신대."

직접 배달을 다닌다고 하기에 그새 오토바이를 샀나 싶어 커브 틀 때의 핸들링 요령에 대해 알려 주었는데 사장은 어쩐지 영 어색한 표정이었다. 그래도 그렇지, 자전거라니! 자전거로 배달을 다니면 조금만 늦어도 쌍욕을 해 대는 가든빌라 302호는 이제 단골에서 떨어져 나가겠구나, 연수는 생각했다. 화가 날 때마다 씨발, 씨발을 달고 사는 사모님한테도 알바생 하나 제대로 못 뽑았느냐며 엄청 구박을 받겠구나 싶었다.

그날 기준은 연수의 깁스한 다리를 만지작거리며 근황을 전했다. 공부를 안 한 건 아닌데 좋은 대학은 영 못 갈 점수라고, 점수에 맞게 아무 대학이나 들어갈 거라고, 이것도 저것도 안 되면 K대나 갈 거라고…… K대 얘길 하면서 기준은 씨익 웃었다.

기준의 담백한 웃음, 참 오랜만이었다. 그래, 네 맘이 편하다면 K대인들 G대인들 어떻겠니? 연수는 조용히 끄덕이며 기준에게 말 없는 응원을 보냈다. 그런데 거긴 어디지?

"K대가 어디야?"

이대로 가면 중학교가 최종 학력이 되는 연수로서는 도대체 K가 어느 대학의 약자인지 감을 잡을 수 없었다.

"대학은 무슨. 군대라고!"

푸하핫 웃는 기준의 대답에 연수도 오랜만에 빵 터뜨렸다. 그런데 군대? 이젠 군대 얘길 꺼내도 이상하지 않은 나이가 됐구나. 시간만은 누구에게나 똑같이 흘러가는구나. 오로지 경하만 그 나이로 남았을 뿐.

기준은 자신이 사 온 오렌지주스 병을 비우고서야 병원을 떠났다. 어서 완쾌하라는 의례적인 말을 전하고 병원을 나가기 전, 기준이 망설이다가 물었다.

"혹시 오토바이 말고 다른 이유 때문에 학교 그만둔 건 아니지?"

연수의 입에서 어떤 대답이 나올까 조마조마한 눈빛이었다.

"오토바이에 미쳤는데 글자가 들어오겠냐? 그래서 그만둔 거지. 다른 이유가 뭐 있겠냐?"

연수의 대답에 기준은 가벼운 얼굴로 그곳을 떠났다.

다른 이유 뭘 생각한 거니? 도리어 연수가 묻고 싶었다. 차마 경하 이야기를 꺼낼 수도 없었던 그 맘을 헤아렸기에 연수는 기꺼이 학교를 때려치운 불량한 라이더를 자처했다. 아니, 정말로 오토바이가 상처 입은 연수에게 치료제이기도 했다.

오토바이가 아니었으면 지금의 모습에서 달라졌을까? 연수의 집에서 모퉁이만 돌면 나오는 경하네를 날마다 지나며 무사히 학교에 다녔을까? 연수는 고개를 저었다. 연수는 아무렇지 않은 척 경하의 집 앞을 지나갈 자신이 없었다.

연수와 경하는 어릴 때부터 친구였고, 촘촘한 인간관계가 지닌 습성처럼 집도 가까이 붙어 있었다. 차로 20분 거리에 광역시가 있으니 시골은 아니라고 아버지는 주장하지만, 눈만 돌려도 논밭이 보이는 농촌 지역답게 읍내의 유일한 유치원, 초등학교도 둘이 같이 다녔다. 하지만 모든 관계가 그렇듯 연수와 경하의 우정도 위기를 맞지 않을 수 없었다. 그건 바로 시골 농부답지 않게 늘 사업을 구상하는 연수 아버지와 연관이 있었다.

"나이키 운동화 파는 가게도 있는데 왜 여기가 시골이야?"

시골 아이로 키우지 않겠다는 신념을 지키기라도 하듯 아버지는 연수에게 나이키 운동화만 사 주었다. 하지만 등하굣길 곳곳에 아직도 진흙 길이 남아 있는 걸 보면 역시 시골이었다. 그리고 하우스 농사에만 기대 살 수 없다며 걱정하는 아버지의 고민 역시 시골스러웠다.

아버지의 고민으로 연수와 경하의 인연은 초등학교 때 끝날 뻔했다. 하우스 재배보다 인근 광역시에서 작은 가게라도 하나 내는 게 낫지 않나, 중학교부터라도 도시에서 가르치는 게 좋지 않나, 아버지는 오래전부터 궁리하고 있었고 'P읍 탈출'로 거의 결론을 내렸다고 했다. 그런데 아버지 계획에 변수가 생겼으니 그건 바로 읍내 외곽에 온천이 개발됐다는 소식이었다. 이제 목욕탕만 다녀도 때깔 좀 나겠구나 하는 소박한 엄마와는 달리 아버지는 온천 개발 소식을 듣자마자 사업을 구상했고 쓸데없이 놀리던 집 마당에 허름한 방 몇 개를 지어 민박집 간판을 걸고 영업을 시작했다.

'시골민박'이 연수네 상호였다. 푸근한 고향의 냄새가 나도록 지었다는 아버지의 얼굴에서 P읍은 시골이 아니라고 주장하던 과거를 찾아볼 수는 없었다. 아버지가 발 빠르게 숙박업을 시작하고 또 주말이면 신기하게 손님이 찾아오자 연수네 옆집도 민박을 시작했다. '다솜민박'이 첫 손님을 받던 날, 아버지는 옆집을 향해 가래침을 뱉었다.

"이런 쌍, 남 잘되는 꼴은 죽어도 못 본다니까!"

시골보다 세련된 느낌의 '다솜'이란 상호가 신경 쓰였는지 아버지는 이름을 바꿀까 고심할 정도로 옆집을 견제했다. 하지만 물 좋다는 소문이 나면서 온천은 호황을 누렸고 시골민박 여섯 칸도 주말이면 꽉꽉 찼다. 물론 그건 옆집도 마찬가지였다. 다솜민박까지 잘되면서 기어이 연수네 집에서 큰길가로 모퉁이를 돌면 나오는 경하네도 '감나무집'으로 간판을 내걸었다.

경하네 때문에 장사에 지장이 있었으면 이웃 간의 정이고 나발이고 할 것 없이 칼부림이라도 났을 텐데 다행히 세 집 모두 그럭저럭 손님이 들었고 경하와의 우정에도 아무 문제가 없었다. 지금 생각해 보면 가격 담합이겠지만 세 집은 방값을 똑같이 정하고, 아침을 누룽지로 주는 서비스도 통일하는 영업 전략을 펼쳤다. 그 덕에 나란히 붙은 세 민박집은 전보다 더 끈끈한 관계를 유지했고, 본업인 농사보다 부업인 민박집이 잘되면서 초등학교 졸업사진에는 졸업장보다 빛나는 나이키 운동화를 신은 연수와 경하의 모습이 담길 수 있었다.

연수와 경하가 소꿉친구였다는 건 정글북 아이들도 알고 있었다. 작년 시화전이 끝나고 동아리 선생님이 피자를 사 줬을 때 연수는 자연스럽게 경하의 피자 조각에서 파프리카를 빼내 대신 먹었다. 그 모습을 본 도엽이 의미심장하게 물었다.

"어째 경하 취향까지? 너희 둘 사귀냐?"

파프리카와 브로콜리는 경하가 제일 싫어하는 채소였다. 공짜로 준대도 싫다고 도망갈 정도였으니 연수가 그 사실을 모를 수는 없었는데 그게 도엽이 눈에는 이상하게 보인 모양이었다.

"너 미쳤어?"

연수는 펄쩍 뛰며 손을 저었다. 말도 안 되는 소리였지만 여자 친구 부럽지 않은 친구 사이임은 틀림없었다. 그렇다고 싸우지 않고 늘 좋은 관계를 유지했을 거란 착각은 금물이었다. 둘은 누구보다도 많이 싸웠다. 별거 아닌 걸 갖고 싸웠고 작은 일로 자존심을 내세우기도 했다. 약점을 잘 알기에 집요하게 괴롭힌 적도 있었다. 경하가 미웠던 순간도 많지만 그보다 더 많은 시간을 잘 지냈다. 그래서 중학교 졸업사진에도 나이키 운동화를 신은 경하랑 같이 사진을 찍을 거라 생각했다. 연수에게 경하는 그런 친구였고, 연수는 그날의 화재로 그런 친구를 잃어버렸다.

# 소정

율미는 왜 그렇게 당당했을까? 그 아이는 모든 일에 필요 이상으로 당당했다.

같이 군것질거리를 사 먹으면서도 율미는 번번이 오늘은 네가 내, 라고 말했고 그때마다 소정은 왜 하고많은 '오늘은' 내가 내야 하나 싶었지만, 따져 묻기엔 너무 쩨쩨하고 구차해 보여 차마 그 얘기를 입에 올릴 수가 없었다. 그래서 어쩌면 율미의 당당함이 혹시 뻔뻔함은 아닐까 고개를 갸웃했고, 둘을 가진 사람도 가끔 심술 정도는 부려도 되지 않나 스스로에게 투정을 부리기도 했다.

율미가 교내 영어 말하기 대회에 나가 상을 받은 뒤였다. 외국 생활을 한 학생은 참가 금지였기에 소정은 대회와 아무 상관이 없었고 율미의 수상을 편하게 축하해 줄 수 있었다.

"암튼 고맙다. 그런데 너 혹시 내가 나갔으면 어림도 없었을 텐데, 이렇게 생각하는 건 아니지?"

가슴이 뜨끔했지만 소정은 손사래를 치며 아니라고 했다.

"아니면 됐어. 네가 대회 나왔어도 결과는 모르는 거야. 그래서 길고 짧은 건 대봐야 안다고 하잖아."

소정은 저것도 속담이구나, 율미가 왜 저런 말을 할까 생각했고 순간 자신이 그 말을 알아듣나 못 알아듣나 떠보는 건가 싶었다. 소정은 기분이 확 상해 한 번쯤 율미를 골려 주고 싶었다.

"네 말이 맞아. 길고 짧은 건 아무도 모르는 거야. 그런데 너 티에이치 발음은 교정 좀 해야겠더라. 대부분 틀렸어."

부드럽게 말했지만 율미 얼굴은 일그러져 있었다.

"맞아, 소정이 발음이야 완전 네이티브지."

기준까지 맞장구를 쳐 줘서 기분이 좋아야 하는데, 소정은 왜 못되게 굴었을까 후회되었고 이내 우울해졌다.


율미를 향해 못난 모습을 드러냈을 때 소정은 자신이 흠집 난 사과 같다고 느꼈다. 어느 해 장날, 소정은 엄마의 심부름으로 사과를 사러 갔다. P읍에서 사과는 온천 다음으로 유명했다. 장날이면 과수원에서 직접 딴 사과를 파는 장사치들도 꽤 많았다. 단골 없이 아무 데나 가도 당도 높은 사과를 살 수 있기에 엄마도 소정에게 심부름을 시킨 거였다. 소정은 가판에 조르르 놓인 사과를 고르다가 저 멀리 한적한 곳에 신문지를 펴 놓고 장사를 하는 할머니를 보았다. 제대로 된 가판도 차리지 못할 만큼 초라한 행색에 마음이 쓰였고 결국 발길을 옮겼다. 할머니 앞에 서고 나서야 혹시 사과가 영 아니면 어쩌나 걱정이 밀려왔지만, 다행히 플라스틱 바구니 안에 담긴 사과는 빨갛고 반지르르 윤기가 흘러 당장에라도 한 입 베어 물고 싶을 정도였다. 소정은 망설임 없이 지갑을 열었다. 그러자 할머니는 바구니를 통째로 들어 검은 봉지 안으로 거침없이 쏟았다. 정나미 떨어진다는 듯이, 속 시원하다는 듯이 사과를 쏟아붓는 할머니를 보면서 소정은 저러면 사과가 곯을 텐데, 걱정했다.

할머니가 급하게 검은 봉지 안으로 사과를 감춘 이유는 집에 와서야 알 수 있었다. 할머니한테 산 사과는 온통 흠집 있고 곯은 것들뿐이었다. 플라스틱 바구니에 두 단으로 쌓은 사과 중에서 아랫단은 못 봤으니 그렇다 하지만 빨갛고 윤기가 반지르르 흐르는 걸 똑똑히 확인한 윗단의 사과까지 그 모양이니 소정은 영문을 알 수 없었다.

"영악한 할망구 같으니라고. 곯은 걸 감추려고 멀쩡한 면으로만 돌려놨을 테지."

한 입 베어 물고 싶을 정도로 맛있어 보이는 사과의 뒷면이 흠집투성이일 수 있다는 걸, 어수룩해 보이는 할머니도 돈이 궁하면 얼마든지 남을 속일 수 있다는 걸 소정은 그 일을

114

통해 알았다. 그날 엄마는 시골 인심이 어찌 이러느냐며 개탄했지만, 소정은 굳이 시골 사람만 순박해야 한다면 그것 또한 잘못된 일이며 그래서 할머니를 용서해야겠다고 느꼈다.

당장 먹을 사과 한 알이 없어서 그랬는지 아니면 어린 딸을 속인 게 분해서인지 엄마는 장터로 할머니를 찾아 나서자 했고, 소정은 지나치게 분노하는 엄마의 모습이 보기 흉해 얼굴을 찡그렸다.

'우리는 둘을 가졌는데 엄마는 왜 저럴까?'

그러다 문득 빨갛고 윤기 나는 사과의 뒷면에 흠집이 있는 것처럼 사람도 그렇구나, 어쩌면 나도 그럴 수 있겠구나, 그렇다면 남들에게는 앞모습만 보여 줘야지 생각했다.

율미의 발음을 지적했던 소정의 모습은 사과의 곪은 뒷면이었다. 좋은 모습만 보여 주려 하는데 율미는 자꾸 사과의 뒷모습을 흘끔거렸고 소정은 그게 신경 쓰였다. 그러다 보니 둘 사이엔 묘한 긴장감이 흘렀고, 결국 3학년 시화전 작품으로 감정이 폭발했다.


정글북 선생님은 적어도 한 달에 한 편 정도 시나 수필, 단편소설 등 어떠한 형식으로라도 글을 써야 한다고 강조했다. 독서감상문도 좋고 콩트, 희곡, 뭐든 괜찮다고 했지만 막상 한 달에 한 편을 지키는 건 대부분 여자아이들이었다. 남자 중에서는 연수가 그나마 제일 성실했지만 한 달에 두세 편의 시를 올리기도 하는 율미에 비하면 상대가 안 됐다.

선생님에게 시를 제출하기 전 정글북 카페에 올리면 아이들이 간단한 감상평을 남기기도 했고, 그걸 읽고 수정하기도 했다. 물론 카페의 주목적은 잡담과 학교 친구들 '뒷담화'였다. 그래도 가을 시화전 준비는 일 년 중 가장 큰 행사였기 때문에 정글북 전원이 카페에 시를 올리는 걸 원칙으로 했다.

3학년 가을, 아이들은 시화전 열흘 전까지 시를 카페에 올려야 했고 말도 안 되는 시를 올린 도엽을 뺀 다섯 명이 약속을 지켰다.

시화전이 뭐 별거라고, 소정은 관심 없는 척했지만 전교생이 보는 곳에 시가 걸리는 건 정글북 회원에겐 큰 영광이었다. P읍 주민 대부분이 기림고 졸업생이라 은행제를 할 때면 나들이 삼아 구경 오기도 했다. 자식 글이 전시되는 건 P읍 부모들에게도 어깨 으쓱하는 일이었다.

율미는 시를 잘 썼다. 섬세하고 결 고운 율미의 시. 율미는 시를 써서 학교 백일장은 물론 교외 대회에서도 여러 번 수상했다.

'오랜 시간 모국어를 썼기에 그런 거야.'

그렇게 생각했지만 소정은 율미의 시가 머리가 아니라 몸에서 나왔다는 걸 느끼고 있었다. 밝게 웃고 짓궂은 장난을 치다가도 어느 한순간 율미는 세상을 오래 산 어른 같은 얼굴로 사물을 바라보곤 했다. 석양이 지는 무렵, 정글북 교실 창가에 서서 골똘히 생각에 잠긴 율미를 보고 있으면 경건한 느낌까지 들어 말 한마디 붙일 수 없었다.

소정의 겸손이 오랜 시간 습관과 교육으로 몸에 익은 거라면, 율미의 어른스러움은 타고난 것이었다. 일찍 엄마를 잃은 비극의 가족사에서 비롯된 서늘한 우울과 할머니와 아버지의 지극한 사랑 덕분에 생긴 어른스러운 따뜻함은 누구도 흉내낼 수 없는 율미만의 분위기였다. 햇살의 눈부심을 피해 들어간 그늘, 그런데 의외로 따뜻한 그늘. 서늘함과 따스함을 다 가진, 율미는 그런 아이였다. 태생적으로 가진 것은 노력해서 얻으려 해도 되지 않는다는 걸 소정은 알고 있었다.

3학년 가을, 선생님이 딱히 소재나 주제를 정해 주지 않았지만 아이들 대부분은 계절에 어울리는 시를 썼다. 소정의 시 제목도 '가을 속으로'였다. 정글북 모임 하루 전 자정까지가 데드라인이었고 소정은 열 시쯤 시를 올렸다. 이미 시를 올린 아이는 연수와 도엽, 경하였다. 도엽의 시는 정말 못 말리는 수준이었다.

고추잠자리 / 고추 먹고 빨개졌니 / 고추잠자리 / 아니면 망신 당해 얼굴이 붉어졌니 / 고추잠자리.

소정은 '차라리 안 본 걸로 할게'라고 댓글을 달았다. 그나마 연수의 '헐', 경하의 'ㅋㅋ' 댓글에 비하면 성의 있는 코멘트였다.

연수와 경하의 시도 읽었지만 솔직히 자신이 쓴 시가 더 나았다. 연수의 시는 관념적이었고 경하의 시는 형상화가 덜 됐다고 해야 하나? 율미의 시가 궁금했지만 학교 숙제가 남아 있어서 얼른 카페를 나와 버렸다. 그런데 다음 날 율미의 시를 본 소정은 머리끝까지 화가 났다.

소정이 쓴 시는 아버지의 굽은 등이 가을이면 떨어지는 낙엽과 같음을 비유한 내용이었다. 그런데 율미의 시는 '가을의 식탁'이란 제목으로 추수하러 나갔다 들어온 아버지가 밥알이 떨어진 것을 아까워하며 밀레의 '이삭줍기'처럼 허리를 굽혀 그걸 줍는다는 내용이었다. 물론 시가 똑같지는 않았지만 가을과 아버지라는 소재가 겹쳤다.

두 개의 시 중 하나를 고르라면 율미 시가 더 좋았다. 그건 소정도 인정했다. 하지만 소정은 자신이 먼저 시를 올렸는데 율미가 그걸 보면서 아이디어를 얻은 건 아닌가 의심스러웠고 결국 선생님에게 정식으로 문제를 제기했다.

'나는 너무 많이 양보했어.'

소정이 완강히 굴자 정글북 선생님은 벌써 두 해나 시화전에 작품을 냈던 율미에게 양보를 권했고, 율미는 마지못한 얼굴이었지만 그걸 따랐다.

"인간성 좋은 내가 봐준다."

율미의 쿨한 인정도 없었고,

"네 시가 더 좋았는데 미안해."

소정의 따뜻한 위로도 없었다.

소정과 율미는 그냥 어색했고, 화재가 일어난 날까지도 감정이 풀리지 않았다.

# 도엽

땅콩밭에서 돌아오니 승묵이 편지를 마냥 쳐다보고 있었다. 무슨 투시력이 있다고 저러나 싶어 도엽은 거칠게 봉투를 뺏었다. 그리고 입구를 북 찢어 편지를 읽었다.

우리 어른이 되기 위해서라도 이제 만나야 하지 않을까?
수능이 끝난 토요일 오후 3시, 기림중학교 은행나무 앞.

언젠가 한 번은 연락이 오지 않을까 생각했는데 역시 정글북 친구였다. 그런데 이 낯익은 글씨는 누굴까?

"와, 여자가 편지 보냈다. 그런데 뭐가 이리 시시해!"

승묵의 눈에는 여자 글씨로 보였나 보다. 혹시 소정이나 율미일까? 그러다 문득 여기 주소를 어떻게 알았을까, 궁금증이 일었다. 도엽은 그 후 아이들 소식을 전혀 몰랐다. 마찬가지로 아이들에게 자신의 소식도 전하지 않았다. P읍에서 이렇게 멀리 떨어진 곳으로 편지를 보내다니…….

불쾌하면서도 섬뜩한 느낌이 들었다. 그래서 아직 편지지를 뚫어져라 보는 승묵에게 괜히 심통을 부렸다.

"왜 남의 편지를 봐!"

"신기해서 그래. 이메일도 아니고 이런 편지는 처음 받잖아."

그 말을 듣고 보니 더 이상했다. 굳이 손글씨 편지를 보내다니, 대체 누굴까. 만약 정글북 친구라면 혹시 카페에도 흔적을 남겼으려나 싶어 도엽은 급하게 인터넷을 열었다.

"오늘 저녁 당번 너 아니야?"

승묵이 말을 시키자 도엽은 짜증이 났고 그냥 네가 해, 퉁명스럽게 대답했다.

"어제도 내가 했잖아. 그러니까 오늘은 너야."

"앞으로 일주일 할 테니까 오늘은 제발 네가 해!"

승묵이 비죽거리며 부엌으로 가자 도엽은 정글북 카페에 들어갔다. 게시판에 편지와 똑같은 글이 올라와 있었다. '크림콩' 닉네임을 보면서 도엽은 뭐하자는 수작인가 싶었다. 누가 이따위 장난을 치나, 주먹이 부르르 떨렸다. 누군지 몰라도 앞에 있다면 면상이라도 갈겼을 것이다.

편지는 도엽만 받은 게 아니었다. 연수, 소정, 기준도 받았다. 소정은 기준이 보냈나 생각했는지 연락처를 남기며 통화하자고 댓글을 달아 놨다. 그런데 아니었다.

기준 - 나도 편지 받았어. 아무튼 우리 만나자.

도엽까지 받았으니 역시 율미가 보낸 편지였다. 화재 사건 후 참고인 조사를 받을 때 율미는 현장에 없었음에도 두 번이나 엄 형사를 만나야 했다. 노골적으로 말을 한 건 아니었지만 사람들은 율미가 뭔가 꼬투리 잡힐 일을 한 게 틀림없다고 의심했다. 그런데 율미는 왜 경하 아이디로 카페에 들어왔을까? 율미 성격에 이런 장난을 쳤을까? 머리가 복잡했다. 제대로 흙을 씻어 내지도 않은 손으로 도엽은 머리를 북북 긁었다.

화재 사건으로 경하를 보낸 후, 도엽은 기림고등학교로 진학하려던 진로를 완전히 바꿔 이곳 '산들학교'로 왔다.

"이놈아, 농사짓지 말라고 학원 보내 가며 공부시킨 건데 뭐 어째?"

산들학교에 가겠다고 말했을 때 아버지는 무거운 주물 프라이팬을 들던 괴력의 손으로 당장에라도 도엽의 머리를 내리칠 기세였다. 아버지 성질과 주먹 힘을 잘 아는 엄마는 바들바들 떨면서 제발 그만하라고 매달렸지만 도엽은 고집을 꺾지 않았다.

"농사만 짓는 거 아니에요. 자연 속에서 스스로 사는 걸 배우는 학교예요."

터진 입이라고 말은 잘한다, 하며 결국 아버지의 주먹이 날아왔지만 정작 그 피해를 본 건 엄마였다. 잽싸게 도엽의 몸을 막으며 방어해 준 모성의 위대함 때문인지 아버지는 열흘 만에 산들학교 입학을 마지못해 허락했다.

"정히 공부할 맘이 없어서 그런 거면 학교는 졸업장이나 받게 대충 다니고 차라리 아버지 밑에서 주방 일을 배우든가."

기숙사로 들어가는 아들이 안타까운지 떠나는 날까지 엄마는 도엽에게 사정했다.

공부를 좋아하지도, 잘하지도 않았지만 그것 때문에 기림고 진학을 포기한 건 아니었다. 물론 농사를 좋아해서 산들학교를 택한 것도 아니었다.

도엽은 P읍을 떠나고 싶었다. 불이 났던 동아리방을 지나 고등학교에 다닐 자신이 없었고, 읍내에 살면서 경하네 소식을 들어야 하는 것도 겁이 났다. 도엽은 아주 멀리 숨고 싶었고 산골에서 기숙사 생활을 할 수 있단 말에 주저 없이 산들학교를 택했다.

산들학교는 공동체의 삶 속에서 자급자족을 실천하는 학교였고 당연히 학력 인정이 안 되는 곳이었다. 도엽은 지난 3년간 농사짓고, 집 만들고, 가축 키우고, 요리, 바느질, 청소 등을 하며 생활에 필요한 모든 활동을 경험했다. 그렇다고 책으로 배우는 공부를 안 하는 것도 아니었다. 다만 일반고에서 배우는 학문은 현실에서 쓰는 것보다 필요 이상의 것을 배운다는 전제하에 기본적인 수업만 받고 대부분 시간은 실습에 매달렸다.

확실한 소신으로 지원한 것이 아니라 그저 P읍을 떠나고 싶어서 왔기에 처음부터 산들학교에 적응하기가 쉽지 않았다. 농번기에는 이른 새벽부터 논으로 나가야 했고, 김매기를 할 때는 허리가 끊어질 듯 힘들었다. 그뿐이 아니었다. 흙벽돌을 만들어 집을 지을 때는 온몸이 두들겨 맞은 것처럼 아파서 며칠을 끙끙 앓기도 했다.

도엽이 원해서 떠나왔지만, 잠자리에 들 때면 집 생각이 났다. 무엇보다 장안성의 짬뽕이 그렇게 먹고 싶을 수가 없었다. 화끈한 불맛이 나는 짬뽕 국물을 들이켜면 피곤함이 싹 가실 것 같았다.

몇 번이나 다시 돌아갈까 망설이면서 시간을 보냈다. 그런데 반년이 지나자 도엽은 노동의 참맛을 알게 됐다. 경쟁이 필요 없는 협동 속에서 땀 흘리며 일하는 것이 행복했다. 내가 이 고랑에 씨를 심으면 너는 저 고랑에 심어, 나누어 할 수 있는 일. 어느 씨앗이 먼저 싹을 틔우든 그건 능력과 관계없이 자연의 섭리일 뿐이었다.

대롱대롱 달린 가지와 고추, 쑥쑥 커 가는 옥수수, 뽑아도 자꾸 자라는 상추처럼 날마다 거두는 결과물이 도엽을 붙잡

왔다.

'내가 떠나면 이걸 다 누가 키우겠어?'

별다른 반찬 없이도 모든 끼니가 꿀맛이었고, 밤이면 피곤에 절어 고민 없이 단잠을 잘 수 있었다. 몸이 고단할수록 마음은 편했다. 그래서 경하를, 정글북 친구들을, P읍을 조금씩 잊어 갔다.


산들학교는 평범한 아이들이 오는 곳은 아니었다. 졸업장을 받을 수 있는 정식 인가 학교도 아니기에 '학생'이란 타이틀에 연연하는 아이들도 없었다.

처음 오리엔테이션을 했을 때 하얀 수염을 기른 도사 같은 선생님이 말했다.

"왜 왔느냐는 중요하지 않아요. 우리가 이곳을 선택했다는 것만이 소중할 뿐. 그러니까 최선을 다해 지금 이곳을 즐기면 좋겠어요."

개량 한복을 입은 선생님부터 기차역 노숙자처럼 허름한 옷차림의 선생님들이 있듯이, 아이들도 노랑머리부터 빡빡이까지 차림새가 제멋대로였다. 저마다 뭔가 사연이 있을 것 같았지만, 서로 지나간 시간은 묻지 않았다. 그것은 일종의 금기였다.

어느 날 같은 방을 썼던 한 아이의 손목에서 실금처럼 잔뜩 그어진 상처들을 봤지만 도엽은 모른 척 시선을 피했다. 그건 자해의 흔적이었다. 자신의 목숨을 끊으려 했던 아이. 그 구구절절한 이야기가 뭐건 아이는 스스로 산골짝 학교로 찾아들어 왔고 건강하게 잘 살고 있었다. 산들학교 아이들에겐 하루하루의 '지금'이 과거보다 훨씬 중요했다.

산들학교에서는 2년간의 기숙사 생활을 마치면 인근 농가를 임대해 독립생활을 할 수도 있었다. 공동체 삶이 원칙이기 때문에 혼자서는 안 되며 둘 이상의 신청자에 한해서였다. 열아홉 살이 되면서 도엽은 승묵과 함께 독립을 결정했다.

도엽은 기숙사 생활을 하면서 여러 아이와 룸메이트가 됐는데 그중 가장 맘이 잘 맞았던 아이가 승묵이었다. 승묵은 아이들에게 '돌고래'라 불렸는데 그건 승묵이의 아이큐가 그와 비슷해서였다. 물론 정확한 아이큐 검사를 따로 한 건 아니었지만 말이나 행동으로 봐서 크게 다르지 않을 것 같았다. 그렇다고 아이들이 승묵을 놀린 건 아니었다. 돌고래 정도 아이큐면 살아가는 데 무리가 없다고 배웠고, 다들 실제로 그렇게 느꼈기 때문이다.

독립한 첫날, 도엽은 초라한 시골 농가에 간판을 걸었다. '파이집'. '덤 앤 더머'를 낸 승묵의 의견 따위는 가볍게 무시하고 도엽이 정한 이름이었다. 웬 파이집, 묻는 승묵에게 도엽은 잘난 체를 실컷 했다.

"수학에서 배우는 파이 말이야. 파이가 3.1415926535처럼

126

순환하지 않는 무한소수잖아. 그렇게 끝나지 않을 것처럼 인생의 의미를 찾자고."

도엽의 설명을 들은 승묵이 침을 떨어뜨릴 듯이 입을 벌려 감탄했다. 승묵의 감탄에 미안해서 도엽은 집에서 보내온 '초코파이'를 보고 얼떨결에 지었다는 고백은 할 수 없었다.

독립생활은 쉽지 않았다. 무엇보다 남자 둘이 해 먹는 식사가 제일 힘들었다. 그래도 보고 자란 게 있어 그런지 도엽은 승묵보다 음식을 곧잘 만들었다. 다행히 공동체 생활에 익숙한 주민들이 너나없이 먹을 것을 나눴기에 남자 둘이 살면서도 그럭저럭 세 끼 식사를 해결할 수 있었다.

졸업이 가까워져 오면서 도엽은 어찌 살아야 하나 고민에 빠졌다. 3년 동안 자연 속에서 타인과 조우하며 살아가는 생활을 충분히 배울 수 있었다. 하지만 도엽의 마음속에 뭔가 아쉬움이 남아 있는 것도 사실이었다. 한 번쯤 큰 도시에서 살아 보는 것도 괜찮지 않을까, 혹시 다른 것에 재능이 있는데 너무 한곳에서 머물렀던 건 아닐까, 생각이 많았다.

반면 승묵은 도엽 없이도 혼자 파이집에 남기로 했다. 실제로 산들학교 주변엔 졸업 후에도 농사를 지으며 살아가는 선배들도 있었다.

"다시 P읍으로 돌아갈 거야?"

도엽이 멍하니 있으면 승묵은 걱정스럽게 물어보곤 했다.

혼자 남아야 하는 것이 두려운 눈치였다. 그럴 때마다 도엽은 결정된 건 아무것도 없다고 말했다. 그건 사실이었다. 도엽은 갈림길 앞에 멈춰 서 어느 길로 갈까 손바닥에 침을 퉤 뱉어 놓은 상태였고, 편지를 받은 건 바로 그때였다. 침이 어느 방향으로 튈지 짐작조차 할 수 없던 그때.

# 기준

도엽과 목발을 엮어 보려던 계획이 물거품으로 돌아가자 엄 형사는 시큰둥한 얼굴로 수첩에 메모를 했다. 그 순간 엄 형사의 휴대폰이 울렸다. 나가서 받을 줄 알았는데 엄 형사는 앉은 자리에서 그냥 받았고, 모기처럼 작게 남자 목소리가 들렸다. 기준은 엿듣는 느낌이 들어 괜히 딴청을 피웠다.

"뭐? 없어? 아휴, 촌구석답다. 어째 학교 주변에 시시티브이 하나가 없냐? 서울 사람들 목숨만 중하고 여기선 사람이 죽어 나가도 눈 하나 깜짝 않겠다는 거야? 이래서 어디 범인 잡을 수 있겠어?"

학교라는 단어에 기준은 귀가 번쩍 뜨였다. 기림중 화재 사건에 대한 이야기를 나누는 건가? 학교 주변에 시시티브이가 없었던가? 눈여겨보지 않았으니 전혀 알 수 없었다.

엄 형사가 거칠게 전화를 끊었다. 전화기에 대고 한마디 욕이라도 할 줄 알았는데, 기준을 마주 보는 엄 형사는 어느새 잔잔한 미소를 짓고 있었다. 중국 변검 마술을 보는 것처럼 순식간이었다. 이 남자, 진짜 무서운 사람이구나 싶어 기준은 큰 숨을 들이마셨다.

"소화기를 가지러 간 중앙 현관에서 율미를 만났다고 했지? 그때 율미가 겉옷을 입고 있었니?"

율미의 옷차림이 어땠는지 기억이 가물가물했다.

"당연히 교복은 아니었고, 사복을 입긴 했는데……."

"소정이 말로는 율미가 카디건을 벗어 두고 나갔다던데."

엄 형사의 말을 듣고서야 기억이 떠올랐다.

"맞아요. 셔츠에 청바지 차림이었어요."

구급차가 아이들을 실을 때 봤다. 경하를 업느라 옷이 더러워진 기준이까지 다들 그을리고 엉망이었기에 깨끗한 율미만 도드라져 보였다.

"혹시 그때 율미가 추워 보였니?"

엄 형사의 질문이 뜬금없어 기준은 뭐라 대답할 수 없었다. 그러자 엄 형사가 답답한 듯 다시 말했다.

"그날 오후 기온은 영상 11도, 평년보다 4도 낮은 쌀쌀한 날씨였어. 셔츠 차림으로 바깥에 오래 있었다면 추위를 느꼈을 거야. 네가 보기엔 어땠어? 입술이 파랬다거나 혹은 팔짱을 꼈다거나. 뭐 별다른 거 없었어?"

이렇게 노골적으로 얘기를 꺼내는 건 정글북 아이들 중 율미만 화재 현장에 없었기 때문이리라. 하지만 율미는 아니었다. 그건 기준이 더 잘 알았다.

기준은 지금이라도 엄 형사에게 사실을 얘기해야 하나 망설였다. 참고인 조사니까 말을 바꾸는 건 괜찮지 않을까 생각했고, 어찌 얘기를 꺼낼까 입술을 달싹였다. 그런데 그 순간, 아까 엄 형사로부터 살살 하라는 소릴 들은 서 형사의 목소리가 들렸다.

"아, 이 새끼가 사람 완전 열 받게 하네. 아까는 네가 했다며? 근데 지금은 아니라고? 무슨 놈의 기억이 그렇게 확확 바뀔 수 있냐고!"

그러면서 또 쾅! 이번엔 기준의 목이 자라처럼 들어갔다. 말을 바꾸면 불이익을 당할 거야. 어쩌면 날 의심할지도 몰라. 엄 형사도 수첩을 던지며 몰아붙이겠지. 기준은 입 밖으로 나오려고 하는 그날의 기억을 고여 있던 침과 함께 꿀꺽 삼켜 버렸다.


그날 기준은 중앙 현관으로 나오자마자 소화기를 찾았다. 소화기를 집어 들고 복도로 들어서는데 정글북 동아리방 창문에서 검은 연기가 새어 나왔다.

불이다! 캠핑장처럼 분위기 있게 모락모락 피어나는 불이 아닌 화재! 친구들이 그곳에 갇혀 있었다. 기준은 소화기를 가지러 교실을 나오면서 문을 쾅 닫았다. 아주 짧은 순간, 문을 닫을까 말까 망설였지만 결국 닫았다. 큰불이 아니라서 소화기로 금방 끌 수 있을 테지만 그래도 담당 선생님 귀에 들어가면 혼날 일이었다. 기준은 정글북 대표였다. 불을 끈 다음 깨끗하게 치우면 선생님도 모를 거야. 몇 초도 되지 않을 찰나에 기준은 가장 합리적이며 자신에게 피해가 없는 쪽으로 판단을 내렸다. 물론 불이 커질 거라고는 눈곱만큼도 의심하지 않았다.

빨리 가서 문을 열고 친구들을 구해야 해. 발길을 옮기려는데 자신이 나무판에 붙인 스티로폼이 생각났다. 거기에 불이 붙었구나 직감했다. 기준은 오래전 텔레비전 다큐멘터리에서 본 실험 장면을 떠올렸다. 스티로폼에 불을 붙이자 '눈 깜짝할 사이'라는 표현이 과장이 아닐 만큼 짧은 순간에 불길이 치솟고 유독가스가 퍼졌던 실험이었다. 스티로폼에 붙은 불이 실험실을 아수라장으로 만들었던 것처럼 교실도 그러하리라.

작은 소화기론 어림도 없어. 그렇지만 교실 문이라도 활짝 열어 주면 아이들이 탈출할 수 있지 않을까? 그러다 불길이 나를 덮치면?

기준이 복도 모퉁이에서 망설이고 있을 때 어느새 중앙 현관으로 들어온 율미가 말을 걸었다.

"무슨 일이야?"

율미는 아무것도 모르는 얼굴로 소화기를 가리켰다.

기준은 할 말이 없었다. 큰불이 났다고 사실대로 말한다면 당장 친구를 구하러 달려가야 하는데, 이미 그럴 마음이 없었다. 그래서 기준은 오히려 율미 쪽으로 몇 걸음 다가서며 이렇게 말했다.

　"불났어. 큰불은 아니고 그냥 작게."

　아무리 작아도 불 아닌가? 아무렇지 않은 척 태연한 말투가 어찌나 어색하던지 말을 하면서도 낯이 뜨거웠다. 그리고 그런 자신을 들키고 싶지 않아 기준은 엉뚱한 질문을 던졌다.

　"넌 어디 갔다 와?"

　"그냥 여기저기. 근데 불났다고?"

　율미의 놀란 눈동자 속에 엉거주춤 소화기를 들고 있는 기준이 보였다. 크게 긍정할 수도 그렇다고 부인할 수도 없어 기준은 어색하게 고개를 끄덕였다.

　"뭐 해. 얼른 가 봐야지."

　불이 났다는 소리에 놀란 율미는 얼른얼른, 하며 기준을 떠밀었다. 어서 가라고? 큰불이 날름거리며 기다리는 교실로 가라고? 너 같으면 그럴 수 있어?

　"어……."

　말끝을 흐리며 대답한 기준은 더는 시간을 끌 수 없기에 무거운 발걸음을 옮겼다. 그런데 기준이 두어 발짝 움직였을 때 까맣게 그은 연수가 저쪽에서 비척비척 걸어 나왔다.

　"연수야!"

율미가 울부짖었다. 연수의 몰골을 보니 기준은 도저히 발길이 떨어지질 않았다. 교실에서 기준을 기다리는 건 불이 아니라 공포였다. 아니, 지옥이었다.

그때 율미가 추위에 떨었는지 어땠는지 살필 만큼 기준은 한가한 상황이 아니었다. 하지만 기준의 대답을 애타게 기다리는 엄 형사에게 모른다고 할 수는 없었다.

"그다지 추워 보이지는 않았어요."

# 연수

아직도 엄 형사가 이해할 수 없다는 얼굴로 물었던 게 생각 난다. 왜 빨리 불을 끌 생각을 안 했느냐고. 새로 산 바지 끝단 이 그을렸기 때문이라고 하면 핑계가 될까? '생쇼'라고 놀린 도엽 탓이라고 하면 어떨까?

천만에! 누구도 이해 못 할 핑계다. 하지만 그 순간 연수는 정말로 바지 때문에, 이죽거리는 도엽 때문에 기분이 상했고 다시 '생쇼'를 할 마음은 전혀 없었다.

엄 형사가 고개를 갸웃거릴 때마다 연수의 가슴은 철렁 내 려앉았다. 거 참 이해가 안 되네, 엄 형사가 그 소릴 내뱉을 때 마다 연수는 죽을죄를 지은 사람처럼 어쩔 줄 몰라 했다.

"어쨌든 처음엔 불을 끄려고 노력했다는 거지? 일단 됐어."

그런 연수의 모습이 동정표를 얻은 건지 엄 형사는 만족스럽지 않은 표정으로 조사를 마쳤다. 그런데 만약 엄 형사가 한마디만 더 물었다면 연수는 무너지고 말았을 터였다.

"그럼, 너는 터럭만큼의 잘못도 없다고 생각하니?"

털어서 먼지 안 나는 사람 없다는 말처럼 터럭만큼의 잘못도 없는 사람이 어디 있겠는가. 하지만 연수는 그게 아니었다. 터럭이 뭉쳐져서 큰 덩어리가 된 것처럼, 남들이 모르는 엄청난 비밀을 갖고 있었다.


경하가 발등을 다친 날, 연수는 역사수행평가에서 최하점을 받았다. 앞 반 아이의 것을 그대로 베꼈다며, 선생님은 노력하지 않은 학생에게 좋은 점수를 줄 수 없다고 못을 박았다. 그전날 경하는 프린터로 깨끗하게 출력한 연수의 역사 숙제를 조금만 참고하겠다며 빌려 갔다. 그걸 똑같이 베껴서 낼 거라고는 상상조차 못 했다.

"미안, 다르게 써야 하는 건 알았는데 따로 조사할 시간이 없었어. 와…… 근데, 그걸 어떻게 알았을까? 반도 다른데."

아무렇지도 않게 미안하다고 말하는 경하가 뻔뻔해 보였다.

"지금이라도 선생님한테 가서 내 걸 베꼈다고 말해."

하지만 경하는 연수의 제안을 단번에 거절했다.

"다음엔 네가 내 걸 베끼면 되잖아. 그걸 굳이 말하라고? 뭐야, 쪼잔하게!"

연수는 경하의 큰 목소리에 몇몇이 귀를 기울이고 있다는 걸 알았고, 쪼잔한 놈이 되기 싫어 그냥 자리를 피했다.

몇 시간 후, 운동장에서 화재 대피 훈련이 있었다. 5분 안에 반별로 모이라는 방송이 계속 흘러나오는 가운데 아이들이 우르르 복도로 쏟아져 나왔다. 2층 중앙 계단을 내려가는 연수 눈에 경하가 보였다. 경하는 연수보다 세 칸 아래쯤에 있었고 두 계단만 내려가면 또다시 중간 복도였다. 순간 연수의 머릿속에 번쩍하고 어떤 생각이 떠올랐다. 쪼잔해? 그래 내가 얼마나 쪼잔한지 한번 볼래?

연수는 자기 바로 앞에 있는 남자아이의 등을 살짝 밀었다. 그 아이가 넘어지면서 경하 등을 짚었고 그 바람에 경하는 발을 삐끗하며 넘어졌다.

골탕 한번 먹어 보라는 장난일 뿐이었다. 발등에 금이 갈 거라곤 예상하지 못했다. 발에 깁스를 하고 나타난 경하를 보며 연수는 무척 미안한 마음이 들었지만, 사실대로 말할 자신은 없었다.

불이 난 그날도 연수는 배를 잡고 웃어 대는 경하와 도엽 때문에 맘이 상해 있었다.

'내가 한 게 생쇼면 직접 해 보시던가? 절뚝거리면서 엄청 잘하겠다!'

감질나게 타오르는 불꽃보다 친구들의 놀림이 더 무서운 나이였다. 연수가 경하에게 품은 악의는 거기서 끝이었다. 정말 거기서 끝이었는데 황당하게도 경하가 죽었다.

왜 빨리 불을 끄지 않았을까, 연수는 사고의 순간을 여러 번 복기했다. 스치듯 지나가긴 했지만, 불 속에서 고생 좀 해 봐라 하는 생각이 분명 있었다. 한 줌의 공기처럼 형체도 없는 악의였는데 그것이 불러온 결과는 믿을 수 없을 만큼 잔인했다. 초등학생들도 갖고 노는 작은 폭죽 하나가 그렇게 큰 사고로 이어질 수 있었던 이유는 자신의 짓궂은 장난과 악의 때문이라고, 그 이유밖에 없다고 연수는 곱씹어 생각했다.

"이제 니들이 경하 몫까지 살아야 한다."

장례식에서 만난 경하의 부모님은 울면서 말했고, 감나무집을 지날 때마다 그 목소리가 떠올랐다. 가끔은 아주머니랑 마주치기도 했다. 많이 컸구나, 자신을 향한 먹먹한 눈빛을 볼 때면 연수는 그저 죄책감에 도망치고만 싶었다.

"우리 도시로 이사 가면 안 돼요?"

씨알도 안 먹힐 말인 걸 알면서도 연수는 아버지를 졸라 댔다. 딸이 죽어도 생계를 꾸려 가는 부모도 있는데, 겨우 자리를 잡은 시골민박을 연수의 투정 때문에 포기할 수는 없을 터였다.

연수는 불안과 죄책감 때문에 열일곱 살을 멀쩡히 보낼 수 없었다. 아침에 가방을 메고 집을 나선 뒤 정신을 차려 보면 학교가 아닌 엉뚱한 곳이었다. 어느 날은 버스 정류장이었고, 또 어느 날은 피시방이기도 했다. 학교가 아닌 시간과 공간은 널려 있었고, 연수는 느닷없이 출몰하는 야생동물처럼 그 많은 시공간을 어슬렁거렸다.

그 시기에 연수는 혁준을 만났다.

"뭘 그렇게 빤히 보냐? 왜, 타 보고 싶어?"

연수는 마트에서 시식을 하고 나와 주차장에 쪼그려 앉아 햇볕을 즐겼다. 어두워져 집으로 돌아가기 전까지 시간만 때울 수 있다면 뭐라도 할 수 있었고, 멍하니 있는 건 그 즈음의 특기였다. 연수는 바로 앞에서 누군가 오토바이에 시동을 걸고 있는 것도 의식하지 못했다. 그런데 혁준은 자신을 빤히 바라보는 연수의 눈빛이 부담스러워 말을 걸 수밖에 없었다고 했다.

귓속으로 거칠고 탁한 목소리가 들렸고, 연수가 뒤로 젖히듯이 고개를 들었을 때에서야 누군가 자신에게 말을 걸었음을 알았다. 20대 초반의 처음 보는 청년이었다. 누구지?

불타는 듯 새빨간 머리에 앞코가 뾰쪽한 부츠를 신은 모습이 위협적으로 보였지만, 처진 눈초리와 두툼한 입술은 어딘지 방심해도 될 것 같은 인상이었다. 게다가 마트 이름이 적힌 조끼를 입고 있어 신원도 확실했다.

"한번 태워 줄 수 있어요?"

연수는 벌떡 일어나 오토바이 곁으로 갔고 오래된 친구를 만난 것처럼 차가운 몸체를 쓰다듬었다.

"어쭈, 아직 내가 누군지 모르는 모양이네. 너, 오줌이나 지리지 마. 타!"

　가끔은 사소한 우연이 인생의 이정표가 돼 주기도 하는 것
처럼, 그날 그 시간 배달이 없던 혁준은 연수를 뒤에 태우고
읍내 사람들의 욕설과 원성을 들을 만큼 묘기에 가까운 주행
을 했다. 쓰러질 듯 코너를 돌 때마다 건장한 두 청춘의 무게
때문에라도 오토바이가 길바닥에 치받히겠구나 싶었지만, 혁
준은 원심력과 구심력에 대한 아무런 지식 없이 오로지 감으
로만 기울기를 조절해 가며 잘도 달렸다. 연수는 그 아찔한
공포가 맘에 들었다.

　환하게 웃으며 오토바이에서 내리는 연수를 보고 혁준은
'요놈 별종이네' 싶었고, 즉시 자신의 수제자로 점찍었다고 했
다. 수제자라고 해 봤자 그저 마트 영업이 끝난 새벽 시간 인
근 공설 운동장에서 오토바이를 타는 게 전부였지만, 연수는
혁준의 교습이 좋았고 시간을 보낼 수 있는 뭔가를 찾아서 기
뻤다.

　"나 이래 봬도 송곡마트 정직원이야. 4대 보험 다 되고 일
년에 두 번 명절 보너스도 있어. 사람이 말이야, 일이 있어야
살고 돈이 있어야 기운도 나는 거야. 너도 이따위로 학교 다
닐 거면 일찌감치 관두고 제대로 면허 따서 돈 벌어."

　남들이 비웃을지 몰라도 혁준은 연수의 참 스승이었다. 연
수는 그의 말을 곰곰 새겨들었다.

　열일곱 살 생일이 지나자마자 연수는 원동기 면허를 땄고,

스승은 빨간 머리, 수제자는 노란 머리를 트레이드 마크로 온 읍내를 내달렸다. 학교는 당연한 절차인 양 그만둬 버렸고, 시골민박도 여행지의 숙박 시설처럼 낯설게 느껴졌다.

'야식천국'과 '피자공화국'을 거쳐 팔십만 원이 조금 넘는 월급을 받으며 '꼬꼬치킨'으로 스카우트됐을 때 혁준이 물었다.

"넌 왜 오토바이를 타니?"

뭔가 그럴듯한 대답이 생각나지 않아 연수가 되물었다.

"형은 왜 타?"

"나야 돈 벌려고 그러지. 알다시피 돈 한 푼 보태 주는 가족도 없는 몸 아니냐. 넌 왜 타?"

"나도 돈 벌려고."

연수의 대답에 혁준이 한 대 칠 듯이 주먹을 들었다.

"웃기지 마! 시골민박, 장사 잘돼서 방도 더 만든다던데 무슨 돈 때문이야? 사람이 돈보다 목적이 있어야 해. 그냥 폼 나서 탄다면 그건 이해해도 아무 생각 없이 타는 건 위험해. 너, 코너 돌 때마다 너무 바짝 붙더라. 그게 멋있다고 생각하지? 근데 그건 배달 망치는 길이고 그냥 미친 짓이야. 그러다 죽어, 인마!"

연수는 아슬아슬한 코너링이 좋았다. 죽을 수도 있겠구나, 간이 쪼여 오는 스릴이 계속 오토바이를 타게 했다. 그런데 혁준이 그 맛을 모른다고?

답답해하는 연수를 보며 혁준이 말했다.

"오토바이 폼 나게 타는 거 나쁘지 않아. 그런데 죽으면 못
타. 이 말 명심해라."

연수는 순수한 수제자로 1년, 배달업계의 히어로로 1년, 그
렇게 2년 동안 오토바이를 탔다. 덤프트럭과 경운기가 빈번하
게 오가는 도로였지만 그동안 작은 접촉 사고 한 번 없었다.
'올해의 라이더'로 뽑힐 만한 기록이었지만 연수는 그 운발이
영원할 거라 믿지 않았다. 운명 앞에 속절없이 무너졌던 과거
의 기억이 있으니 자만하지도 않았다. 하지만 적어도 꼬꼬치
킨에서 겨우 세 번째 월급을 받았을 때 불운이 찾아올 줄은
몰랐다.

"야, 노랑머리! 너 출발 전에 정확히 스무 개 확인하고 와
라. 지난번처럼 하나 비면 가만 안 둔다."

가든빌라 302호의 주문 전화를 받았을 때부터 이상하게 기
분이 안 좋았다. 지난 배달 때 핫윙 하나 집어 먹은 걸 가지고
가게에 전화를 걸어 생난리를 피웠던 기억이 있어 더 가기가
싫었다.

가든빌라 302호 아저씨의 클레임이 있고 나서 연수는 사장
부인에게 무지하게 긴 신호를 기다리다 무심코 하나 집어 먹
었다고, 미안한 표정을 지으며 공손하게 얘기했다. 그런데 사
장 부인은 기본이 안 됐다며, 월급에서 그만큼 까겠다고 얼굴

을 붉혔다. 스무 개가 나가야 하는 핫윙 박스에서 하나가 비는 건 신용의 문제라고 사장까지 가세해 목소리를 높였다. 열아홉이나 스물이나 무슨 큰 차이라고 모두 연수를 못 잡아먹어 안달이었다.

"늦는다고 또 전화 올라. 얼른 출발해."

미적거리는 연수를 재촉하는 사장의 말에 밖으로 나오니 빗방울이 떨어지고 있었다. 게다가 싸구려 헬멧은 미세하게 간 실금 사이로 빗물이 스며들어 축축했고 앞은 습기가 차서 시야를 방해했다. 그렇지만 눈 감고도 갈 수 있는 곳이라 문제 될 게 없었다. 더럽고 치사해도 내가 참는다, 침을 퉤 뱉으며 연수는 호기롭게 시동을 걸었다.

"다른 배달 없으니까 금방 오지? 라면 물 올린다."

연수는 사장의 목소리를 채 듣지 못하고 출발했다. 그리고 가든빌라 302호에 무사히 핫윙을 배달했다. 하지만 사장이 끓인 라면은 먹지 못했다. 돌아오는 길, 연수는 자동차와 정면으로 충돌했다. 몸이 붕 떠올랐다가 떨어졌을 때 연수는 가장 먼저 경하 얼굴을 떠올렸다.

'경하야, 날 부르는 거니? 널 외면한 나를 이제 용서해 줄래?'

정글북 교실에서 들었던 살려 줘, 목소리는 경하였다. 못 들은 척했지만, 아닌 척했지만 경하가 부르는 목소리였다. 누구에게도 말할 수 없었지만, 나 혼자 살겠다고 친구를 버려 두

고 온 나쁜 놈이었다. 의식을 잃어 가면서 연수는 경하에게
진심을 다해 용서를 빌었다. 네 목소리를 외면해서 미안해!
불길 속에 너를 두고 나와서 미안해! 경하야, 미안해!

# 기준

엄 형사가 또다시 우두둑 손마디를 꺾었다.

"폭죽이 날아왔을 때 넌 뭔가 이상한 느낌이 없었니?"

열린 창문으로 날아온 폭죽. 누군가의 장난이라 생각했다. 장난을 위해 살고 장난을 위해 죽을 수 있는 나이인데 그게 뭐가 이상할까.

"그런 건 없었어요. 위험하다고 느끼지도 않았어요. 금방 꺼질 줄 알았거든요."

방심이 화를 불렀고, 경하가 죽었다.

"그러면 학교에 폭죽이 왜 있었을까?"

기준의 목소리가 잘 안 들리는지 엄 형사는 몸을 바짝 기울였다.

"축제 기간에 가끔 고등학생 형들이 운동장에서 폭죽을 쏘는 일이 있었어요. 선생님들도 절대 안 된다고 말씀은 하시는데 작은 폭죽 같은 건 그냥 눈감아 주는 편이에요. 그래서 학교 앞 문방구에서도 은행제 때는 폭죽을 팔아요."

엄 형사가 신이 난 듯 무릎을 쳤다. 그의 얼굴에 야비한 비웃음이 흘렀다. 뭔가 제대로 걸려든 느낌이었다.

"맞았어. 문방구에서는 해마다 은행제를 앞두고 폭죽을 팔았대. 그리고 올해는 사고가 일어난 날부터 팔기 시작했고. 넌 잘 알고 있구나."

엄 형사의 말을 듣는 순간, 온몸에 힘이 쭉 빠졌다. 그 말은 사실이었다. 기준은 사고가 일어난 날 오전, 문방구 유리문 앞에 붙어 있는 '폭죽 있음' 문구를 봤다.

사고로 기억상실증에 걸린 드라마 주인공이 또다시 탁, 머리를 부딪혀 기억을 되찾는 것처럼 기준은 엄 형사의 탁, 하고 무릎 치는 소리에 싸하게 아픈 교훈을 얻었다.

아버지가 커다란 희생을 치르고서 인생의 깨우침을 얻은 것처럼 기준은 엄 형사의 비웃음에서 그걸 알아차렸다. 엄 형사는 희생양을 원하는 거였다. 사건을 종결시켜 줄 단 한 명.

기준이 떨리는 목소리를 감추며 되물었다.

"혹시 그날 문방구에서 폭죽이 팔렸는지 알아보셨어요?"

"그건 벌써 조사했지. 그날 운동장에선 야구 시합도 열려서 주민들도 많았고 폭죽이 제법 팔렸대. 문제는 문방구로 아이스크림과 과자를 사러 오는 손님도 많았기 때문에 주인이 폭죽 사 간 사람을 전혀 기억 못 한다는 거야. 제법 많은 양을 산 사람 한 명만 주인이 기억해서 따로 조사했지만 아무런 혐의점이 없었어."

문방구 주인까지 조사하다니, 역시 한 수 위였다.

엄 형사는 느물느물한 미소를 지으며 기준을 바라봤다. 기준의 조사가 끝나면 도엽과 율미가 기다리고 있었다. 두 친구의 입에선 어떤 말이 나올까. 율미는 뭐라 말할까. 소화기를 들고 있던 기준이 엉뚱한 질문을 했고, 그러면서 시간을 끌었다고 말하려나. 정말 율미가 눈치를 챘으려나? 기준은 세차게 도리질을 하고 싶었다.

그렇지만 앞에 앉아 있는 이는 엄 형사였다. 열여섯 살 소녀쯤은 쥐락펴락할 수 있는 베테랑 형사. 만약에 엄 형사가 유도 신문을 하면 어떡하지? 율미는 자신이 뭘 말하는지 알지도 못하면서 엄 형사가 원하는 대로 줄줄 불지 몰라. 그래서 나는 죽어 가는 친구를 모른 척한 파렴치범이 될지도 몰라.

기준의 손바닥에 땀이 차올랐다. 어느새 엄 형사의 얼굴이 그날 율미처럼 가까이 다가와 있었다. 어쩌면 엄 형사가 바라는 희생양은 이미 정해져 있을지도 몰랐다. 아버지가 '정의'라는 이름으로 희생당했던 것처럼 그렇게.

기준은 남은 물을 마저 마시고 엄 형사가 듣고 싶어 할 얘기를 꺼냈다.

"사건이 있던 날, 같은 버스를 탔어요."

별거 없는 대화를 하고 버스에서 내려 학교로 올라가는 길. 문방구 앞에서 '폭죽 있음' 문구를 발견한 건 기준이었다. 기준의 긴 손가락이 가리키는 곳을 보면서 우리도 한번 해 볼까, 장난스럽던 율미의 목소리는 어쩐지 절실했다. 풀 수 없는 답답함을 폭죽에 실어 터뜨리고 싶나 생각할 만큼 그랬다.

그날, '폭죽 있음'이 붙어 있던 문방구 앞에, 도대체 얘는 뭘 터뜨리고 싶은 걸까 궁금해하는 기준 옆에, 율미가 있었다.

짐작처럼 엄 형사는 단번에 관심을 보였다.

"그러니까 율미와 같은 버스를 탔고, 학교로 올라가다가 문방구 앞에서 폭죽 얘길 했다는 거네?"

"네!"

기준이 한 말은 그게 다였다. 그저 율미가 옆에 있었다고.

# 도엽

도엽은 편지를 읽고 더는 미룰 수 없음을 깨달았다. 언젠가 한 번쯤은 만나야 할 아이들이었다.

11월의 둘째 주 목요일, 자신과는 전혀 관계없을 줄 알았던 수능 날짜를 달력에 표시해 놓고 도엽은 그날이 다가오기를, 아니 그날이 영원히 오지 않기를 날마다 기도했다. 그리고 수능 시험이 끝난 저녁, 도엽은 승묵을 불렀다.

"윗집 곰보 할배네서 막걸리 한 병만 갖고 와."

기숙사를 나와 독립생활을 시작할 때 세운 철칙이 있었다. 금주와 금연이 그중 하나였는데, 금연은 철석같이 지켰지만 금주는 가끔 새참으로 막걸리 한 사발 들이키는 것으로 어기곤 했다. 선생님들도 아는 눈치였고 열아홉 살 일꾼인데 뭐 그 정도야, 하며 알고도 넘어가는 분위기였다. 하지만 농번기도 아닌 때에 갑자기 막걸리를 찾는 도엽의 표정은 비장했고 승묵은 이상한 분위기를 감지했다.

"지난번에도 몰래 갖고 오다 걸렸단 말이야. 오늘은 안 돼!"

"누가 공짜로 가져오래? 저기 땅콩 볶은 거 한 바가지 담아 놨으니까 그걸 부엌에 놓고 와."

곰보 할배 성격이 불같긴 했지만 셈은 정확했다. 막걸리 값 이상으로 땅콩을 담아 놨으니 뒷말은 없을 거라 여겼다.

승묵에게 막걸리 서리를 시켜 놓고 도엽은 미리 준비해 둔 나물전을 부쳤다. 승묵에게 긴 얘기를 하기 전 배불리 먹이고 알큰하게 취하게 하기 위해서였다.


짠, 플라스틱 밥그릇을 부딪치면서도 도엽을 보는 승묵의 눈빛은 불안하게 흔들렸다.

"승묵아, 우리 진실 게임 하자!"

지나간 시간을 말하지 않는 게 금기였기에 승묵은 의아해 했다.

"벌써 3년인데 말해도 되지 않겠냐, 그치? 이제부터 번갈아 가며 하나씩 비밀을 말하는 거야. 나부터 한다."

놀라는 승묵의 표정에 개의치 않고 도엽은 말을 꺼냈다.

"형이 한 명 있어. 나보다 네 살 위."

형에 대해 말을 하려니 먹먹했다. 가족의 부끄러움이고 도엽의 비밀이었던 형. 도엽의 형은 승묵보다 더 낮은 지능을 가진 1급 지적장애인이었다. 형은 태어나면서 잔병치레가 잦았는데 어느 날 경련 때문에 응급실을 가던 중 호흡곤란이 왔고 그로 인해 뇌에 산소 공급이 제대로 안 돼 결국 뇌기능 이상으로 지적 장애인이 되었다. 무슨 차이인지 모르겠지만, 엄마는 형이 유전적으로 장애인이 된 건 아니라며 누누이 도엽에게 강조했다.

도엽은 여덟 살 때까지 형과 같이 살았는데, 아버지가 가게를 하고 엄마까지 가게 일을 도우면서 형을 시설에 보내게 되었다. 그 후 P읍으로 이사를 왔기에 친척들 말고는 아무도 도엽에게 형이 있다는 걸 알지 못했다.

어린 도엽이 보기에도 형은 줄곧 말썽을 부렸다. 그래서 한집에 살기가 싫었고 부모님도 힘들어지면서 도엽의 바람대로 되었다. 어지럽던 집이 정리되고 괴롭히던 형이 사라지고 남들 보기에 정상적인 가정이 되었는데도 도엽은 기쁘지 않았다. 아니 오히려 무서웠다. 형처럼 어딘가로 보내질까, 형처럼 잊힐까 두려웠다. 도엽은 험한 인상을 극복하려고 괜히 실실 웃고 다녔다. 객쩍은 농담도 많이 했고 누구에게나 살갑게 굴었다. 혹시나 밉상으로 보일까 봐 마음이 한쪽으로 기울어도 누구 편도 들지 않았으며 아무 생각 없는 아이처럼 굴었다. 그게 맞는 방법인지 생각할 겨를조차 없이 도엽은 기를 쓰고 살았다.

도엽은 형을 참 많이 미워했다. 어릴 때에는 엄마 손이 많이 가서 미웠고, 헤어져 살면서는 혹시라도 형의 존재를 들킬까 봐 조마조마했다.

지금은? 지금은 형이 그립다. 오래전 정글북 동아리에서 개취급을 받았던 장애인이 나오는 소설에 도엽이 발끈한 것도 바로 형에 대한 그리움 때문이었다.

산들학교에 오고 승묵을 만났을 때 도엽은 오랫동안 못 본형을 본 것처럼 반가웠다. 틱 증상 때문에 눈을 찡긋하는 승묵의 모습은 자주 경련을 일으키는 형과 몹시 비슷했다. 도엽은 승묵을 볼 때마다 형을 떠올렸고 하나라도 챙겨 먹이려고 부엌일을 마다하지 않았다.

"웃기지 마. 부엌일은 그렇지만 나머지 일은 내가 훨씬 더 많이 했잖아."

진지한 분위기가 어색한지 승묵이 농담처럼 말을 덧붙였다. 틀린 말은 아니었지만 도엽은 아휴 까불어, 하며 괜히 주먹을 들었다. 도엽 역시 어색했으니까.


도엽이 손가락으로 승묵을 가리켰다. 승묵은 막걸리를 먹어 더운 얼굴을 식히려는지 손부채를 하며 입을 열었다.

"사실 너보다 한 살 많아. 출생신고가 늦어 주민등록상은 동갑이지만 원래 난 스무 살이야."

승묵은 멀쩡하게 태어났다. 늦은 나이에 결혼한 부모님은 승묵이 태어났을 때 손과 발이 멀쩡히 있는지 눈, 코, 입이 제자리에 있는지 확인하고 감사의 기도를 올렸단다. 승묵이 건강하게 태어난 것에 비해 승묵의 엄마는 노산으로 인해 산후조리를 하면서도 기운을 차리지 못했고 그러다 보니 아기의 출생신고 기한을 넘겨 버렸다. 승묵의 엄마가 몸을 추스르고 나서 출생신고를 하려고 하니 이번엔 승묵의 상태가 이상했다. 태어나 석 달이 되었지만 엄마와 눈을 맞추지 못했다. 승묵의 엄마는 불안하면서도 늦된 아이구나, 생각했다.

"아무래도 아이가 작고 늦된 거 같으니까 출생신고를 조금 미룹시다."

혹시라도 아이가 또래보다 너무 작아서 같이 학교에 다닐 때 놀림거리가 될까 걱정했던 승묵의 아버지는 또 출생신고를 미뤘다. 하지만 돌이 다가오도록 아이가 말을 터뜨리지 않자 그제야 부랴부랴 병원을 찾았고, 지적장애일 가능성이 보인다는 청천벽력 같은 소식을 듣게 됐다.

승묵의 엄마는 불안함 속에 출생신고를 마쳤지만, 혹시나 의사가 잘못 판단한 건 아닐까 희망을 버리지 않았단다. 그렇지만 두 돌이 지나도록 아이가 입을 열지 않자 결국 의사의 말을 믿었고, 그때부터 부지런히 아들을 위한 치료를 시작했다. 승묵은 지적장애 3급, 그러니까 낮은 아이큐지만 재활이나 치료를 통해 사회생활은 가능한 수준이었다.

환갑을 넘긴 승묵의 부모님은 자신들이 세상을 떠나도 아들이 자립해서 살 방법을 찾다가 이곳을 알아내 승묵을 보낸 거였다.

승묵이 풀어진 혀로 뱉어 낸 비밀을 도엽은 이미 알고 있었다. 기숙사를 방문했던 승묵의 부모님이 잘 부탁한다며 도엽의 손을 잡고 넌지시 흘려 준 말이었다.

"그래도 너한테 형이라 안 부를 거야. 여긴 법치 국가야. 국가에서 열아홉 살이라고 정했으면 넌 열아홉 살이야."

도엽의 말에 승묵은 벌게진 얼굴로 헤헤 웃으며 고개를 주억거렸다.

기분이 좋아진 승묵이 밥그릇에 막걸리를 붓더니 건배를 제안했다. 진실을 나눈 기념으로 짠! 도엽은 얼굴이 빨개진 승묵을 물끄러미 바라봤다. 승묵과 나눠야 할 진실은 아직 더 남아 있었다.

# 연수


눈 좀 떠 봐, 연수를 다시 부른 건 경하가 아니라 의료진이
었다. 연수는 몸이 자동차 밑으로 들어가는 큰 사고를 당했고,
오토바이는 완전히 우그러져 폐기 처분되었다. 온천과 민박을
찾기 위해 내비게이션에 목적지를 찍느라 한눈을 판 운전자
의 과실이었다. 나중에 들은 말이지만 그 운전자 역시 시골민
박을 찾고 있었단다. 그리고 아버지가 푸근한 고향 냄새 물씬
풍기기를 기대했던 '시골'이란 말에서 그 운전자는 싼 방값을
기대했다고 한다. 방값 싼 데를 찾던 운전자는 역시 가진 돈
이 없었고 연수의 수술비와 치료비에 큰 보탬이 되지 못했다.
   "노랗게 끄슬린 머리로 오토바이 타고 싸댕기려면 아예 나
가서 들어오지 마!"
   학교를 그만두고 방황하던 연수를 향해 욕설을 퍼부어 댔

던 아버지도 아들이 중환자실에서 깨어났을 땐 하늘을 향해 감사하다고 두 손을 모았다. 시골민박으로 번 돈이 연수의 치료비로 들어갔지만 싫은 소리 한 번을 하지 않았다.

그저 두 다리로 일어설 수만 있다면 소원이 없겠다던 아버지는 연수의 몸이 회복되자 다시 공부를 시작했으면 하는 눈치를 주었다. 하지만 아직 온전히 걷지도 못하는 연수에게 직접 그런 말을 꺼내지는 않았다. 연수도 검정고시 학원이라도 알아볼까 생각은 하고 있었지만 오토바이 핸들만 잡던 손으로 다시 책장을 넘길 자신이 없었다.

군 입대를 며칠 앞두고 혁준이 밤늦게 병실을 찾아왔다. 다리에 철심을 박는 큰 수술을 한 직후라 예전처럼 걸을 수 있을지 아무도 장담할 수 없던 때였다.

"퇴원하고 집에 가면 학원 등록해서 공부해. 인마, 넌 배달 안 맞아. 배달은 아무나 하는 줄 알아? 달려오는 차도 못 보는 놈이 무슨 오토바이야? 정신 차리고 공부해. 그래서 형이 제대할 땐 꼭 대학생이 돼 있어야 해."

공부하라고 신신당부하던 혁준은 말과는 다르게 일본 만화책 시리즈를 잔뜩 안겨 주고 떠났다.

"이건 입원해 있는 동안만 읽어."

연수가 째려보자 혁준이 속내를 털어놨다.

"군대 가는 동안 방 빼야 하는데 놔둘 데가 없어."

그러면서 비닐 라이더 재킷과 고글, 장갑, 헬멧까지 연수에게 고스란히 넘겼다. 아니 맡겼다. 혁준은 연수의 다리를 만지며 몇 번이나 미안하다고 말했다.

"형을 원망해라. 죽일 놈이라고 욕해도 돼. 내가 핸들링만 제대로 가르쳤어도 이런 사고는 나지 않았을 테니까. 아니 오토바이를 태우지 않았으면 학교도 그만두지 않았겠지. 그러니까 실컷 원망해."

달려오는 자동차를, 닥쳐오는 운명을 어떻게 피할 것이며 누구를 원망할 것인가. 호되게 당하고 나서야 연수는 죄책감에서 벗어날 수 있었다. 감당 못 할 일이 우리 앞에서 벌어지고 있으며, 그건 누구의 책임도 아니라는 걸 그제야 알았다. 당장 내일 무슨 일이 생길지 모르기 때문에 아이러니하지만 지금이라도 열심히 살아야겠단 마음도 생겼다.

"하여튼 평생 도움이 안 돼요. 공부하라면서 만화책을 주냐?"

연수는 만화책으로 혁준의 머리를 가볍게 때렸다. 그새 혁준의 머리는 검은색으로 돌아와 있었다. 병원에 있느라 염색을 못 한 연수도 정수리 쪽이 검은색, 아래가 노란색의 언밸런스 스타일이 돼 있었다. 어차피 세상은 언밸런스 자체였고 연수 머리는 그런대로 잘 어울렸다.

오토바이 사고가 일어난 날, 연수는 열아홉과 스물의 차이를 비웃었다. 그런데 스물이 되기 전 열아홉에 세상을 뜰 뻔한 연수는 그게 얼마나 큰 차이인지 알게 되었다. 열아홉이 없으면 스물이 오지 않음을, 그래서 열아홉도 스물도 다 소중하다는 걸 느꼈다. 그런 연수 마음을 아는 것처럼 '나'가 편지를 보냈다.

'나가야겠지? 이제 만나야겠지?'

더는 피할 수 없었다. 봉투에 넣기 위해 편지지를 접던 연수가 멈칫하며 뒷면을 만졌다. 손가락으로 만져도 형체가 느껴질 만큼 힘주어 쓴 글씨. 한 글자 한 글자를 쓸 때마다 얼마나 고통스러웠을까? 고통 속에서 편지를 썼을 '나'의 모습이 그려졌다.

'나'도 나만큼 힘들었구나! 발신인에 쓰인 '나'가 바로 자신이었음을 연수는 모르지 않았다. 그래서 말해 주고 싶었다.

'그동안 우리 충분히 힘들었어. 이제 홀가분해져도 괜찮을 거야……'

# 소정

어차피 누군가는 말하리라 생각했기에 소정은 율미와 마찰이 있었음을 고백했다.

"그럼 시화전 작품 문제로 감정이 있었단 말이네. 그래서 율미는 다른 애들이 일하는데도 그냥 밖으로 나갔고."

엄 형사의 말이 의미심장하게 들렸다. 소정은 급하게 설명을 보탰다.

"감정이라고 할 것까지는 아니고, 약간 분위기가 어색하니까 율미가 나간 거예요."

"아무튼."

엄 형사는 냉정하게 말을 끊고 수첩에 메모를 했다.

율미가 교실 밖으로 나간 이유에 대한 것으로 엄 형사는 참고인 조사를 마무리했다. 소정은 일어나려다 직원이 사다 준

원두커피를 챙겼다. 겨우 몇 모금 들이켠 커피는 아직 그대로
였지만 쓰디쓴 맘으로 다시 마실 엄두가 나지 않았다.

율미를 의심했던가? 소정은 자신에게 물었다. 율미가 폭죽
을 사서 교실로 던졌을까? 나를 그렇게 미워했을까? 아무리
물어도 답을 찾을 수 없었다.

모두들 네 탓이 아니라고 말했지만 친구가 죽었는데 멀쩡
히 그곳에서 살 수가 없었다. 가족들 모두 광역시로 이사를
왔다. 소정은 국제고에 다녔고 열심히 공부했다. 경하의 죽음
이, 그날의 사건이 떠오르지 않도록, 다른 생각이 끼어들지 않
도록 오로지 책만 들여다봤다. 아니 잊을 수 있을 거라고, 거
의 잊었다고 생각하며 살았다. 그런데 한 통의 편지가 소정의
모든 것을 뒤흔들어 버렸다.

어제 일처럼 생생한 그날의 사건. 운명처럼 약속 장소로 나
가리라. 소정은 함께 지옥을 경험했던 친구들을 만날 수 없다
면 더 이상 앞으로 나갈 수 없음을 깨달았다. 어쩌면 편지를
보낸 '나'도 그걸 알기에 소정을 불러낸 것이리라.

작은 균열 때문에 목숨을 잃은 네덜란드 소년 한스. 작년
여름, 소정은 자매결연 학교 방문차 헤이그에 갔다가 한스 동
상을 만났다. 유럽에 살 때 암스테르담을 여행한 적은 있었지
만 헤이그는 처음이었다. 소정은 학교 친구들과 헤이그 유명

관광지인 '마두로담'을 들렀다. 마두로담은 네덜란드의 주요 건축물을 25분의 1로 축소해서 만들어 놓은 곳이었는데 입장료에 비해 볼거리가 없었다. 걸리버가 소인국을 여행하듯 성큼성큼 걸으며 빨리 보고 나가려는 소정의 발길을 잡은 건, 바로 한스 소년이었다. 물줄기가 뿜어 나오는 제방에 비스듬하게 서 있는 동상은 피식 실소가 나올 만큼 조잡했다. 광화문 네거리에 있는 이순신 동상까지는 아니더라도 나름 네덜란드의 영웅일 텐데 이렇게 홀대해도 되나, 소정이 입을 비죽 내밀었을 때 여행 가이드가 놀라운 사실을 알려 주었다. 한스라는 소년은 실제로 존재하지 않았으며, 그저 1800년대 미국의 동화작가가 자신의 작품을 위해 가상으로 만든 주인공이라는 거였다.

눈물 글썽이며 읽은 한 소년의 희생도, 실금이 크레바스처럼 엄청난 균열을 일으킬 수도 있구나 했던 놀라움도 모두 거짓이었다니. 소정은 알 수 없는 배신감에 허탈했다.

율미와의 균열은 어떤 것이었을까? 3년의 시간이 흐른 지금, 그것이 허상인지 실제인지 소정은 구분할 수 없었다. 그리고 가끔 생각했다. 그때 둘의 관계가 어긋나지 않았다면 율미가 떠밀리듯 교실 밖으로 나가지 않았을 테고, 그러면 율미는 아주 오래 산 어른 같은 표정으로 창가에 서서 은행나무를 보고 있었을 테니, 운명의 장난처럼 폭죽이 날아들어 올 일은 없었을 거라고……. 그런 생각을 하다가도 소정은 고개를 저었다. 만약 연수가 제때 불을 껐다면, 기준이 재빨리 소화기를 가져왔다면, 스티로폼으로 불이 번지지 않았다면, 경하가 다리를 다치지 않았다면……. 비극을 막을 '만약'은 수없이 많았건만 소정뿐 아니라 친구들은 그중 하나도 눈치채지 못했다. 비극이 보낸 예고를 알아차리기에는 다들 어렸고, 어리석었다.

소정은 복잡한 생각을 털어내듯 머리를 흔들었다. 지금 소정이 궁금한 건 단 하나밖에 없었다.

'최율미, 넌 어떻게 살고 있니…….'

# 기준

그날 서 형사는 무슨 놈의 기억이 확확 바뀌느냐며 책상을 두들기면서 고함을 질러 댔지만, 원래 기억의 습성이란 막장 드라마의 편집 같다는 걸 기준은 시간이 지날수록 느꼈다. 인과관계나 논리와는 전혀 상관없이 어느 기억은 고화질로 무한 반복되고, 어느 기억은 아예 통편집되기도 했으니까.

'폭죽 있음' 문구를 읽을 때 율미가 옆에 있었다고, 엄 형사 앞에서 그 말을 할 때의 기억은 머릿속에서 몇 번이나 재생되었다. 하지만 그럴 때마다 기준의 목소리는 자꾸 줄어들었고 끝내는 모깃소리만큼 작게 변해 있었다. 그래서 어쩌면 엄 형사가 못 들었을지도 몰라, 하며 기준은 비겁한 자신을 애써 위로했다.

어차피 엄 형사는 희생양으로 율미를 원했던 거야, 수없이 변명거리를 찾으면서 시간을 보냈다. 그런데 P군에 있는 인터 넷고에 다니던 율미를 우연히 만나면서 기준의 기억은 뒤죽 박죽이 돼 버렸다.

"기준아, 잘 지냈니?"

의문형인데도 높낮이가 없는, 감정이 묻어나지 않는 말투. 율미가 건넨 말에 기준은 저도 모르게 뒷걸음질 쳤다. 날 희 생양으로 바쳐 놓고 잘 지냈니? 죽어 가는 친구를 모른 척해 놓고 잘 지냈니?

율미는 서늘한 눈빛으로 기준을 바라봤다. 주춤주춤 뒤로 두 걸음 떨어졌을 때에야 기준은 율미의 그 눈빛을 정확히 기 억했다. 불타는 교실로 돌아갈 수 없어 친구들을 외면했을 때 율미는 그렇게 기준을 바라봤다.

기준아, 뭐해? 친구들이 죽어 가잖아. 눈빛으로 물었던 율 미를 똑똑히 기억하고 있었다. 고인 침과 함께 삼켰던 기억이 율미를 만나면서 그대로 되살아났고, 소화기를 든 채 한없이 뒷걸음치는 장면으로 끝없이 재현되었다.

'불길이 경하를 데려가는 동안 나는 살겠다고 도망쳤어.'

혼자 살겠다고 친구들을 외면한 자신은 아버지가 술만 먹 으면 쌍욕을 해 대는 그 젊은 사장과 다를 바 없었다.


그날 소정과 도엽까지 중앙 현관으로 나왔을 때, 기준은 마 지못해 경하를 구하기 위해 교실로 향했다. 복도도 이미 뿌연

연기로 뒤덮여 있었다. 교실로 들어갈 생각 따위는 조금도 없었다. 복도에서 경하를 불러 보고 못 찾으면 다시 중앙 현관으로 갈 생각이었다. 그런데 동아리방 앞 복도에 경하가 쓰러져 있었다.

"경하야!"

기준이 크게 이름을 불렀을 때는 제발 경하가 살아 있기를 바라는 마음이었다. 그건 추호도 거짓이 없었다. 의식이 없을 거라 예상했던 경하는 기준의 목소리에 고갤 들더니 말했다.

"고마워."

끊어질 듯 가늘고 여린 목소리로 경하는 기준에게 그렇게 말했다. 그리고 기준이 경하를 업고 나와 중앙 현관에 눕혔을 때는 이미 의식을 놓친 상태였다.

왜 고맙다고 했을까? 경하는 기준이 자기를 구하러 왔다고 믿었다. 검은 연기에 겁먹은 기준이 소화기를 든 채 시간을 질질 끌었다는 것도 모른 채 고맙다는 말을 마지막으로 경하는 세상을 떠났다.


사실을 말하려고 엄 형사 앞에서 입술을 달싹거린 그때로 돌아갈 수만 있다면. 소화기를 든 채 시간을 끌었다고 솔직하게 고백했을 텐데, 아무것도 모르는 율미의 눈빛에 대해 말했을 텐데, 시간이 지날수록 후회만 쌓였다. 경하를 죽음으로 이끌고, 율미를 절벽으로 내몬 자신의 행동이 기억 속에서 무한 반복되면서 기준은 무기력해졌다.

아무런 의욕도 없이 집과 학교를 오갔고 억지로 시간을 흘려보냈다. 연수처럼 학교를 때려치울 배짱도 없었고, 소정처럼 공부만 파고들 독기도 없었다. 기준에겐 복도 모퉁이에서 뒷걸음질 쳤던 그 순간부터가 진짜 지옥이었다.

끝도 없이 이어지는 지옥의 시간을 더는 견딜 수 없다고 느낄 무렵 연수의 사고 소식을 들었다. 그리고 연수를 만나고서야 기준은 비로소 자신에게 필요한 게 무엇인지 알 수 있었다. 연수처럼 호되게 혼나야 정신 차릴 수 있음을 깨달았다.

죄 없는 자들의 순결한 돌팔매를 맞고 죗값을 치르고 나면 지옥의 시간이 끝날 것 같았다.

'죄 없는 자여, 부디 나에게 돌을 던져라.'

젊은 사장 같은 쓰레기가 되지 않기 위해서라도, 아버지 같은 피해자를 또다시 만들지 않기 위해서라도 기준은 친구들에게 자신의 잘못을 말해야 했다.

기준은 '나'가 보낸 편지를 들여다봤다. 넌 누구니? 그게 누구든 상관없었다. 개한테나 줘 버릴 정도로 값어치 없던 '정의'를, 기준은 이제 찾고 싶었다. 그래서 기준은 아이들을 만나러 나갈 거였다. 아이들이 던진 돌멩이에 흠씬 피를 흘리고 싶기에 잊지 않고 나갈 생각이었다.

추연수, 진소정, 이도엽, 최율미, 그리고 신경하.

진심으로 친구들이 그리웠다.

166

# 도엽

도엽은 두 번째 건배를 하고선 막걸리를 벌컥벌컥 들이켰다. 승묵도 따라 마셨다. 그러더니 검지를 도엽에게 향했다. 진실 게임은 계속되고 있었다.

"승묵아, 이번 주 토요일 P읍에 갈 거야. 해결해야 할 일이 있어."

도엽의 말에 승묵은 어서 가라는 듯 손을 흔들며 다 해결하고 와, 말했다.

"난 죄를 지었어. 어쩌면 그 죗값을 받아야 할지도 몰라."

도엽은 순진한 승묵이 경악할 만한 비밀을 털어놓기 시작했다.

그날, 경하는 '감나무집'이라고 쓰인 고물 자동차를 타고 학교로 왔다. 힘겹게 뒷좌석에서 내린 경하는 아버지가 꺼내 준 목발에 의지해 겨우 걸었고, 뭐하러 학교에 왔느냐는 도엽의 핀잔에 옆구리를 푹 찌르는 것으로 대꾸했다. 경하는 무슨 일에든 빠지지 않는 억척스러운 아이였다.

차가 떠나자마자 경하는 입을 쭉 내밀며 말했다.

"아이 씨, 새것 하나 사 주지, 이게 뭐냐?"

별로 눈에 띄지도 않건만 경하는 나무 목발이 촌스러워 죽겠다고 했다. 그렇지만 봄에 발을 다쳤을 때 쓰던 알루미늄 목발을 처분했는데 또 사 달라고 말하기가 미안하다며 콧잔등에 주름이 지도록 얼굴을 찌푸렸다.

"목발 별로 안 비싼 거 같던데?"

도엽의 말에 경하는 짠돌이 아버지가 겨우 보름 쓸 목발을 새로 살 가능성은 수학여행을 달나라로 가는 것과 똑같다고 했다.

"나무로 만든 게 충격 흡수에도 더 좋다던데. 무거워서 그래?"

"무거운 건 둘째 치고 폼이 안 나잖아."

목발 짚으면서 무슨 폼을 따지느냐고 비웃어 주고 싶었지만, 말끝이 사나운 경하를 건드려 봤자 좋을 일이 없을 것 같아 도엽은 잠자코 있었다.

"프린세스 론 이용해서 하나 살까?"

소정에게 돈을 빌려 목발을 살까 고민하던 경하는 그즈음 소정이 율미와 대립각을 세우고 있던 걸 생각하더니 포기했다.

"이거 안 돌려줘도 된다며? 내가 리미티드 목발로 변신시켜 줄게."

경하가 콧방귀를 꼈지만 도엽은 목발을 변신시킬 아이디어가 막 떠올랐다. 목발에 유명 운동화 상표를 그려 줄까? 아니면 러블리하게 하트? 그러다 문득 한 해에 두 번이나 발을 다쳤다고 재수 없다며 투덜거리는 경하의 말을 듣고 네 잎 클로버를 그리기로 결정했다. 거기다 더 기막힌 아이디어는 목발두 짝을 연결해야 그림이 완성된다는 점이었다. 목발을 한 짝만 본다면 나비 날개인가, 고개를 갸웃하겠지만 두 짝을 붙여놓고서야 네 잎 클로버구나, 끄덕이게 되는 그림.

도엽은 신이 나서 경하에게 빼앗은 목발에 밑그림을 그리려 했다. 그런데 이놈의 목발이 가만히 있어 주지 않고 자꾸 움직였다. 어떻게 할까 궁리하던 도엽은 작년 시화전에서 썼던 피아노 줄을 떠올렸다. 그걸로 고정해 밑그림을 그리면 되겠다 생각했다. 피아노 줄로 목발을 꽁꽁 묶자 그리기가 훨씬 쉬웠다.

경하는 휘파람까지 불면서 작업하는 도엽을 제법인데, 하는 표정으로 지켜봤다. 그때 폭죽이 날아들었고 도엽은 장난 같은 상황과 그에 걸맞게 모락모락 피어오르는 불길을 비웃었다. 하지만 도엽의 비웃음에 앙갚음이라도 하듯 불길이 커졌고 교실은 아수라장이 되었다.

연기로 인해 순식간에 어둠 속으로 변한 교실은 도엽의 모든 사고를 마비시켰다. 도엽아, 소리가 들리는 듯했지만 귀로 들어온 정보가 머리까지 전달되진 않았다. 도엽의 머릿속에는 오직 이곳을 빠져나가야 한다는 생각밖에 없었다. 드르륵. 누군가 탈출했는지 교실 문 열리는 소리가 들렸다. 자신을 덮쳐 오는 불길을 피해 도엽은 무사히 교실을 빠져나왔다. 그리고 중앙 현관에 와서야 알았다. 경하가 아직도 교실에 있다는 걸, 꽁꽁 묶인 목발 때문에 움직일 수 없다는 걸, 자신을 부른 게 경하였다는 걸, 그제야 깨달았다.

"경하야! 신경하!"

도엽이 울부짖듯 크게 불렀건만 어디서도 경하의 대답은 들리지 않았다. 기준이 경하를 구하러 간 짧은 시간 동안 끔찍한 상상이 도엽을 덮쳤다.

어둠 속에서 더듬거리며 목발을 찾는 경하, 다행히 목발을 찾았는데 두 짝이 꽁꽁 묶여 낭패감에 입술을 깨물고 있는 경하, 도엽이 새끼 걸리면 가만 안 둬, 욕을 내뱉는 경하. 도엽의 상상은 거기에서 멈추지 않았다. 목발 때문에 허둥거리는 사이에도 스티로폼과 종이를 먹고 기운을 얻은 불길은 유일하게 남아 있는 경하를 타깃으로 점점 더 다가가고…….

설마, 아닐 거야, 도엽은 고개를 흔들었지만 끔찍한 상상은 그대로 현실이 되어 눈앞에 나타났다. 의식을 잃은 채 기준의 등에 업혀 나타난 경하를 본 도엽은 숨이 막히는 것 같았다.

'경하야, 정신 차려! 너를 위해서가 아니라 나를 위해서 제발 정신 차려!'

구급차에 실려 가는 경하를 보면서 도엽은 간절히 빌었다.

화재 현장에서 경하의 목발 두 짝이 나란히 붙은 채 발견된 건 도엽이 묶어 놓은 피아노 줄 때문이었다. 그건 엄 형사의 말대로 이상한 일이었고, 그 범인은 도엽이었다.

목발을 묶지 않았다고 해서 산다는 보장은 없어. 어둠 속에서 단번에 목발을 찾지 못했을 수도 있어. 암 그렇고말고. 그러니까 내 잘못은 아니야. 절대로 아니야.

경하가 떠나고 도엽은 수없이 자신을 세뇌했다.

참고인 조사가 시작되면서 도엽은 화재 현장에서 피아노 줄로 묶인 목발이 발견될까 봐 몹시 애를 태웠다. 경하의 죽음 따위 슬퍼할 겨를도 없이 죄를 홀라당 뒤집어쓸까 봐 전전긍긍했다. 다행인지 불행인지 목발은 절반 넘게 탔고, 피아노 줄도, 그림도 흔적을 남기지 않고 사라져 버렸다. 그리고 사라져 버린 네 잎 클로버처럼 경하도 도엽의 곁을 떠났다.

불이 난 화재 현장을 보고 싶지 않아서 P읍을 떠났다고? 도엽은 무서웠다. 목발을 묶어 버린 피아노 줄에 대해 친구들이 알까 봐, 혹시라도 경하를 죽인 책임을 물을까 봐 두려워 견딜 수 없었다.

경하에게 행운을 빌어 주고 싶었는데, 나쁜 뜻은 전혀 없었는데 왜 운명은 그걸 비틀어 놓았을까? 도엽은 분통이 터지도록 억울했다.

"우리 오랫동안 못 만날 거야. 그러니까 건배하자."

도엽은 마지막 남은 막걸리를 따라 이미 쓰러져 자는 승묵의 빈 잔에 부딪쳤다.

도엽은 파이집에서 승묵과 둘이 살았던 날들을 떠올렸다. 그러다 문득 형의 얼굴이 생각났고 오래전 형과 함께했던 게임도 기억났다.

작은 나무 막대기가 수십 개 들어 있던 박스는 아버지가 형에게 준 크리스마스 선물이었다. 아버지는 나무 막대기를 거실 바닥에 일렬로 세워 놓고는 형에게 치라고 했다. 형이 손가락으로 조심스럽게 톡 치자 나무 막대기가 줄줄이 쓰러졌다. 형은 배를 잡고 구르며 까르르 웃어 댔다.

형과의 좋았던 기억은 거기서 끝이었다. 형은 친구가 없었다. 그래서 늘 도엽하고만 놀려고 했다. 도엽은 유치원에 다니고 친구를 사귀게 되면서 형과 노는 게 점점 싫어졌다. 친구들이 집에 놀러 오면 형은 훼방을 놓으면서 자꾸 끼려고 했고, 그때마다 도엽은 형이 부끄러워 차라리 없으면 좋겠다고 생각했다.

도엽이 학교에 다니면서 그런 생각은 더 깊어졌다. 하루는 도엽의 친구가 놀러 와 형을 보더니 물었다.

"너희 형 이상하다."

아직 어린 나이라 뭔가 자세히 설명하지는 못했지만, 친구는 형의 부족한 부분을 정확히 간파했다.

"지금 좀 아파서 그래."

이미 형의 지능을 훨씬 앞질러 버린 도엽은 집안의 망신거리를 공개적으로 말할 수 없기에 얼버무려 대답했다. 그날 도엽은 모두 세 번의 거짓말을 했다. 첫 번째 거짓말은 태어나면서 지금까지 쭉 부족하고 아픈 형을 '지금' 막 아픈 사람처럼 말한 거였다. 두 번째 거짓말은 형은 '좀'이 아니라 많이 아프건만 똑바로 말하지 않은 거였다. 그리고 그날 저녁, 도엽은 잊히지 않을 가장 큰 세 번째 거짓말을 했다.

친구는 형을 의식했지만 도엽과 즐겁게 놀았다.

"와, 젠가 게임 있네? 도엽아, 우리 이거 하자!"

그저 줄줄이 세워서 쓰러뜨리며 놀았던 장난감은 원래 '젠가'라는 번듯한 이름을 가진 놀이도구였다. 친구는 도엽에게 놀이 규칙을 알려 줬다. 나무 막대기를 촘촘히 높게 쌓아 올려 하나씩 빼내는, 막대기 탑을 쓰러뜨리는 사람이 지는 게임이었다.

조심성 많은 도엽의 친구는 위에서부터 하나씩 막대기를 뺐다. 지독한 겁쟁이! 친구를 얕보며 도엽은 중간에 있는 막대기를 툭 쳤다. 그러자 막대기가 튕겨 나갔고 탑이 휘청하더니 금세 안정을 찾았다. 친구는 이번에도 위에서 하나를 조심스레 빼냈다.

　도엽은 모험을 하고 싶었기에 과감하게 아랫부분의 막대기를 뽑았다. 순간 탑이 흔들렸지만 무너지지는 않았다.

　"피, 내가 질 것 같지? 하지만 아니야. 난 제일 위에서 뺄 거니까 네가 더 위험해질걸?"

　친구는 도엽을 놀리면서 맨 위에 있는 나무 막대기를 집었다. 그때였다. 방에서 자는 줄 알았던 형이 나오더니 큰 소릴 질렀다.

　"그거 내 거야. 만지지 마!"

　형이 그대로 친구를 덮쳤고, 친구는 탑 위로 얼굴을 묻었다. 친구가 다시 고개를 드니 얼굴에는 나무 막대기에 긁힌 생채기가 나 있었다.

　"니네 형 바보지? 우리 엄마한테 다 이를 거야!"

　친구는 울음을 터뜨릴 것처럼 씩씩거리더니, 정작 자신을 덮친 형은 놔두고 순식간에 도엽의 얼굴을 손으로 쥐어뜯어 놓고는 집으로 가 버렸다.

　얼굴 곳곳에 남은 손톱자국들. 도엽은 분해서 엉엉 울었다. 도엽이 우는 동안에도 형은 젠가를 틀어쥐고 있기만 했다.

　그날 저녁 얼굴을 보고 놀란 부모님에게 도엽은 형이 그랬다고 말했다. 아버지는 형에게 정말 네가 그랬냐고 다그치듯 물었고, 아버지의 서슬 퍼런 얼굴이 무서워 그랬는지 형은 고개를 끄덕였다.

식당 일 때문에 자주 집을 비우게 되면서 부모님은 형의 거취 문제를 많이 고민했다. 그런데 도엽의 세 번째 거짓말 때문에 아버지는 마음을 굳혔고 형은 그렇게 집을 떠나갔다.

그날, 게임의 승자는 도엽도 친구도 아니었다. 다만 패자는 분명했다. 바로 형이었다.

기억을 돌이켜 보니 불이 났던 그날도 한바탕 젠가 게임이 벌어지고 있었던 것 같다. 율미와 소정이 감정의 날을 세우며 막대기를 빼냈고, 연수는 바짓단을 핑계로 중간에 있던 막대기를 퉁겨 버렸다. 소화기를 가지러 간 기준은 친구처럼 맨 위에 있던 막대기를 조심스레 끄집어냈다. 그리고 운명과 한 판 대결을 벌인 젠가 게임에서 도엽은 탑을 무너뜨릴, 경하를 죽음으로 몰고 갈 막대기를 골랐고 무자비하게 뽑아 버렸다.

울면서 경찰서를 나왔던 그날처럼 도엽은 잠들어 버린 승묵 옆에서 뜨거운 눈물을 흘렸다. 운명의 침방울은 P읍으로 튀었고 이제 파이집을 떠나야 했다. 아버지가 만들어 준 장안성 짬뽕을 먹고 불맛 덕분에 기운을 얻고 나면 도엽은 은행나무 아래로 달려갈 거다. 미루고 미뤘지만 언젠가 만나야 할 친구들이 있는 그곳으로. 그리고 불맛보다 더 따끔한 대가를 치를 각오로 오랜 시간 감춰 온 진실을 고백하리라. 젠가 게임의 마지막 막대기를 뽑은 건 바로 나라고. 도엽은 겁이 나서 제대로 슬퍼하지 못했던 경하의 죽음 앞에서 비로소 실컷 울고 싶어졌다.

"승묵아, 나 참 못된 놈이야. 형, 거짓말해서 미안해, 경하야, 구해 주지 못해서 미안해."

파이집 밖으로 사르락사르락 첫눈이 쌓여 가는 것도 모른 채, 도엽은 불콰한 얼굴로 뻗어 버린 승묵 옆에서 영롱한 눈물을 매단 채 깊이 잠들었다.

2부

# 율미

    육지에서 불과 두 시간 떨어져 있을 뿐인데도 섬은 역시 섬이었다. 보름에 한 번 정기 보급선이 들른다곤 하지만 파도가 심하면 배가 끊겼고 그런 날이면 괜스레 심란했다. 뭍 소식은 언제나 요원했고 사방에서 넘실대는 파도를 보면 외로움이 밀려들었다.

    율미는 시간이 날 때마다 등대 근처 언덕 꼭대기에서 하염없이 바다를 바라봤다. 욕심 없이 밀려왔다 쓸려 가는 파도를 보면 마음이 놓였다. 왔다 가고, 또 왔다 가는 파도를 보고 있으면 지독한 아픔도 금방 지나갈 거란 믿음이 생겼다. 무념무상. 아무 생각도 없이 시간을 흘려보내는 게 율미의 소원이었다.

    '잊을 수 있을 거야…….'

율미는 섬 구석구석을 돌아다녔고 다리가 아프면 아무 곳에나 걸터앉아 쉬곤 했다. 아무도 나를 모른다는 자유로움이 좋았다.

어느 날 산 중턱 보리밭을 감싼 돌담에 앉아 있는데 누군가 어깨를 쳤다. 가슴이 쿵 떨어지는 느낌이었다. 누가 나에게 알은척하는 거지? 율미가 얼굴을 돌렸을 때 웬 노인이 생긋 웃음을 지었다. 굵은 주름이 자글자글한 얼굴에 천진한 웃음이라니.

"권 선상 조카람서? 오메, 솜털이 보송보송한 것이 애리디애려 보이고만 뭔 일로 이 답답한 섬까지 왔을까잉?"

평균 연령 70대, 전체 서른일곱 가구가 사는 H섬에 낯선 얼굴이 나타났으니 관심이 대단한 건 당연한 일이었다. 게다가 여드름 자국도 채 지워지지 않은 소녀이니…….

"할매, 조카가 몸이 아파서 잠시 쉬러 왔어요."

어디서 나타났는지 이모가 거들어 주었다. 물론 노인의 호기심은 단답형 대답으로 충족되지는 않았다. 노인의 다음 질문이 이어졌다.

"흐미, 짠해라. 그 나이 때는 돌덩이를 씹어 삼켜도 말짱할 땐디 어디가 고장이 나 붓다냐?"

한평생 바닷바람에 그을려 푸석푸석해진 얼굴을 찡그리며 같이 아파해 주는 노인의 마음에 율미의 굳은 어깨가 풀렸다.

나중에 들어 알았지만 율미에게 처음으로 안부를 물은 이는 군산 할매였다. 열여섯 어린 나이에 군산에서 시집온 뒤한 번도 고향에 가지 못했다는 군산 할매가 머리를 쓰다듬어주었다. 머리카락 쓸리는 소리가 날 정도로 거친 손이 참 다정했다. 율미는 정성껏 대답을 해야 할 것 같았다. 그런데 나는 지금 어디가 아픈 거지? 율미가 멈칫거리자 이모가 또 대신 말했다.

"이젠 다 나았고요, 걱정 안 하셔도 돼요."

얼굴 주름이 다 펴지도록 군산 할매가 환하게 웃었다.

"그려그려, 시방 암시랑토 않으면 되았어. 참말로 젊은게 좋네잉."

밑도 끝도 없이 말을 마친 할매가 휑하니 뒤돌아서더니 청춘을 돌려 다오오오오, 뜬금없는 노래를 불러 젖혔다.

섬사람의 화법은 저런 건가? 슬그머니 밀려왔다 사라지는 파도처럼 할 말만 똑 해 버리는……. 비린 것이 입에 맞을런가 모르겠네, 잠자리가 불편하지 않나 모르겠네, 율미에게 대답할 틈도 주지 않고 혼잣말하듯이 말하고 사라지는 이모부의 화법에도 익숙해지지 않았는데 또 다른 버전이라니! 율미는 피식 웃음이 났다.

"물어보는 말이야 똑같을 테니까 다음에도 이렇게 대답하면 돼. 이크, 시간 늦었다. 난 이모부 밥 배달하러 간다."

도시락을 들고 뛰는 이모 뒤로 군산 할매의 노랫소리가 떠돌았다.

180

'청춘을 돌려 다오, 젊음을 다오……'

할매가 탐낼 정도로 이 청춘은 가치가 있을까? 까마득히 오래전의 기억 따위는 잊어버렸을 할매의 나이가 율미 눈엔 더 좋아 보였다. 인어공주는 목소리를 주고 다리를 얻었다는데, 율미도 그날의 기억을 지울 수 있으면 이까짓 나이쯤은 얼마든지 할매와 바꿔도 좋았다. 그럴 수만 있다면 찌글찌글한 주름과 거친 손마저도 감사히 받을 텐데……. 얼굴을 할퀴듯이 부는 바람 속에서 율미는 아득한 바다와 마주했다.

화재 현장에 있지 않았는데도 율미는 두 차례의 참고인 조사를 받았다. 근육으로 똘똘 뭉친 듯 보이는 엄 형사는 인상과 달리 편안한 목소리로 질문을 던졌다.

"율미는 불이 나기 전에 교실을 나가서 병원 치료를 안 받았지?"

가림막으로 가려 놓긴 했지만 경찰서 안은 산만하기 그지없었다. 여기저기 전화하는 소리, 키보드 두드리는 소리, 호통치는 소리로 시끄러웠다. 율미는 엄 형사가 한 말의 의미를 파악하려고 잠시 생각에 잠겼다. 병원 치료를 안 받아서 다행이란 뜻인가?

"네."

고갯짓을 하는 게 건방져 보일까 봐 대답을 했고, 작게 말하면 안 들릴까 봐 큰 소리로 했다. 율미의 목소리가 너무 씩씩

했던 걸까? 엄 형사 입에서 살짝 김빠지는 소리가 들렸다. 피, 정도의 파열음. 나를 비웃는 건가 싶어 율미는 위축이 됐다.

"동아리방을 나가서 어디에 있었니?"

집안일로 우울한 데다 소정과도 어색해 율미는 정글북 동아리방을 나와서 신관으로 갔다. 운동장에선 지역 주민 야구 시합이 벌어졌고, 1층 화장실을 개방하기 위해 신관은 열려 있었다. 1층에 있는 음악실, 율미는 그 비밀번호를 알고 있었다. 음악실에 들어간 율미는 교탁 위에 놓인 시디플레이어를 켰다. 슈베르트의 아르페지오네 소나타 1악장. 용재 오닐의 비올라 연주가 흘러나왔다. 음악 선생님이 즐겨 듣는 곡이었다. 율미는 특별 청소 구역이 음악실이었고 청소를 하는 동안 선생님은 이 곡을 들려주었다.

"지금은 사라진 악기 아르페지오네를 위한 곡인데 대개 첼로로 연주하지. 개인적으론 비올라 선율로 듣는 걸 더 좋아하고. 특히 용재 오닐."

용재 오닐. 이름처럼 한국인의 피가 섞인 사람이었다. 그의 엄마는 어린 시절 열병으로 정신지체가 된 전쟁고아였다. 그녀는 네 살 무렵 미국의 오닐 부부에게 입양되었고 나중에 미혼모가 되어 낳은 아들이 용재 오닐이었다. 제대로 아들을 키울 형편이 안 된 엄마를 대신해 팔순의 조부모가 오닐을 키웠다고 했다. 비올라의 선율 속에서 나른한 목소리로 음악 선생님이 해 준 이야기였다.

182

극한의 슬픔 속에서 작곡했다는 슈베르트와 아픈 가족사를 껴안은 용재 오닐의 조합. 애틋함과 비애 가득한 선율을 듣고 있으니 어쩐지 위로를 받는 느낌이었다.

"음악을 들었다고? 시간이 얼마나 걸렸니?"

엄 형사는 이해할 수 없다는 듯 물었지만 율미는 그게 더 이상했다. 음악이 얼마나 큰 위로인지 이 사람은 모르는 건가. 하지만 율미는 그냥 순순히 대답했다.

"3악장까지 들었지만 시간이 얼마나 흘렀는지는 잘 모르겠어요."

엄 형사가 두툼한 손으로 부지런히 펜을 놀렸다. 하지만 그게 끝이었다. 별다른 질문은 없었고 율미는 경찰서를 나왔다.


두 번째로 참고인 조사를 받게 됐을 때 아버지는 직접 엄 형사에게 전화를 걸어 큰 목소리로 따졌다.

"듣자 하니 이상한 소문이 들리던데. 왜 율미 사진을 들고 다니며 조사를 합니까? 문방구에서 폭죽을 샀나 물었다고 하던데 도대체 무슨 심사로 그러는 겁니까?"

통화 내용을 듣고 율미는 깜짝 놀랐다. 내가 용의자라고? 정글북 동아리방 근처에도 없었는데 도대체 왜?

엄 형사는 율미 사진만 갖고 다닌 건 아니며, 정글북 아이들 사진을 모두 보여 주면서 혹시 폭죽을 산 아이가 있었느냐고 물었고, 한 번 더 부르는 이유는 다른 아이들이 동아리방에 있는 동안 율미만 없었으니 바깥에서 뭔가 수상한 점을 발견하지 않았나 묻기 위해서라고 변명했다. 그렇지만 아버지는 이미 심사가 틀어져서 더 이상 참고인 조사를 받게 할 수 없다며 으름장을 놨다.

기분이 나빴지만 율미는 조사를 받는 게 옳은 일이라고 판단했다. 범인을 찾는 데 힘을 보태야 어이없이 세상을 떠난 경하에게 덜 미안할 것 같았기에 기어이 아버지의 고집을 꺾고 엄 형사를 만났다.

"율미야, 오해하지 말고 들어. 네가 말한 음반을 들어 봤더니 연주 시간이 25분을 넘기지 않았어. 그런데 너는 정글북을 나간 후 한 시간이 지나서 들어왔다고 하던데."

엄 형사는 집요했고 충분히 오해할 만한 일이었다. 나를 의심하고 있구나, 생각하니 온몸에 소름이 돋았다. 아버지 말대로 오지 말 것을……. 지금이라도 박차고 나갈까. 그런데도 율미는 자리에 앉아 엄 형사의 질문에 꼬박꼬박 대답했다. 그게 경하를 위한 율미의 마지막 배려였다.

음반을 다 듣고도 1악장은 몇 번 더 들었고 음악실에 멍하니 앉아 있다가 돌아간 거다, 엄 형사가 믿건 말건 율미는 열심히 기억을 되살렸다. 그러면서 알리바이를 증명해 줄 누군가가 없는 것이 몹시도 불리하구나, 범죄 영화에서나 나올 법한 상황이 실제로 닥칠 수도 있구나 싶어 정신이 아뜩했다.

엄 형사는 곤혹스럽단 듯이 이마에 주름이 지도록 얼굴을 찡그리더니 질문을 던졌다.

"소정이랑 사이가 안 좋다 들었는데, 혹시 그 아이를 질투한 거니?"

율미는 엄 형사의 질문이 끝나기 무섭게 고개를 끄덕였다. 그건 부정할 수 없는 사실이었으니까.

율미의 반응을 예상하지 못했는지 엄 형사가 당황한 표정을 지었다. 습관처럼 손마디를 꺾으며 뭔가 말을 준비하던 엄 형사는 율미의 아버지가 나타나자 그대로 입을 닫았다.

"우리 애 데려다 놓고 뭐하는 겁니까? 겨우 열여섯 살 먹은 애한테 이래도 되는 겁니까?"

노기 띤 얼굴의 아버지는 어서 가자며 율미의 손목을 억세게 잡았다. 그렇지만 엄 형사가 난처한 표정으로 우두둑 손마디를 꺾을 때 율미는 그에게 해 줄 말이 떠올랐다.

"잠깐만요, 엄 형사님한테 할 말이 있어요."

엄 형사를 향해 다시 몸을 돌렸을 때 아버지는 더 강한 완력으로 율미를 소파에서 일으켰다.

"의심을 품은 사람한테는 무슨 말을 해도 다 수상쩍어 보이는 법이야."

아버지는 여기는 있을 곳이 못 된다며 율미를 잡아끌었고 두 번째 참고인 조사는 그렇게 끝이 났다.

진소정, 이름부터 참 예쁜 아이. 질투했느냐는 질문에 율미가 망설이지 않고 그렇다고 인정할 만큼 소정은 많은 것을 가진 아이였다. 얼굴도, 돈도, 집안도, 하다못해 성격까지……, 율미는 사람에겐 누구나 고유한 빛이 있다고 믿었고, 부끄럽지만 자신의 빛은 남들보다 조금 더 반짝인다고 생각했다. 그만큼 자신감이 충만한 아이였다. 그런데 소정을 만나면서 율미는 자신의 빛이 가짜라는 걸 알았다.

소정을 생각할 때면 어떤 장신구도 같이 떠올랐다. 언젠가 소정네 집에 갔을 때였다. 왜 놀러 갔는지는 기억이 나지 않지만, 함박눈이 내리는 휴일이었다. 어쩌면 방학 때였는지도 모르겠다. 기억이란 워낙 제멋대로니까.

근사한 이층집 대문 앞에서 율미는 흠흠 기침을 했다. 그냥 율미의 습관이었다. 동물 캐릭터가 그려진 실내복을 입고 마당까지 나온 소정이 율미 머리 위에 쌓인 눈을 털어 주었고, 율미는 소정의 옷을 가리키며 깔깔대고 웃었다. 율미도 소정도 하찮은 일에 웃을 수 있는 나이였다.

처음부터 그걸 본 건 아니었다. 집 안으로 들어오면서 뿌옇게 변한 안경을 닦고 다시 썼을 때 율미는 거실에 놓인 커다란 트리를 보고 깜짝 놀랐다. 크리스마스 즈음이라는 것도 몰랐기에 율미는 우아, 환호성을 질렀다. 트리에는 찬란하게 빛나는 방울들이 달려 있었고 그 아래에는 곱게 포장된 선물들이 놓여 있었다.

소정이 율미 귀에 대고 속삭였다.

"저 선물들 다 가짜야. 그냥 폼 나라고 갖다 놓은 거야."

율미는 소정의 말을 듣고 트리 가까이 다가갔다. 고개를 뒤로 젖히고 봐야 할 정도로 큰 트리는 천장에 닿을 듯이 가지를 뻗고 있었다.

"진짜 나무야?"

"얘는……. 가짜지. 외국에선 진짜 생나무로 하는데 여기선 구할 수 없어서 최대한 진짜 같은 가짜로 만든 거야."

'최대한 진짜 같은 가짜'라고 얘기하지 않았다면 율미도 깜빡 속을 만큼 진짜 나무 같은 트리였다. 게다가 트리에 걸린 장식들도 고급스러웠다. 반질반질한 도자기 방울을 만지며 율미가 물었다.

"이건 뭐야?"

"오스트리아에서 산 오너먼트야. 예쁘지?"

방울이 아니라 오너먼트였다. P읍에서는 한 번도 들어 보지 못한 말이었지만 율미는 놀라지 않고 대답했다.

"응."

그 말밖에는 할 말이 없었다. 처음 듣는 이름을 가진 방울, 율미는 오너먼트라고 조용히 되뇌었다.

소정의 집에서 뭘 하며 놀았는지는 전혀 기억이 안 난다. 집을 나오면서 다시 한 번 크리스마스트리를 보았다는 것만 기억날 뿐.

집에 온 율미는 창고를 뒤져 몇 해 전에 사 놓은 크리스마스트리를 찾아냈다. 먼지를 뒤집어쓴 트리를 꺼내서 닦고 거실에 세워 놓았을 때에야 겨우 그 높이가 율미의 허리까지밖에 안 온다는 걸 알았다. 거기다 조잡한 플라스틱 모형은 '가짜 중의 가짜' 같아 보였다. 모양새가 하도 흉해 율미는 도로 창고로 갖다 놓을까 망설였다. 그러다 장식만 잘하면 근사하게 바뀌지 않을까 기대하며 검은 비닐봉지 안에 든 방울과 리본 등을 꺼내 트리에 매달았다.

트리 장식을 다 마쳤을 때 축사에서 돌아온 아버지가 웬 트리, 하고 물었다.

"웬 트리라니? 곧 크리스마스잖아."

율미는 심통 맞게 대답했다. 크리스마스가 언제인지 관심도 없는 아버지에 대한 불만이라기보다 장식을 다 마친 트리가 너무 촌스러워서였다. 팔짱을 낀 채 불퉁한 표정을 짓는 율미를 보더니 아버지가 말했다.

"하나가 빠졌네. 꼬마전구를 둘러야지."

아버지가 검은 봉지에서 꼬마전구가 달린 전선을 찾아내 트리에 둘렀다. 보통 빠르기로 반짝반짝, 빠르게 반짝반짝반짝, 엇박자로 반짝짝 반짝짝, 리듬을 달리해서 반짝이는 꼬마전구까지 걸어 놓으니 그럴듯한 트리가 완성됐다.

아버지가 다시 축사로 나간 후 율미는 캐럴까지 틀어 놓고 혼자 분위기를 즐겼다. 창가에 앉아 눈 내리는 모습을 보던 율미는 문득 오너먼트가 생각났고 사전에서 뜻을 찾았다.

장식품, 장신구라는 뜻이었다. 굉장한 뜻이라도 품고 있을 줄 알았던 오너먼트는 방울이라 불러도 괜찮은 단어였다. 그런데 왜 소정 앞에서는 방울이라 부르지 못하고 이름을 물어봤을까? 한눈에 보기에도 그냥 방울이었는데……. 기분이 씁쓸했다.

율미는 또 소정의 집 앞에서 흠흠 기침하던 자신의 모습을 떠올렸다. 그 순간 커다란 눈덩이를 맞은 것처럼 싸늘한 느낌이 들었다. 목소리를 가다듬듯이 흠흠 기침을 하는 건 긴장할 때마다 율미가 하는 버릇이었다. 율미는 소정네 집에 들어가는 데 용기가 필요했고 기침을 하면서 마음을 추스른 후 겨우 벨을 누를 수 있었던 거였다. 역시 소정이한테 주눅 들어 있었구나. 벌에 쏘인 상처가 시간이 지날수록 넓게 부풀어 오르는 것처럼 율미의 아린 마음도 서서히 퍼졌다.

침울한 마음에 한참 동안 창밖을 보던 율미는 저녁쌀이라도 안쳐야겠다 싶어 일어났고, 그때 마침 꼬마전구는 반짝짝 반짝짝 엇박자로 빛나고 있었다. 그 천박한 촌스러움에 율미는 눈을 찌푸렸다. 그러다 깨달았다. 저게 나였구나! 전기가 있어야만 빛을 내는 꼬마전구가 율미였다면, 존재만으로 영롱하게 빛나는 오너먼트는 소정이었다. 결코 방울로 불릴 수 없는 오너먼트. 최선을 다해 반짝이는 꼬마전구를 보며 율미는 깊은 상처를 받았다.

# 지유

누군가 쫓아오는 발걸음 소리, 뒤를 돌아보면 막막한 어둠 뿐이었지만 지유는 쉬지 않고 달렸다. 더 이상은 안 돼, 숨이 턱에 차도록 달리다가 잠이 깨면 창밖은 여전히 캄캄했고 그럴 때면 울고 싶어졌다. 희미하게 밝아 오는 새벽을 맞을 때마다 지유는 보고 싶은 친구들을 떠올렸다. 아무것도 모르는 친구들의 천진한 웃음을 생각하면 미칠 듯이 가슴이 아팠고 가슴에 담긴 비밀은 커지고 커져 지유를 압박했다.

'말해야 해. 더는 숨길 수 없어.'

지유가 친구들에게 하고 싶은 긴 이야기는 이제 막 시작되고 있었다.

지유는 구순열 장애를 가진 미숙아로 태어났다. 윗입술이 갈라져 나온 아들을 처음 보았을 때 지유의 부모님은 심한 충격과 불안을 동시에 느꼈다. 이 아이가 제대로 자랄 수 있을까? 미래에 대한 불안감 속에서도 왜 장애를 가진 아이가 태어났을까에 대해 서로 의심하며 싸워야 했다. 하지만 다행히도 그들은 긍정적이며 낙천적이었다. 입천장이나 잇몸이 갈라지는 구개열에 비해 구순열이 훨씬 고치기 쉬운 병이고 나중에 2차 성형까지 한다면 감쪽같이 흔적을 없앨 수도 있다는 의사 말에 안도하며, 아들을 위해서라면 이 한 몸 희생하리라는 강한 정신력을 보이기도 했다. 하지만 당장 지유에게 젖을 먹이는 것부터 문제였다. 열린 입술로 공기가 들어오면서 먹으면 토하고 먹으면 토하는 일이 계속되었고 그때마다 부모님은 한숨을 쉬었다. 그래도 미숙아인 지유는 꾸준히 자랐고 몸무게가 5킬로그램이 되었을 때 구순열 수술을 받았다. 수술대 위에 올라가 있을 작은 몸뚱이를 생각하면 그 고통이 어땠을까 싶겠지만 지유의 기억 속에 수술의 아픔 같은 건 남아 있지 않았다. 하지만 입술 위 인중 부위에 비스듬한 사선으로 남아 있는 수술의 흔적은 오래도록 지유를 고통스럽게 했다.

미숙아로 태어났다고 모두 몸집이 작은 건 아니겠지만 지유는 커 가면서도 키와 몸무게가 계속 미달이었다. 게다가 시신경 발달이 온전치 못해 지독한 근시까지 갖고 있었다. 작은 체구에 두꺼운 안경을 썼지만 지유는 별 탈 없이 자라났다. 지유가 초등학교에 입학했을 무렵, 엄마가 물었다.

"애들이 작다고 안 놀려?"

한 살 아래 여동생이 지유보다 한 뼘이나 더 컸기에 또래 아이들 속에서 잘 어울리나 걱정돼서 물어본 거였다.

긴 시간 병원을 드나들며 치료를 받았던 탓인지 지유는 소심한 편이었고 자기표현을 적극적으로 하지 않았다. 그래도 엄마의 말에는 살짝 고개를 끄덕이는 것으로 대답했다.

등판이 안 보일 정도로 큰 가방을 메고 학교에 다니는 아들이 안쓰러웠던 엄마는 지유의 대답에 안심했다.

"그럼 아무 문제 없지?"

엄마의 물음에 이번엔 지유가 대번에 답했다.

"있어."

지유가 가리킨 것은 바로 인중에 있는 상처였다. 지유의 반응에 엄마는 깜짝 놀랐다. 구순열 수술의 흉터는 2센티미터가 채 되지 않았다. 그런데 또래보다 10센티미터 이상 차이 나게 작은 키보다 그게 더 문제라고 생각하는 지유를 이해할 수 없었다.

"혹시 애들이 물어보면 자전거 타다가 다쳤다고 말해, 알았지?"

지유는 엄마 말에 고개를 끄덕였고 그 뒤 아이들이 물을 때마다 그렇게 말했다. 자전거 사고 때문에 생긴 흉터라고.


지유는 거울을 볼 때마다 구순열 흉터가 제일 먼저 눈에 들어왔다. 코 아래에서 입술까지 사선으로 그어진 수술 흉터 때문에 지유의 인중은 밋밋했다. 지유는 다른 친구들의 오목한 인중이 그렇게 부러울 수가 없었다.

어느 해 명절 무렵 텔레비전에서 관상에 관한 특집 프로그램을 방송했다. 얼굴의 생김새가 사람의 운명을 결정짓는다고? 눈이 나쁜 지유는 텔레비전 앞에 바짝 붙어 방송을 봤다. 코끝이 마늘처럼 둥글면 복이 많다, 눈가의 점은 눈물을 부르므로 없애야 한다, 귀가 길면 돈이 많이 들어온다……. 눈이 퀭하고 볼이 쏙 들어가 본인부터 복 없게 생긴 관상학자는 커다랗게 얼굴이 그려진 도면을 보면서 조목조목 설명했다. 그러다 인중이 나왔다. 인중이 길면 수명이 길고 존경받는다……. 그럼 인중을 가르는 흉터는 뭐지? 어린 지유는 자신의 흉터를 만지면서 한숨을 쉬었다.

지유가 흉터에 대해, 아니 인중에 대해 또 한 번 좌절한 일이 있었다. 딱지치기가 유행일 때였다. 만들어 놓은 딱지를 모두 잃은 지유는 집 안에 굴러다니던 책을 한 권 찾아 들었다. 이미 여러 장이 뜯겨 나간 걸 보니 딱지를 접어도 상관없을 책이었다. 지유가 종이를 찢으려고 하는데 갑자기 눈에 들어오는 문장이 있었다.

○○은 어쩌면 삼신할미가 볼기를 찰싹 쳐 세상 밖으로 내치는 순간, 간절한 마음으로 눌러 찍은 신의 마지막 손

도장(무인, 拇印) 같은 게 아닐까.

내용을 조금 읽어 보니 몸의 일부에 대한 작가의 생각을 적은 글이었다. 페이지가 찢겨 나갔지만 지유는 단번에 그 자리에 들어갈 말이 무엇인지 알았다. 눌러 찍었다면 움푹 들어갔을 테고 그렇다면 그건 인중이었다. 인중이 세상에 처음 나올 때 받는 신의 손도장이구나! 참 잘했어요, 하는 도장. 그럼 나는 도장 하나 못 받은 불량품이구나…….

딱지를 접으려던 지유는 책을 집어 던지고 슬픔에 빠졌지만, 그건 혼자만의 착각이자 오해였다. '눌러 찍은'이라는 표현 때문에 지유가 인중이라 생각했던 말은 사실 배꼽이었다.

그때 페이지가 찢겨 나가지 않았다면, 배꼽이 정답이라는 걸 알았다면 슬퍼하지 않았을까? 그러면 자신이 불량품이라 생각하지 않았을 테고 말도 잘하지 않았을까?

구순열 수술로 인한 발음 걱정은 하지 말라고 병원에서 말했지만 지유는 말을 더듬었다. 천천히 말하면 괜찮은데 긴장을 하거나 조금이라도 빠르게 말하면 더듬었다. 농담을 할 때면 자연스럽게 말이 나오는데 자신의 속내를 말하거나 중요한 말을 하려면 힘들었다. 공식적인 자리나 남의 주목을 받는 발표를 할 때마다 지유는 긴장했고, 중압감 때문에 여지없이 말을 더듬었다.

'중앙청 철창살 쌍창살, 철도청 쇠창살 겹창살'처럼 어려운 말을 하는 것도 아닌데 고작 한마디 말을 꺼내기 위해 몇 번이나 입속에서 말하는 시동을 걸어야 했다. 지유는 말보다 글이 편했고 그래서 책을 읽고 글을 쓰는 걸 즐겼다.

지유가 P읍에 온 건 열두 살 때였다. P읍 외곽에 온천이 개발된다는 소문에 부동산 열풍이 불었고, 부동산 거래를 위한 공인중개사 사무실과 떠돌아다닐 뭉칫돈을 잡을 요량으로 금융업체가 발 빠르게 읍내 중심에 자리를 잡았다. 은행에 근무하던 지유의 아버지 역시 P읍 출장소로 발령을 받았고 가족 전체가 이사를 오게 됐다. 시골 생활이라면 고개를 절로 흔드는 세련된 가족도 아니었기에 P읍으로의 이사를 반대하지는 않았다. 다만 엄마는 말더듬증 클리닉이 멀어지면서 지유의 치료를 끝내야 한다는 것 때문에 고민스러워했다.

"천천히 말하면 괜찮아."

지유는 언제까지고 치료를 계속 받을 수는 없기에 이번이 좋은 기회라고 생각했다.

기림중학교에 입학했을 때 지유는 동아리로 정글북을 선택했다. 말보다 글이 편하기 때문이었고, 초등학교 때부터 남몰래 좋아했던 율미 때문이기도 했다.

지유는 정글북 친구들이 편했다. 꼬치꼬치 따지는 경하가 약간 신경 쓰이기는 했지만 그럭저럭 괜찮았다. 사람들 앞에서 말을 할 때마다 호흡에 신경 쓰며 천천히 말했기에 큰 실수는 하지 않았다. 지유는 조금씩 말하는 데 자신감이 붙었다.

지유는 잘하는 것도, 뛰어난 구석도 없었지만 자신이 평범하다는 것에 만족했다. 성적이나 진학 같은 흔한 고민조차 하지 않았다. 부모님이 잘 먹고 아프지만 않으면 된다며 애초에 지유에 대한 기대치를 낮춰 놓았기 때문이다. 그래서 홀가분했지만, 나는 그렇게 기대할 게 없는 아이인가 싶어서 한편으로 서운한 맘도 있었다.

한 살 아래 동생 지혜는 지유에 비해 공부도 잘하고 운동도, 노래도 다 잘했다. 광역시에서도 공부를 곧잘 하던 아이였으니 P읍에 오자마자 전교 톱으로 올라섰다. 지혜가 시험에서 한 문제라도 틀리면 아버지는 무서운 얼굴로 나무랐다. 언젠가 다시 광역시로 나가야 할 텐데 여기서 이런 점수를 받으면 큰물에 가서 살아남을 수 있겠느냐며 지혜의 손바닥을 때리기도 했다. 오빠는 안 때리고 왜 나만 때려, 투정이라도 부릴 법한데 지혜는 손바닥을 빳빳하게 펴고 아버지의 매를 다 맞았다. 동생보다 훨씬 못한 점수로도 야단 한번 맞지 않는 지유로서는 그런 대우를 받는 여동생이 딱하게 느껴졌다.

유치원 시절부터 오빠를 능가하는 키와 덩치 때문에 누나로 오해받는 일도 많았지만 그건 체격의 문제만은 아니었다. 병약하고 의기소침한 오빠와 달리 지혜의 얼굴은 야무지고 의젓해 보였다. 실제로 지혜는 어른스럽고 점잖게 행동했고 요즘 아이들 같지 않다며 어른들의 칭찬을 받았다. 지유는 그

196

런 동생이 자랑스럽고 고마웠다.

지유가 편할 수 있었던 건 오빠의 부족함을 메우고도 남을 여동생 지혜가 있기 때문이었다.

"네가 모지혜 오빠라며?"

지혜가 기림중학교에 입학하면서 지유는 이런 질문을 많이 받았다. 질문 속에는 동생보다 몸집이 작네, 동생보다 공부도 못 하네 등등의 뉘앙스가 포함돼 있었지만 어떻게 그런 여동생을 둘 수 있느냐는 부러움의 감정이 훨씬 더 컸다. 그러면 지유는 거들먹거리며 이렇게 말했다.

"걔 집에선 나한테 꼼짝 못 해."

물론 그건 사실이 아니었다. 사춘기가 찾아온 탓인지 지혜는 학교에서 지유를 보면 아는 척도 안 했다. 겨우 한 살 차이긴 했지만 지유는 동생이 부끄러워 그러는 거라 믿었다. 하지만 오빠다워야 한다는 생각에 너그럽게 넘어갔다.

지혜가 소문이 안 좋은 후배들과 어울리는 걸 보면서 지유는 넌지시 한마디 해 줄까 고민했지만, 영리한 아이라 알아서 잘하리라 믿었다. 그런데 지혜는 오빠의 믿음을 배반하고 계속 나쁜 친구들이랑 어울렸고 결국 성적도 떨어졌다.

"세상에, 뭐하느라 이딴 성적을 받은 거야? 다음번 성적 또 떨어지면 그땐 가만 안 둔다!"

아버지에게 혼나는 동안 지혜는 옆에 서 있는 지유를 말없이 노려봤다. 자기만 혼나서 그런가 보다, 부족한 오빠가 받을

스트레스까지 다 받는구나 싶어서 동생에게 미안했다. 그리고 다음 시험 성적표가 나온 날, 지유는 혹시나 동생이 또 혼날까 봐 걱정이 됐고, 급한 마음에 노크도 안 하고 지혜 방에 들어갔다. 지혜는 공작용 칼을 들고 책상에 앉아 있었다. 왜 칼을 들고 있지, 하는 의문이 떠오르자마자 지유는 책상 위에 놓인 성적표를 봤다. 성적표와 칼이 의미하는 건 뭘까? 지유는 그 상황을 이해하려고 두꺼운 안경을 밀어 올리며 동생에게 한 걸음 더 다가갔다. 그때였다.

"꺼져. 병신아!"

지혜가 말했다. 지유가 정확히 알아들을 수 있게 또박또박.

부족한 오빠 때문에 부모님의 과도한 관심과 높은 기대치에 힘들어할 거란 생각은 했었다. 동생이 스트레스 받으며 오빠를 미워할 수도 있겠구나, 느끼고 있었다. 하지만 자신을 '병신'으로 보고 있는 줄은 꿈에도 몰랐다.

지유는 뒷걸음질 치며 동생 방을 나왔다. 병신아, 누구로부터도 그런 말을 들어 본 적이 없었다. 그러자 지유는 자신이 신의 도장을 받지 못한 불량품인 것이 기억났고, 말을 더듬느라 얼굴이 빨개져야 했던 시간들이 떠올랐다.

그날 지혜는 다시 성적을 올렸다며 칭찬을 받았고, 옆에 있던 지유는 동생의 싸늘한 눈웃음을 견뎌야 했다.

# 율미

산업화 시대의 혜택에서 빗겨 간 여느 농촌 지역처럼 P읍도 쇠락한 마을이었다. 온천이 개발됐다고 하지만 온천 주변의 화려한 펜션과 상점은 외지인들의 소유였다. 그럴듯한 시설을 갖춰 개발한 온천도 큰 기업이 운영했기에 P읍 사람들은 그곳에서 월급을 받는 고용인으로 일할 뿐이었다. 다들 조금 살 만해지면 가까운 광역시로 나가 버렸고 P읍에는 그곳에 살 만한, 아니 살 수밖에 없는 사람들만 남았다. P읍 아이들을 가르치는 기림중 선생님들마저도 대다수가 광역시에서 출퇴근을 했다.

소정이 이사 오기 전부터 율미는 그 아이의 등장을 기다렸다. 읍사무소 주변 넓은 공터에 유럽에서나 볼 것 같은 하얀 돌벽에 주황색 기와를 인 집이 지어지고, 모서리가 둥글게 조각된 가구들이 배달됐다. 저 집에 이사 올 사람들은 누굴까, 어디로 눈을 돌려도 궁색한 P읍을 환하게 밝혀 줄 근사한 사람들이 이사 오면 좋겠다, 율미는 새집으로 이사 올 사람들을 손꼽아 기다렸다.

정부의 고위관료가 퇴임 후 고향으로 내려오는 거다, 외국인 가족이 한국으로 이민 왔다더라, 새집을 둘러싼 무성한 소문이 한바탕 P읍에 돌았다. 노부부라면 장성한 자식밖에 없을 테고, 외국인 부부라면 자녀가 광역시 국제학교에 다닐 테니 결국 나와 연관될 일은 없겠구나, 율미는 소문을 듣고 실망했다. 그러다 커다란 이삿짐 차가 새집 앞에 도착하고 이삿짐 차 뒤에 있던 승용차에서 율미 또래 아이가 내렸다. 그 애가 소정이었다.

소정은 P읍 아이들과 잘 지내려고 노력했고 금방 친해졌다. 아이들은 너그럽고 잘 베푸는 소정을 좋아했고 율미 역시 그랬다. 소정은 집으로도 아이들을 자주 불렀는데, 그 집으로 놀러 가는 건 P읍 아이들에게 별스러운 일정이었다.

소정네 집에는 요상한 것들이 많았다. 벽난로라는 이름으로 알고 있던 페치카, 거실에 이불 대신 깔려 있는 터키산 카펫, 김치 냉장고 옆에 놓인 와인 냉장고 등등. 그때 소정네 집에 가는 건 성지순례나 견학에 비유할 정도로 큰 문화적 충격이었다.

헨젤과 그레텔의 과자집에 어울릴 만한 과자도 소정네 집

200

에서 처음 먹어 봤다. 동그랗게 부풀어 오른 화려한 색감의 과자. 이름도 특이하게 마카롱이었다.

"계란 흰자로 만든 건데, 맛이 좋아."

소정의 엄마가 율미에게 건네준 건 보라색 마카롱이었다. 익숙하게 먹는 소정 앞에서 율미는 하마터면 두 손으로 과자를 받치며 성스럽게 먹을 뻔했다. 마카롱, 대대손손 부를 세습하는 상해의 갑부 이름처럼 발음에서도 부티가 줄줄 흘렀다. 소정이 사는 집, 입는 옷, 먹는 음식까지 모든 것이 특별했다.

소정은 자신이 가진 걸 자랑하지 않았지만 감추지도 않았다. 소정네를 드나들면서 율미는 자신에게 없는 것이 뭔지 속속들이 알게 됐다. 소정은 율미에게 결핍이 무엇인지 알려 준 아이였고 평범했던 율미의 일상에 던져진 파란이었다.

대다수의 P읍 아이들과 다른 소정이 정답일 수는 없었다. 율미는 소정이 얼마나 P읍에 안 어울리는지 알려 주고 싶었다. 크고 작은 일로 소정에게 상처를 입혔다. 티 나지 않게 작은 상처, 그래서 아프다고 징징대지 못할 상처를.

소정은 착한 아이였고 마냥 당하고만 있었다. 아니, 소정도 어느 틈엔가 점점 율미를 궁지로 몰았다. 웃으면서 손톱을 세워 율미의 자존심을 긁었다.

아무도 모르는 소정과의 암투. 이기지도 못할 싸움을 먼저 시작했지만 시간이 지날수록 율미는 지쳐 버렸다. 정글북 동아리방에 갈 때마다 율미는 제일 먼저 소정을 찾았다. 이제 그만하자, 소정에게 말할까 몇 번이나 망설였다. 그런데 뭘 그만해야 하지? 특별히 한 것도 없는데…….

생각해 보면 율미와 소정은 잘 맞았다. 옹졸하고 모자란 맘에 상처를 입혔지만 소정을 잃고 싶지 않았다. 율미는 은행나무가 보이는 동아리방 창가에 서서 무슨 말로 긴 이야기를 시작해야 하나 고민했다. 한 잎 두 잎 떨어지는 은행잎처럼 소정과의 추억을 하나씩 돌아보며 그렇게 창가에 서 있었다.


다음 날이면 누구네 집 부부싸움 소식까지 읍내 전체에 퍼지는 P읍답게 율미가 두 번의 참고인 조사를 받았다는 소문은 빠르게 퍼졌다. 율미가 지나갈 때면 수군거리는 소리가 들렸고, 등 뒤에선 따가운 시선이 느껴졌다.

"엄마도 없는 애한테 어쩌면 그렇게 심하게 했다니? 네가 어디가 어때서 그런 의심을 받아!"

길에서 만난 이웃집 아주머니는 율미의 어깨를 두드리며 큰 소리로 말했다. 오가는 사람들도 많건만 아랑곳하지 않고 아픈 가족사를 줄줄이 읊어 대는 바람에 율미는 창피해 죽을 지경이었다. 엄마가 없다는 걸 감춘 적은 없지만 굳이 드러내고 싶지도 않았다. 그것도 남의 입으로 듣는 건 더더욱 싫었다. 걱정하는 마음을 모르진 않지만 순박함을 넘어선 이웃 사람들의 주책스러움에 율미는 질려 버렸다.

"이렇게 밝게 커 온 애를 함부로 의심하고 말이야. 아버지가 혼자서 얼마나 애면글면 키웠는데⋯⋯."

모욕과 수치가 무엇인지도 모르는 사람들 때문에 숨을 쉴 수 없었다.

엄마 없이 자랐지만 율미는 괜찮았다. 이렇게 남의 동정을 받을 만큼 힘든 일은 없었다. 싸구려 꼬마전구 같을지라도 밝게 살았다. 그런데 한순간의 오해로 그동안 율미가 가진 모든 빛이 다 사라져 버렸다.

동아리방을 먼저 나온 것뿐인데 왜 의심을 받아야 하지? 율미는 아니라고, 절대로 아니라고 길 가는 사람마다 붙잡고 하소연이라도 하고 싶은 심정이었다. 그러다 문득 엄 형사는 왜 나를 의심했을까 궁금해졌고, 율미보다 먼저 참고인 조사를 받은 정글북 친구들이 생각났다. 그중 누가 나를 범인으로 몰아갔을까? 아이들 얼굴을 하나씩 떠올리면서 점점 소름이 끼쳤다. 소정이, 기준이, 도엽이, 연수 모두 한마디씩 의심을 보탰을 테지. 소정이를 질투했다고, 일찍 어머니를 잃어 어두운 아이라고, 문방구에서 폭죽 파는 걸 알고 있었다고, 진짜 음악실에 있었는지 알게 뭐냐고⋯⋯.

의심은 깊은 병이었다. 밤에 누우면 율미를 두고 네 아이가 속닥이는 환영이 보여 잠을 이룰 수 없었다. 배신과 절망감에 율미는 밤마다 이를 갈았다. 어느 날 꿈에는 엄 형사가 불쑥 나타나기도 했다. 그러더니 율미와 함께 서 있는 정글북 친구들에게 누가 폭죽을 던졌는지 물었다. 도대체 범인이 누굴까 둘러보는데 네 명의 아이들이 손가락으로 가리킨 건 바로 자신이었다. 확신에 찬 네 개의 손가락! 율미는 아니라고 뒤로 물러서는데 아이들은 손가락을 굽힐 생각도 없이 율미를 향해 다가왔다. 얘들아, 내가 안 했어. 정말 안 했어…….

땀에 흠뻑 젖은 채 일어난 그 밤, 율미는 다시 잠을 이루지 못했다.

율미는 도저히 P읍에 있을 수가 없어서 P군에 있는 특성화고를 지원했다. P읍을 떠났지만 율미의 생활은 여전히 엉망이었다. 누군가 이름을 물어봐도, 한 번만 흘낏 쳐다봐도 또 의심받는 건가 고개를 돌려 버릴 정도로 폐쇄적으로 변해 갔다.

끓어오르는 분노를 참지 못해 진소정, 추연수, 백기준, 이도엽 이름을 공책에 쓰고는 주술을 외우듯이 볼펜을 세워 이름을 찍어 댔다. 이름 석 자가 마치 네 아이의 심장이라도 되는 듯 날카롭게 공격했다. 콕콕콕콕콕! 팔이 아프도록 볼펜을 찍어 대다가 그것도 안 되면 공책이 찢어지도록 죽죽 그어 가며 이름을 없앴다. 죽어, 죽어 버려! 진심을 다해 기원했다.

폭죽을 던지지 않았다고? 엄 형사의 조사가 끝난 뒤에야 율미는 폭죽을 던졌다. 운동장에서 와와 함성이 울리던 날, 정글북 동아리방 창문은 두 뼘 정도 열려 있었고 율미는 은행나무에 몸을 숨겨 폭죽을 던졌다. 화르르 불길이 번지고 아이들이 우왕좌왕하는 모습을 팔짱을 낀 채 느긋하게 지켜보는 장면이 매일 밤 율미의 꿈속에서 반복되었다.

멍청하게 나만 이렇게 살고 있다고, 나만 빼고 모두 잘 살고 있을 거라고 생각하면 미칠 것 같았다. 그러다 기준을 만났다. P읍으로 들어가는 버스 정류장 앞이었다. 율미를 보는 기준의 눈에 공포가 스며 있었다.

"기준아, 잘 지냈니?"

창백한 얼굴이 걱정돼 물었건만 기준은 대답할 생각도 않고 황급히 그 자리를 벗어났다. 기준이도 엉망이구나! 머릿속에서 수없이 난도질했던 녀석이었지만 눈도 제대로 못 맞추고 도망가는 모습에 율미는 기쁘지 않았다.

불이 났던 날, 중앙 현관에서 본 기준은 겁에 질려 있었다. 소화기를 든 채 오른쪽 복도 앞에서 주춤거리는 걸 율미는 눈치챘다. 하지만 누가 용기 없음을 탓할 수 있겠는가. 잘 지냈느냐는 한 마디에 대답도 못 할 만큼 기준은 무거운 죄책감을 안고 있었다.

그랬겠지. 모두 그랬을 텐데, 나만 아픈 줄 알았구나. 율미는 공책이 찢어지도록 짓이겨 댔던 이름들을 그제야 가슴에 쓸어안았다. 비록 전기를 연결해야 할지라도 최선을 다해 빛나던 꼬마전구가 나였는데……. 누더기가 된 공책을 보며 율미는 더는 망가질 수 없다고 생각했다. 율미는 다급했고, 뭐라도 해야 했다. 그래서 미련 없이 P읍을 떠나 섬으로 들어왔다.

# 지유

아무 생각 없이 툭 내뱉는 말일지라도, 말은 호흡기관, 발성기관, 공명기관, 조음기관의 복잡한 작동으로 이루어지는 것이다. 그중 하나만 시스템 이상을 일으켜도 말은 제대로 나오지 않는다.

그 기관 중 어디에 문제가 있는 걸까? 가끔 더듬긴 했지만 P읍으로 이사 오고 나서 지유의 상태는 많이 좋아졌다. 그런데 지혜의 말을 듣고부터 지유는 다시 말을 더듬었다. '병신아'란 지혜의 말은 손오공의 머리띠처럼 지유가 말을 하려 할 때마다 혀를 옥죄었다.

지유는 가능하면 꼭 필요한 말만 하고선 입을 닫았다. 책에 대한 이야기를 나누는 정글북 동아리에서조차 말을 아꼈다. 그렇지만 지유는 알고 있었다. 언젠가 들킬 거라는 걸. 다만

그 아이가 신경하는 아니었으면 하는 게 지유의 작은 바람이
었다.

정글북 모임을 앞두고 있을 때 휴대폰이 울렸다. 외할머니
였다. 지유는 반가운 마음에 전화를 받았다.

"우리 강아지! 핵교는 언제 끝나는감?"

직장에 나가던 엄마를 대신해 어린 지유를 키워 주실 때부
터 외할머니는 이렇게 불렀다. 외할머니의 우렁찬 목소리에
지유는 휴대폰을 귀에서 뗐다. 외할머니는 가는귀가 먹은 탓
인지 자신의 목소리가 얼마나 큰지 몰랐고, 말할 때도 볼륨
조절이 안 됐다.

"어머, 강아지래. 누구니?"

언제 왔는지 경하가 옆에서 듣고 있었다. 정글북 친구 중에
서 유일하게 신경 쓰이는 아이가 경하였기에 지유는 긴장했
다. 게다가 조금 전 영어 시간에 외국인 교사와 하는 회화에
서 버벅거리다 망신을 당했기에 더 조심스러웠다.

"할머니. 왜?"

지유는 짧게 물었다. 그 와중에도 외할머니의 큰 목소리는
라디오 생중계라도 하듯이 경하에게까지 들렸다.

"우리 강아지 도다리 좋아하남? 할미가 도다리 넣고 미역
국 끓일라 하는데 워떻게 먹을 만하려나?"

지유는 경하가 어서 자리를 피해 줬으면 싶어서 얼굴을 빤

히 쳐다봤다. 그런데 경하는 지유의 눈빛을 옆에 있어도 된다는 허락으로 알아들었는지 싱긋 웃더니 더 바짝 붙었다.

경하는 명랑하고 적극적인 성격이었다. 하지만 지나친 농담이나 험악한 말도 곧잘 하는 무례한 면도 있었다. 외할머니의 큰 목청과 눈치 빠른 경하 때문에 지유는 잔뜩 긴장했고 혀는 이미 손오공의 머리띠를 씌운 것처럼 굳어 있었다.

지유는 자연스럽게 할머니와 말을 나누고 싶었다. 도다리라면 회로 먹었던 생선 같은데 그걸로 미역국도 끓일 수 있나, 할머니에게 묻고 싶었다. 지유는 몸 깊은 곳에서부터 소리를 꺼내려 했다. 하지만 아무 소리 없이 공허한 날숨만 내보냈다. 마침내 지유는 겨우 첫 음을 발음했지만 역시 제대로 나오지 않았고 결국 더듬거리고 말았다.

"도, 도, 도, 도다리 그게 뭐쥬?"

지유는 버퍼링이 걸린 것처럼 같은 말을 되풀이했고, 얼결에 외할머니의 사투리를 따라 했다. 어린 시절부터 외할머니와 많은 시간을 보냈던 지유는 사투리를 곧잘 했고 그 습관이 무심코 나와 버린 거였다.

경하가 꼬투리를 잡은 것처럼 지유 말을 따라 했다.

"너 광역시에 살았다며. 근데 웬일이니? 도, 도, 도다리는 뭐쥬?"

경하의 놀림에 지유는 얼굴이 빨개졌고 외할머니에게 말도 않고 휴대폰 전원을 눌러 버렸다.

"모지유 대박이다. 뭐쥬? 도, 도, 도다리는 뭐쥬?"

아이들이 모여 있는 테이블로 돌아가며 경하는 돌림노래처럼 몇 번이나 지유의 말을 되풀이했다. 지유는 경하의 뒤통수에 휴대폰이라도 집어 던지고 싶었다. 사람을 놀림거리로 만들다니! 지유는 그 자리에 더 이상 있을 수 없어서 화장실로 가 찬물에 얼굴을 씻었다.

'도, 도, 도다리는 뭐쥬?'

경하의 목소리가 그때까지 머릿속에서 울렸다. 하지만 경하는 지유의 말더듬증을 놀린 게 아니었다. '모지유'와 '뭐쥬?' 두 발음의 유사성과 광역시에서 왔다는 녀석이 P읍 아이들도 안 쓰는 구수한 사투리를 쓴 것 때문에 놀린 거였다. 경하가 놀릴 때마다 두꺼운 안경 너머로 지유의 눈빛이 날카롭게 변했지만, 눈치 없는 경하는 그걸 알아채지 못했다. 경하는 말한마디 없이 씩씩거리는 지유가 귀여워 틈만 나면 놀렸다.

소정의 엄마가 정글북 동아리방으로 피자를 배달시켜 줬을 때도 그랬다. 아이들이 누가 보낸 건가 웅성거리고 있을 때 경하는 지유와 눈이 마주쳤고, 뭔가 재밌는 장난이 치고 싶어졌다.

경하가 손가락으로 피자 박스를 가리키며 말했다.

"이건 뭐쥬?"

경하는 '뭐쥬'를 뜸 들이듯 천천히 발음했다. 그러자 아이들은 '무엇이냐'는 뜻을 가진 사투리가 '모지유' 이름처럼 들릴

수도 있음을 알았고 재밌는 장난에 동참하고 싶어 했다.

"그러게, 저건 뭐죠?"

기준이 가리킨 건 콜라였다. 아이들은 심심했고, 횡재처럼 얻은 간식까지 있어 마음이 들떠 있었고, 깔깔대며 웃을 일이 필요했다. 경하와 기준의 장난은 그 조건에 잘 맞았다.

말더듬증과는 전혀 상관없는 놀림이었음에도 지유는 기분이 몹시 상했다. 어쩌면 저렇게 하찮은 사물에 빗대어 자신을 놀리는가 싶어 자존심에 상처를 입었지만 아닌 척 참고 있었다. 다 같이 웃는 장난에 속 좁게 구는 것처럼 보이고 싶지 않았기 때문이다.

지유도 알고 있었다. 아이들의 장난에 나쁜 뜻은 없으며 이 순간만 지나면 괜찮아진다는 걸. 하지만 지유는 순간이 영원처럼 길게 느껴졌고, 땅속으로 꺼져 버렸으면 좋겠다 싶을 만큼 심한 모욕을 받았다.

그렇다고 아이들이 지유만 놀린 건 아니었다. 장난은 그냥 무작위였다. 지유가 아니면 연수, 그것도 아니면 소정처럼 누구나 장난의 대상이 될 수 있었다. 누군가를 골리는 장난은 최소량의 악마성을 가진 십대 아이들에게 꼭 필요한 놀이였기 때문이다. 그런데도 지유는 자신이 작고, 지독한 근시를 가졌고, 말을 더듬기에 놀리는 거라 믿었고, 그 믿음 때문에 괴로웠다.

2학년 겨울 방학을 앞두고, 지유는 아버지의 직장 발령에 따라 광역시로 돌아갔다. 그동안 지유의 사춘기는 깊어졌고 말더듬증은 심해졌기에, P읍을 떠나는 마음은 오로지 후련함 뿐이었다.

# 율미

아무것도 안 하고 방에 틀어박혀 닷새를 보낸 뒤 율미는 곧장 이모가 있는 섬으로 왔다.

"학교는 어쩌고?"

아버지가 간곡한 눈빛으로 물었을 때 율미의 대답은 간단했다.

"더 이상은 안 되겠어요. 잠깐 쉬다 올게요."

유급을 피하려고 병결 신청을 했지만 그 기간까지 돌아올 수 있을지 장담할 수 없었다.

"섬이라고 하지만 휴대폰, 컴퓨터 다 터진대요. 잘 방도 하나 있고요. 그리고 설마 이모가 밥 굶기겠어요?"

딸의 상태를 모를 리 없건만 섬이라는 공간이 걱정스러웠는지 아니면 이모에 대한 불신 때문인지 배를 타는 율미를 보면서도 아버지의 얼굴은 어두웠다.

"걱정 마세요. 난 이모랑 잘 맞아요!"

파이팅 하듯이 손동작을 하는 율미를 보고서야 아버지는 얼굴을 폈다. 율미는 그렇게 섬으로 향했다.

막내 이모는 율미네 외갓집에서도 특별한 존재였다.

"멀쩡히 직장 다니던 년이 하루아침에 때려치우고 섬에 들어가 저 지랄이라니? 그 생각만 해도 속에서 천불이 나는데 늙은 홀아비랑 살림까지 차리고…… 아이고 미친년이 따로 없지, 정말!"

막내 이모 얘기만 나오면 외할머니는 손 부채질을 해 가며 열을 올렸다. 그런데 쌍욕을 입에 올리는 외할머니의 말끝엔 언제나 그리움이 묻어났다.

섬에 들어간 후 이모는 한 번도 외할머니를 찾아오지 않았다. 외할머니도 한마디 상의 없이 결혼한 이모를 보지 않겠다고 선언했기에 3년 넘게 얼굴도 못 보고 살았다. 물론 율미 또한 그랬다.

배에서 내려 포구에 발을 디뎠을 때 마중 나와 있던 이모가 율미를 깊게 안아 주었다. 바다 내음 가득한 이모의 품이 아늑했다. 이렇게 품이 따뜻한 사람을 믿지 못하다니…….

하긴 아버지가 믿지 못할 정도로 지난 10년간 이모의 행적은 기이했다. 이모는 혼기 꽉 찬 나이에 탄탄한 잡지사 기자라는 직업을 과감하게 버리더니 외국으로 훌쩍 떠났다. 해외 봉사라는 핑계로 아프리카 오지까지 갔다 오기도 했다.

"지 에미 허리 굽은 건 안 보이나? 집에서도 손가락 하나 까딱 안 하는 애가 뭔 봉사래. 그 계집애가 무슨 일을 할 줄 안다고? 봉사한테 길을 묻는 게 빠르지, 하이고 참!"

종교 단체와 함께 떠나긴 했지만 종교와는 아무 관련이 없었다. 봉사를 갔다 와서도 교회 한번 나가지 않았으니까. 그렇다고 순수하게 봉사의 의미를 느끼는 것 같지도 않았다. 이모는 그냥 떠돌았다.

한동안 외국으로 돌던 이모가 국내에 정착한 건 3년 전이었다. 몇 달 얌전하게 집에 붙어 있나 했더니 또 훌쩍 국내 여행을 떠났고 그러다 H섬에 정착했다.

"도대체 이모는 왜 그런 거래요?"

어린 율미의 눈에도 마음 못 잡고 떠돌아다니는 이모가 걱정돼 보여 외할머니에게 물어보기도 했다.

"이유나 알면 좋게? 저렇게 칠락팔락 돌아댕기는 걸 보면 미친 거지 뭐야? 에휴."

땅이 꺼질 듯한 외할머니의 한숨 때문에 율미도 이모가 걱정스러웠다.

율미가 H섬으로 들어간단 이야기에 외할머니는 득달같이 김치를 보냈다.

"날 거라면 환장하는 년이었으니 회는 실컷 먹겠네. 그래도

214

엄마 김치 없으면 못 산다 하던 년이 뭘 처먹고 살고 있으려
나……."

밉다 하면서도 김치 포장을 어찌나 꼼꼼하게 했던지 비닐
을 풀던 이모가 짜증을 낼 정도였다.

"아, 노친네 엄청 싸서 보냈네. 누가 굶어 죽을까 봐!"

투덜거리면서도 이모는 외할머니 김치를 맨손으로 날름날
름 잘도 집어 먹었다.

어찌 사는지 똑바로 보고 오라던 외할머니의 말 때문에 꼼
꼼히 살폈지만 이모는 시골 아낙 같은 차림 말고는 변한 게
없었다.

"이모는 그대로네."

율미 말에 기분 좋아진 이모가 리얼리, 혀를 굴리며 장난스
럽게 되물었다.

율미는 그렇게 엄마를 그대로 빼닮은 이모를 다시 만났다.
이모의 3년은 어떤 삶이었을까? 파란만장 그 자체인 이모의
이야기가 궁금했다.

"그나저나 외국 몇 년 나가는 것도 아닌데 무슨 가방이 이
렇게 크니?"

율미의 여행 가방을 풀던 이모가 대박, 손뼉을 쳤다. 가방
안에는 기본적인 속옷 외에 과자와 초콜릿, 사탕만 가득했다.
물론 처음 만나는 이모부를 위한 와인도 몇 병.

"섬이라서 주전부리가 그립다며? 이모 옷 입어도 된다고

해서 진짜 하나도 안 가져왔어. 잘했지?"

잘했어, 하면서 박수를 치던 이모 말과는 달리 율미의 꽌다은 실패였다. 이모가 옷장을 뒤져 율미에게 꺼내 준 옷은 철저하게 나이를 검증해서 50대에게만 어울리도록 만든 펑퍼짐한 스타일이었다. 나름 스키니진만 입던 사람을 뭐로 보고!

"지금 이걸 나보고 입으라고?"

"그럼 패션쇼라도 하는 줄 알았어? 여기선 아무거나 입어도 네가 젤 예뻐. 나이로 먹어 주잖아."

농담인 줄 알았지만 섬은 농담이 현실이 되는 곳이었다. 이른바 '몸뻬'를 입고 섬을 돌아다니게 될 줄은 율미도 몰랐으니까. 그리고 놀랍게도 예쁘다는 말을 듣게 될 줄은 상상조차 할 수 없었고.

"이리 예쁘고 애린 아가가 돌아댕기니 섬이 다 환해져 붇네."

포구 앞 고래슈퍼 할매는 율미만 보면 늘 예쁘다는 칭찬부터 했다. 도대체 뭘 보고 예쁘다는 걸까, 스스로 궁금해져서 거울을 들여다보기도 했다. 거울 속에 있는 건, 당연하게도 P읍에 살 때보다 좀 더 촌스러운 율미였다.

# 지유

    P읍을 다시 찾게 될 줄은 지유도 몰랐다. 10월 24일, 지유
는 사회인 야구 시합에 출전하는 아버지를 따라 기림중학교
에 왔다. 아버지가 야구팀 총무를 맡은 터라 지유와 지혜까지
봉사와 응원차 따라온 거였다. '병신아' 이후 지유는 지혜가
무섭고 불편해서 되도록 같이 있지도 않고 말도 안 했다. 티
나게 동생을 꺼렸지만 아무도 이상하게 생각하지 않았다. 명
색이 오빤데 여동생보다 작으니 그게 속상해서 그러나 보다,
그렇게만 여겼다.

    프로야구 경기만 보던 지유에게 사회인 야구 시합은 무척
지루했다. 에이스 투수라는데 구속이 80킬로미터밖에 안 되
니 선구안만 좋으면 커브인지 직구인지 정도는 다 맞출 수 있
을 정도였다.

운동장에는 사복 입은 학생들이 많았지만 사회인 야구 시합이니 그 자녀들인가 싶어 지유는 무심히 여겼다. 그러다 신교사 중앙 현관으로 들어가는 낯익은 얼굴을 보았다. 율미?

지유는 운동장 스탠드에서 뛰어내려 신교사로 달려갔다. 불과 몇 분 차이였건만 율미는 보이지 않았다. 신교사는 1층만 개방되어 있었다. 혹시 화장실이라도 간 건가 싶어 그 앞에서 십여 분을 기다렸지만 율미는 나오지 않았다.

'그렇지, 이 시간에 율미가 있을 리 없잖아.'

단념하고 운동장으로 돌아왔지만 쉽게 포기가 되지 않았다. 짧은 시간이었지만 옆모습이 분명 율미였다. 지유는 혹시나 싶어 정글북 동아리방이 있는 구교사로 갔다. 구교사 화단을 지나는데 우수수 잎을 떨어뜨리는 은행나무 뒤로 정글북 동아리방 창문이 보였다. 두 뼘 정도 열린 틈으로 소리가 들렸다. 지유는 은행나무 뒤에 숨어 안을 들여다보았다. 세상에! 지유 대신 들어온 도엽까지 정글북 8기가 모두 모여 있었다. 좋았던 추억만큼 지긋지긋한 기억도 많은 곳이었지만 그때 지유의 감정은 분명 반가움이었다.

창가에서 제일 잘 보이는 기준은 뭘 하는지 머리를 숙이고 있었고 소정은 책상에 앉아 있었다.

'은행제 전시 준비하는구나.'

지유가 빼꼼히 쳐다보니 책상에 앉아 있는 연수도 보였다. 도엽과 경하는 보이지 않았지만 목소리가 들렸다. 율미는 보이지 않았고 목소리도 안 들렸다. 율미만 안 나왔나 싶었지만 그 가능성보다는 아까 신관으로 들어간 아이가 율미라고 생각하는 것이 맞을 듯했다. 정글북 아이들은 늘 뭉쳐 있으니까.

지유는 지금 당장 동아리방으로 들어가 인사를 할까 했지만 1년 동안 인터넷 카페 한번 들어가지 않을 정도로 마음을 닫고 지냈기에 망설여졌다. 율미를 찾아서 같이 들어가자고 할까? 맘을 정하고 발길을 돌리는데 휴대폰이 울렸다. 지혜였다.

"오빠 어디야? 빨리 와서 간식 돌려."

벌써 5회가 끝나고 간식 시간이었다. 지유는 율미를 찾을 생각을 잠시 미루고 김밥과 음료수를 선수들에게 나눠 줬다. 사회인 야구팀답게 선수들은 전혀 운동하는 몸이라고 생각할 수 없는 체형이었다. 특히 배불뚝이 투수는 압권이었다. 김밥 두 줄을 뚝딱 먹더니 더 달라는 걸, 감독이 완투 안 할 거냐고 말려서 겨우 젓가락을 놓을 정도였다.

아버지가 속한 '진심야구' 팀이 3점 차로 지고 있었지만, 상대 팀의 투수가 하도 약체라 금세 따라잡을 수 있는 점수였다. 그러니까 타자가 잘해서라기보다 양 팀 투수들이 상대 팀 X맨처럼 실투와 폭투를 하고 있기에 잘하면 핸드볼 경기 점수까지 나올 가능성도 있었다.

간식을 돌리고 나서 지유는 정글북 동아리방으로 갔다. 그 사이 율미가 동아리방으로 돌아가지 않았을까 싶었고, 6회가 양 팀 모두 더블 플레이로 끝나는 바람에 경기가 세 이닝밖에 남지 않았기 때문이었다. 야구가 끝나면 지유는 기림중을 떠나야 하기에 시간이 얼마 없었다.

은행나무 뒤에 숨어서 뭐라고 첫마디를 시작할까 생각했다. 오랜만에 봤는데 말이라도 더듬으면 어떡하나 슬며시 걱정도 됐다. 지유는 광역시로 돌아간 후 다시 말더듬증 클리닉을 다니고 있는 상태였다. 그런데 그 순간 지유는 이건 뭐쥬, 저건 뭐쥬 하면서 놀림을 받았던 기억을 떠올렸다. 불쾌감이 고스란히 되살아났다.

'나 없이도 잘들 하고 있는데 뭐하러 아는 척을 해?'

두말없이 뒤돌아서 나오는데 누군가 지유의 어깨를 툭 쳤다. 폭죽을 잔뜩 들고 있는 지혜였다.

왜, 라는 말 대신 지유가 폭죽을 바라보자 지혜가 말했다.

"요 앞 문방구에서 사 왔는데 이따가 경기 끝나고 터뜨릴 거래. 이겨도 져도 상관없이."

지유가 묻지도 않은 말까지 하는 건 어쩌면 지혜가 보내는 화해의 손짓일지도 모르겠다. 요즘 지혜는 종종 오빠에게 뭔가 말을 끌어낼 만한 질문을 던지곤 했지만 지유는 고개를 끄덕이거나 젓는 걸로 대답을 미뤄 왔다. 지유는 아직 동생의 손을 잡을 마음이 생기지 않았다.

"여유 있게 사 왔는데 하나 가질래?"

지혜가 건네주는 걸 거절할 수 없어 그냥 받았다. 지유를 바라보는 지혜의 눈빛이 복잡했다. 이걸 어떻게 풀어야 하나

220

싶은 간절함이 가득해 보였다. 지혜가 무안한 듯 가 버리고도 지유는 그 자리에 서 있었다.

꺼져 병신아, 지유는 그 말을 잊지 못했다. 그만큼 큰 상처였다. 그런데 돌이켜 보니 지난 1년 지혜 역시 오빠를 대할 때면 힘들어했다. 정작 말을 뱉은 지혜에게도 상처였던 걸까? 동생을 용서해야 하나, 고민했다. 언젠간 용서해야 할 테지만 지금은 아니었다. 오빠를 볼 때마다 자신이 뱉어 냈던 그 말을 떠올리며 괴로워하는 건 지혜가 받을 벌이었다. 죄의 대가를 치러 내야만 지혜도 당당해질 테고 용서하는 지유도 홀가분할 수 있었다.

이걸 어디에 쓰라고? 지유는 손에 든 폭죽을 무심히 내려다봤다. '회전지랄탄'이란 웃긴 이름의 폭죽이었다. 폭죽을 들고 우두커니 서 있던 지유에게 문득 재미난 아이디어가 떠올랐다. 경하가 자신을 놀렸던 것처럼 이번엔 자신이 골려 주면 어떨까 싶었다. 지유는 자기가 빠졌음에도 아무 문제 없다는 듯이 전시 준비를 잘하는 아이들이 얄미웠고 그래서 훼방 놓고 싶었다.

'이 폭죽을 던지면 난리가 나겠지? 소정이는 그림을 망칠 거고, 기준이도 연수도 놀라서 소릴 지르고……'

그렇게 '지랄스러운' 작은 소동이면 지유가 아이들을 용서할 구실이 될 것 같았다.

지유가 폭죽 하나만을 들고서도 이런 생각을 할 수 있었던 건 주머니 속에 들어 있는 어떤 물건 때문이었다.

진심야구 팀의 공격 시간, 배불뚝이 투수는 학교 밖으로 나가서 담배를 한 대 피웠고, 냄새를 풀풀 풍기며 들어오다가 감독에게 딱 걸렸다.

"경기 중에 담배를 피워? 지유야, 경기 끝날 때까지 네가 보관 좀 해라!"

감독이 던진 라이터가 지유의 주머니 속에 들어 있었다. 라이터로 폭죽에 불을 붙여 정글북 동아리방으로 던지면……? 두 뼘 정도 열린 창으로 폭죽을 던져 놓고 자신은 은행나무 뒤편에 숨어서 아이들이 골탕 먹는 걸 지켜볼 요량이었다.

지유는 머릿속에 그렸던 계획대로 행동했다.

"누구야?"

누군가의 목소리가 들렸다. 이크, 잘못하다간 들키겠네. 은행나무 뒤에서 지켜보려던 지유는 급히 운동장 쪽으로 뛰어갔다. 그런데 또 휴대폰이 울렸다.

"지유야, 소화제 좀 사 와라. 그렇게 먹어 대더니 갑자기 복통이 일었단다. 사거리 약국 문 열었다니까 거기서 사 와."

경기 중에 너무 먹는다 싶더니 결국 투수가 말썽을 일으켰다. 총무인 아버지가 준비한 약통에는 뿌리는 파스, 상처 연고와 밴드 정도가 들어 있었고 소화제는 없었다. 말썽쟁이 투수에게 완투를 기대하는 건 제대로 된 마무리 투수가 없기 때문이었다. 어쩌면 시속 50킬로미터의 아버지가 마무리에 나설 지도 모르는 상황이었다.

지유는 휴대폰을 받으면서 학교 밖으로 뛰어나갔다. 사거리 까지 전속력으로 달려가라는 아버지의 말을 들었지만 지유는 빠른 걸음으로 걸었다. 소화제를 먹은들 바로 속이 가라앉지 는 않을 테니 어차피 마무리는 아버지 몫이고 결국 경기는 패 배로 끝날 거라는 예감 때문이었다. 그런 생각을 하느라 지유 는 정글북 동아리방으로 폭죽을 던졌다는 사실을 잊어버렸고 불길한 기운 또한 감지하지 못했다.

아버지는 어디쯤 오느냐고 몇 번 전화를 하더니 지유가 약 국을 나와서부터는 아예 전화가 없었다. 결국 아버지가 마무 리에 나섰구나, 지유는 그렇게만 믿고 더 느긋하게 학교로 돌 아가고 있었다. 그런데 지유가 문방구까지 왔을 때 구급차가 학교로 들어가는 게 보였다.

김밥 먹은 게 급체였나? 구급차를 부를 정도로? 지유는 그 제야 발걸음을 서둘렀다. 급하게 학교 안으로 들어갔을 때 구 교사 앞에 있는 소방차를 보면서도 지유는 고개를 갸웃했다. 두근거리거나 불안함도 없이 그저 무슨 일일까 구경했다. 소 방차 앞에 있던 구급차로 들것이 실릴 때 지유는 처음으로 경 하 얼굴을 봤다.

경하가 왜, 하는 순간 지유는 온몸이 부들부들 떨릴 정도로 불안에 휩싸였다. 설마 내가 던진 폭죽이? 아니겠지, 하는 바람과 달리 날카로운 사이렌 소리와 함께 등장한 또 다른 구급차로 검게 그은 정글북 친구들이 한 명씩 올라탔다. 율미만 멀쩡하게 걸어 나와 구급차에 올라타는 친구들을 걱정스럽게 바라봤다.

지유는 고개를 돌렸다. 혹시라도 율미와 눈이 마주칠까 두려웠고 뒷걸음질로 그 자리를 벗어났다. 야구 시합도 중단된 상태였다.

"빨리 좀 오지. 근데 얼굴이 왜 이렇게 하얘?"

아버지가 약을 건네받으며 지유의 낯빛을 살피더니 놀라서 물었다.

"불 때문에 놀랐나 보네. 큰불 아니라서 괜찮아."

큰불이 아니란 말에 지유는 마음을 놓았다. 그래도 지유가 벌벌 떠는 걸 본 아버지는 양해를 구하고 먼저 자리를 떴다.

그날 저녁 지유의 집으로 한 통의 전화가 걸려 왔다.

"뭐? 폭죽? 맞아, 우리 쪽에서 사긴 했지만 끝나고 터뜨리려다가 먼저 와서 내 차에 그대로 있는걸! 경찰에서 연락 와도 사실대로 말하고 보여 주면 되겠지. 아이고, 별일이 다 있네. 근데 결국 역전 없이 그대로 끝난 거야?"

경기 결과를 보고하는 전화였다. 아버지는 1점 차로 진 경기 때문에 억울해하느라 지유의 얼굴이 얼마나 창백한지 미처 살피지 못했다. 지유는 거실에 앉아 있을 수 없어 방으로 들어가려다가 지혜와 눈이 마주쳤다. 지혜의 눈빛은 의미심장했다. 내가 준 폭죽은 어쨌냐고, 지혜는 말없이 묻고 있었다.

# 율미

    서른일곱 가구가 산다고 하지만 H섬의 인구수는 쉰 명 남
짓이었다. 혼자 사는 노인이 가장 많았고, 그다음으로 노부부
였다. 학교도 없는 이 섬에 남을 젊은이는 없었다. 남는다 한
들 일거리가 없어 다시 뭍으로 나가야 했다.

    포구에 있는 고래슈퍼에 가는 것이 유일한 낙일 정도로 섬
에서의 하루는 고즈넉했다. 각종 일용품에 콩나물과 두부 같
은 식료품 등을 파는 고래슈퍼는 H섬의 중심지였다. 슈퍼라
곤 하지만 전혀 할인 없는 정가를 유지했고 가격 문제로 불평
하는 사람은 한 명도 없었다. 그것도 섬의 특별함이었다. 도시
의 백화점 대표 부럽지 않은 고래슈퍼 주인은 바로 옆에서 여
관도 운영했다. 여름 한 철 낚시꾼들이 이용할 때 말고는 거
의 비어 있지만 고래슈퍼 부부는 H섬의 유지였다. 그리고 섬

사람들의 사랑방답게 섬에 떠도는 온갖 소문들도 고래슈퍼로 모여들었다.

"아 글씨, 작년에 쓰러진 동백나무 집 손자가 벌써 장가를 간다네그려. 요맨한 놈이 섬에 놀러 댕길 때가 엊그제 같은디 언제 그렇게 나이를 먹었나 몰라."

"서울서 한다니까 가고 자파도 못 가고 돈이나 쪼까씩 모아 주면 안 쓰겄는가잉."

"그나저나 권 선상 조카는 뭣 땜시 섬에 들어왔당가?"

"몸이 아파 휴양차 왔다등마."

여름에 쓰던 것을 슈퍼 안으로 옮긴 탓에 파라솔만 빠진 테이블에 모인 사람들은 언제나 이야기꽃을 피웠다. 그랬으니 아무것도 모르던 율미가 드르륵 슈퍼 문을 열었을 때 일제히 쏟아지던 눈빛이란 상상 이상이었다.

"권 선상 조카구만. 근디 뭐를 줘야 쓸까잉?"

생선 조림을 하려고 간장 한 병 사러 왔을 뿐인데 왜 이리 친절할까 싶었는데 역시 돈을 치르기 무섭게 질문이 쏟아졌다.

"근디 뭐 하나 물어봐도 될랑가 모르겄네잉. 우리야 애당초 권 선상 부인이 맘에 쏙 들어뿐졌지만, 나이 차이도 있다 허고 또 초혼이라고 들었는디, 뭔 사연으로 권 선상이랑 맺어진 건지 고것이 참 알고 잡네."

P읍보다 더 깐깐한 인적 관계였다. 당연히 뭔가 알고 싶어 하는 눈빛이었지만 율미는 대답할 수 없었다. 율미도 그 이유

를 몰랐으니까 말이다. 율미가 우물쭈물하자 척 하고 나선 건 군산 할매였다.

"아이고메, 고것도 모르겠소. 사랑이 웬수란 말도 못 들어 봤는갑네. 고거이 아니라면 권 선상이랑 뭣 땜시 결혼을 했겠소."

군산 할매 말에 고래슈퍼 주인이 갸우뚱 기울어진 고개를 끄덕였다.

"하긴 텔레비전만 틀어도 맨 사랑 타령이니, 게다가 젊은 시절이면 말할 것도 없고. 그려, 형님 말이 맞네. 사랑이 아니면 이 섬에 누가 남아 있을 것이여."

의자에 등을 기대고 있던 한 노인이 갑자기 테이블을 두드리며 묵직한 목소리로 노래를 불렀다.

"바다가 육지라면, 바다가 육지라면 배 떠난 부두에서 울고 있지 않을 것을. 아아아 바다가 육지라면……."

저건 무슨 반응이람! 율미가 눈을 동그랗게 뜨고 바라봤지만 다른 사람들은 익숙한 듯 시큰둥했다.

"저 노인네 또 시작이네, 시작이여. 그렇게 그리우면 뭍으로 찾아가 보든가 말든가 할 것이제, 뭔 놈의 사랑 타령을 여적지 해쌌는가 모르겠네. 아가야, 저 영감 노래 시작하면 끝이 없응께 얼른 가거라잉."

비교적 젊은 슈퍼 주인이 율미를 밖으로 떠밀었다.

고래슈퍼를 나온 율미는 고래여관 건너편 주민자치센터 앞

228

에서 잠시 발길을 멈췄다. 한때는 성당 공소였던 곳. 하지만 신도들도 없는 곳에 신부님만 남아 있기 뭐해 오래전 섬을 떠나면서 지금은 달랑 컴퓨터만 두 대 놓인 주민자치센터로 쓰이고 있었다. 결국 H섬에서 종교 활동은 불가능했다. 하긴 주민자치센터의 컴퓨터도 신부님과 마찬가지 신세였다. 섬에서 컴퓨터를 쓰는 이는 거의 없었으니까.

"공짜 피시방이야. 아무도 컴퓨터 안 쓰니까 필요하면 거기서 메일 검색해. 이모도 자치센터에서 해. 물론 사양이 후지긴 하지만."

주민자치센터는 문이 잠겨 있었다. 고래슈퍼에 열쇠가 있다고 하던데……. 그러다 고개를 저었다. 인터넷을 뒤질 일은 없었다. 궁금한 일도, 관심 가는 것도 없었다.

율미는 해안을 따라 펼쳐진 동백나무 숲길을 걸으면서 생각했다.

'왜 이모는 여기에 남았을까? 그렇게 여러 곳을 떠돌아다니다가 이곳에 정착한 이유는 무엇일까? 혹시 섬이라서?'

신부님마저 떠나 버린 섬. 파도가 철썩이는 섬은 근원적인 고립의 공간이었다. 이모는 고립되고 싶었던 건가? 지금 나처럼?

율미의 머릿속이 어지러웠다. 게다가 이 섬은 어디를 가도 돌담으로 둘러싸여 있었다. 밭고랑을 두른 돌담, 집을 두른 돌담처럼 어디에서도 사람의 모습을 찾기 힘들었다. 그래서 돌담 모퉁이에서 누군가 불쑥 나타나면 소스라치게 놀라곤 했다. 군산 할매를 만난 그때처럼.

돌담을 돌고 돌면서 율미는 저도 모르게 노래를 흥얼거렸다. "청춘을 돌려 다오, 젊음을 다오……."

누가 봐도 새파란 청춘인데 이런 노래를 부르다니……. 율미는 피식 웃으며 생각했다. 진짜 청춘을 누릴 용기가 내겐 있을까?


"왜 이렇게 늦었어? 고래슈퍼 아저씨 안 계셨니? 가끔 석화 캐러 나가시기도 하거든. 혹시라도 안 계시면 공책에 적어 놓고 그냥 가져오면 돼."

주방에서 분주히 요리하는 이모의 모습이 낯설었다. 외할머니와 아버지의 걱정과는 달리 이모는 확실히 전보다 밝아졌다. 깜빡거리는 전구를 새것으로 바꾼 것처럼 그렇게. 나도 다시 깜빡이며 빛날 수 있겠지, 이모를 보며 율미는 희망을 가졌다.

"아 참, 이모부 오늘부터 휴가야. 그래서 오늘 저녁은 좀 신경 썼다. 맛있겠지?"

"그럼 오늘부터는 집에서 주무시겠네."

걸어서 30분이면 도착하는 곳에 근무하면서도 집에서 잘 수 없는 이모부의 이상한 직업은 항로표지원이었다. 흔히 알고 있는 등대지기. 항로표지원들은 20일 이상을 등대에 머물

러야 했다. 세 명이 돌아가며 여덟 시간씩 근무하지만 잠도
등대 옆 관사에서 자야 했기에 사실상 24시간 근무와 다를 바
없었고 한 달에 8박 9일 휴가가 유일하게 가정으로 돌아가는
시간이었다. 대부분의 항로표지원들은 자녀의 학업 문제로 부
인과 떨어져 살았고 휴가 기간이면 육지로 나갔다. 이모부만
유일하게 여기 섬에다 가정을 꾸린 거였다. 직장도 섬, 집도
섬. 생각만 해도 갑갑한 조건일 텐데 이모부는 그런 것에 개
의치 않았다.

머리가 희끗희끗한 초로의 이모부는 율미를 보자 먼저 고
개 숙여 인사했다.

"어서 와요, 섬이라서 불편한 게 많을 텐데, 어쩌려나 모르
겠네……."

그렇게 말끝을 흐리며 율미를 환영했다.

율미가 이모부에게 받은 첫인상은 무척 숫기가 없다는 거
였다. 어른들 허락도 없이 결혼식도 안 올리고 살아서 부끄러
워하나 싶었지만 천성이 그런 것 같았다. 그런 이모부가 유일
하게 눈을 반짝이며 말하는 것이 바로 등대였다.

"항로표지원요? 너무 어렵다. 그냥 등대지기란 말이 더 좋
은데요."

율미의 말에 이모부가 머뭇거리며 대답했다.

"우린 등대지기란 말 싫어하는데……. 바깥에선 뭔가 아련
한 그리움 같은 느낌으로 부르나 본데, 이 일은 고독과의 싸

움이에요. 온종일 바다를 바라보며 살아야 하니까요."

등대를 한번 구경해 보니 이모부의 말이 틀리지 않았다. 등대는 해발 430미터, H섬의 가장 높은 곳에 있었다. 바다가 수직으로 보이는 절경은 서 있기만 해도 아찔했고, 그 높이만큼 사람의 접근이 쉽지 않은 곳이었다. 그곳에 다소곳이 자리 잡은 등대 옆에는 일제 강점기에 만들어졌다가 최근에 개축한 관사가 있었다. 이모부는 집을 코앞에 두고도 그곳에서 생활했다.

"등대가 불만 밝힌다 생각하면 안 돼요. 우리 일은 생각보다 현대적이고 과학적이에요."

수줍은 듯 내뱉은 말도 맞았다. 관사 옆으로는 커다란 철탑이 서 있었다. 최첨단 위성항법 보정시스템인 GDPS 감시국과 연안해상 교통관제서비스 VTS 제공을 위한 철탑이었다.

처음 등대를 구경시켜 주던 날, 이모부는 먼바다를 가리키며 말했다.

"여기 철탑에 연결된 시스템으로 선박들의 위치와 파고를 측정하는 거예요. 오늘 파도가 좀 세죠? 이런 날 파도가 몇 미터인지 육지에 있는 기상센터로 보내는 일도 해요."

아침 뉴스에서 보던 파도의 높이를 등대에서 관찰한다는 것도 처음 알았다. 그리고 같은 바다라고 해도 난바다와 안바다의 파도는 확연하게 다르다는 것도 이모부에게 들었다.

H섬을 기준으로 육지와 가까운 바다를 안바다, 그리고 바

깥을 난바다라고 부른단다. 안바다와 난바다는 완전히 다른 모습을 보였다. 안바다의 물결이 잔잔해도 난바다에선 거센 풍랑이 일기도 한단다.

"난바다의 풍랑은 시간이 지나면 안바다까지 전달돼요. 그런데 조용한 안바다에서는 그걸 알 수가 없죠. 가끔 물결도 잔잔한데 출항 금지령이 내리는 경우가 있잖아요? 그건 난바다에서 이는 풍랑 때문이에요. 그런데도 그걸 모르는 승객들이 항의하는 거고요."

율미에게 쉽게 말을 놓지 못하는 이모부가 나직하게 덧붙였다.

"현명한 어부는 안바다의 물결만 봐도 난바다의 상황을 예감할 수 있대요."

그때 세찬 파도를 담담히 바라보는 이모부의 눈빛은 마치 현명한 어부 같았다. 자기 일에 대한 자부심, 나쁘지 않았다. 그렇지만 열네 살 차이 나는 어린 이모를 사로잡을 만큼의 매력은 눈에 띄지 않았다.

휴가 기간 며칠을 바다낚시로 시간을 보내던 이모부가 육지로 나간다며 아침부터 서둘렀다.

"모레 저녁에 들어올게요. 조카랑 재밌게 잘 지내요."

정기 보급선이 오는 날이 아니면 육지랑 섬을 오가는 낚싯배를 불러야 했다. 포구에서 낚싯배를 기다리던 이모부가 율미에게 용돈을 건넸다. 고래슈퍼에서 과자라도 사 먹으라고 하면서.

이모는 겸연쩍게 말하는 이모부의 어깨를 탁탁 쳤다

"좀 근사하게 하고 가야 하는데. 혹시 가다가 옷집 있으면 셔츠라도 하나 사서 입어요."

작다고 우습게 봤더니 이모부를 태운 낚싯배는 으르렁대던 모터 소리만큼 빠르게 멀어졌다. 점점 작아지는 배를 바라보던 이모가 갑자기 눈물을 닦았다. 겨우 며칠 떨어진다고 눈물을 흘릴 정도로 애틋한 사이였던 거야? 율미가 쳐다보자 이모가 무안한 듯 작게 웃었다.

"애들한테 가는 거야. 갈 때마다 매번 저렇게 미안해해. 그러지 말래도."

전부인과 아이들한테 가는 거였구나. 이모부 나이를 생각하면 제법 장성한 아이들일 텐데 헤어진 아버지를 반가워나 할까?

눈물 자국이 번진 이모가 고래슈퍼 쪽으로 뛰어갔다. 참치캔 사서 김치볶음밥 해 먹자, 하면서.


겨우 참치캔 하나와 김치 넣어 볶았을 뿐인데 맛이 기가 막혔다. 율미가 엄지손가락을 치켜들자 설거지를 하던 이모가 어깨를 으쓱했다. 섬에서의 3년 내공이 헛되지 않았는지 이모는 찌개며 반찬을 척척 해냈다.

냉동실을 뒤져 치즈를 찾아낸 이모가 율미에게 선물 받은 와인을 땄다. 그리고 분위기 있게 음악도 틀었다.

"오늘 밤 바람이 장난 아닐 거라고 음악 틀어 놓고 자래. 돌담이 있긴 해도 바람 센 날은 창문이 엄청 흔들려. 볼륨 좀 높여 봐."

분위기 업그레이드용이 아니었구나. 그런데 이모부는 언제 저런 정보를 주고 갔을까? 보기보단 자상하고 섬세한 남자지만, 그래도…….

"이모부가 좋아?"

키 작고 촌스럽고 나이 많고 게다가 이혼남인 이모부가 뭐가 좋을까? 눈으로만 스캔해도 이모랑은 차이가 크게 지는데.

"넌 별로구나. 하긴 나도 처음엔 그랬어."

첫눈에 반한 게 아니었잖아. 그런데 어째서?

"뭐야? 이모 여기 와서 한 달 안 돼 결혼했잖아. 맘에도 없는데 결혼한 거야?"

벌컥 와인을 들이켠 이모가 아무렇지 않게 고개를 끄덕였다.

"육지 사는 마누라 바람나서 이혼당하고 초라하게 늙어 가는 저 사람이 불쌍하더라고. 그래서 그냥 확 질러 버렸어."

외할머니 말처럼 미친 게 맞구만! 무슨 결혼을 구세군 냄비에 돈 넣듯이 한단 말인가.

"왜, 아프리카엔 불쌍한 사람 없었어? 봉사 갔을 때 결혼하지 그랬어?"

"음, 외국어 울렁증이 있어서 그건 못 해. 이래 봬도 따질

건 따지는 여자야."

언제나 도전이 뭔지 제대로 보여 주는 이모였지만 결혼까지 그렇게 할 줄은 진짜 몰랐다. 결혼에 대한 이모의 도전은 과연 성공일까?

"이 섬에서 치즈 먹는 사람은 나밖에 없을걸. 네 눈엔 우습게 보여도 여기선 상위 1퍼센트야."

이모가 흐흐흐 웃음을 흘렸다. 몸뻬 패션에 상위 1퍼센트가 어울리기나 할까? 그러나 제대로 필 받은 이모는 우아한 손짓으로 잔을 돌려 가며 와인 한 병을 다 비우더니 그대로 뻗어 버렸다.

P읍 집보다 못한 심란한 살림살이를 둘러보며 율미는 와인 파티의 흔적을 정리했다. 그리고 종잡을 수 없는 이모의 잠결이 잔잔하라고 라디오 볼륨을 줄였다. 창문 흔들리는 소리가 유난한 밤이었다. 지금 난바다에서는 풍랑이 일고 있구나! 먼 바다의 파도 소리를 상상하며 율미도 잠이 들었다.

# 지유

그날부터 며칠간 지유는 독한 몸살을 앓았다. 해쓱해진 얼굴로 일어났을 때 지유가 처음 들었던 얘기는 그날의 화재로 한 명이 죽었고, 아버지 역시 조사를 받았다는 거였다. 지유는 까무러칠 만큼 놀랐지만 침착한 척 굴었다.

자신의 장난으로 누군가가 죽었다는 게 믿기지 않았고, 또 누가 그 사실을 알까 봐 두려웠다. 지혜는 분명 알고 있을 텐데 아무 반응이 없었다.

그때부터 악몽이 시작되었다. 지유는 밤마다 쫓기는 꿈에 시달렸고, 낮이 되면 타인의 시선이 두려워 얼굴을 들지 못했다. 심하게 말을 더듬었고 키는 자라지 않았다. 160센티미터를 못 넘기고 발육이 멈춘 지유는 겉으로 보기에도 형편없었다.

시간이 날 때면 지유는 숨어들듯이 몰래 P읍을 다녀왔다.

경하가 바이러스성 폐 질환으로 사망했다는 것도, 도엽이 멀리 떠났다는 것도, 소정이 같은 광역시의 국제고에 다닌다는 것도 모두 알아냈다. P읍 사람들은 순박하고 거짓이 없었다. 그래서 오래전에 잠깐 살았던 지유에게 남의 집안 사정도 속속들이 얘기해 줬다. 얘기를 듣다가 지유가 제일 놀란 건 화재 사건으로 가장 의심받은 인물이 바로 율미라는 거였다.

"그때쯤 율미 아버지가 새장가 들었잖아. 걔가 그 결혼 엄청 반대했다지? 엄마 죽고 가뜩이나 어두운 애였는데…… 아버지까지 뺏겼다 생각해서 그런 짓을 저지른 건가?"

사람들의 말 속에선 율미가 이미 범인이었다. 소문이 율미를 죽일 수도 있겠구나, 지유는 충격을 받았다.

율미는 범인이 아니었다. 지유가 폭죽을 던졌으니 당연히 율미는 아무 잘못이 없었다. 그런데 그 말을 어디서도 할 수 없었다. 자신은 친구를 죽인 살인자니까.

지유는 밥도 제대로 먹지 않아 점점 말라 갔다. 소리 내는 걸 잊은 것처럼 말 한마디 없이 하루를 보내기도 했다. 어쩌다 나오는 말은 지독한 버퍼링이 걸린 것처럼 알아들을 수 없을 정도로 더듬었다.

지유는 집에서도 자유롭지 못했다. 자신의 잘못을 알고 있는 동생의 눈빛이 무서워 불안에 떨었다. 거울을 보면 아직도 인중에 수술 흉터가 선명하게 남아 있었다. 잘못 만들어진 불량품. 어쩌면 지혜가 제대로 본 건지도 모르겠다.

'꺼져, 병신아.'

지혜 말처럼 그때 꺼져 버렸으면 그런 일은 일어나지 않았을 텐데…….


열여덟 살 지유는 인중에 남은 흉터 제거 수술을 받았다. 언청이로 태어났다는 흔적은 이제 완전히 사라졌다. 더는 신의 도장을 받지 못한 불량품도 아니었다.

"이제 말 더듬는 것만 고치면 돼."

아픈 지유를 키우면서 훌쩍 늙어 버린 엄마는 그래도 희망을 버리지 못했는지 다시 말 더듬는 습관을 고쳐 줄 병원을 수소문하고 다녔다. 뭐든 좋다고만 하면 어디라도 발품을 팔아 다니던 엄마의 정성을 봐서라도 고쳐야 할 테지만 지유는 자신이 없었다.

'박교순 사랑방.'

엄마가 명함도 아닌 쪽지를 내밀었을 때 지유는 이게 뭔가 싶었다. 집에서도 거의 말을 하지 않고 지냈기에 엄마는 지유의 표정만 봐도 어떤 말을 하는지 알고 대꾸를 했다.

"맞아, 병원 아니야. 누가 용하다고 하기에 받아 왔는데 어떤지는 몰라. 그냥 마음을 잘 고쳐 준대. 말더듬증도 심리 치료를 받아 고친 적이 있다니까 한 번만 가 보자."

엄마의 애원을 못 이겨 찾아간 박교순 사랑방은 광역시 외곽의 낡은 주택이었다. 작은 간판이 아니었다면 그곳을 지나

허탕 쳐 버릴 정도로 평범한 집이라 지유는 시간 낭비구나, 생각했다.

그곳의 주인은 중년 남자였고, 명의에게서 보이는 자신감과 패기 따위는 눈 씻고 찾아도 찾을 수 없는 분위기였다. 혹시 사이비 종교 전도관은 아닐까 걱정이 돼서 실내를 둘러봤지만 여느 살림집과 다르지 않았다.

이름을 물어도 묵묵부답인 지유를 바라보며 남자가 엄마에게 말했다.

"세 시간 뒤에 오십시오. 그동안 이 친구와 얘기 좀 하겠습니다."

긴가민가한 얼굴로 엄마가 가 버리자 남자는 지그시 지유를 쳐다봤다.

'나랑 얘기를 해? 웃기고 있네.'

지유는 남자를 신뢰하지 않았다. 그동안 말더듬증을 고쳐 준다는 곳을 여러 군데 다녔지만 모두 실패였다. 고친 듯해도 다시 재발했기에 지유는 그것을 불치병이라 여기며 살았다.

"모지유 군, 이름이 참 좋아요."

남자가 지유를 향해 빙긋이 웃었다. 이름이 좋아? 어쩐지 모자란 듯해서 듣기 싫어 죽겠구만……. 지유는 입술을 삐죽이 내밀었지만 남자의 나지막한 목소리가 듣기 좋아 다음 말에 귀를 기울였다.

"난 우리 할머니 이름도 좋아했어요. 박교순이 우리 할머니예요."

　대화를 나눌 맘은 요만큼도 없다는 듯 남자는 자신의 이야기만 늘어놓았다. 어린 시절 돌아가신 엄마를 대신해 할머니가 키워 줬고, 조건 없이 사랑을 주는 할머니에게 인생의 가르침을 얻었다는 얘기였다. 감동할 만한 내용은 아니었지만 어쩐지 빨려 들게 하는 구석이 있었다.

　"혹시 전 세계 인구의 몇 퍼센트가 말을 더듬는지 아나요? 대략 1퍼센트라고 해요. 적지요? 하지만 그게 내 문제라면 다르지요. 지유 군이 말을 안 하는 이유는 두렵기 때문일 거예요. 틀린 말이 나오면 어쩌나 걱정해서지요. 대충 사연을 들어 보니 발음기관엔 하등 이상이 없다고 하더라고요. 그러면 결국 마음의 문제예요. 난 지유 군의 말더듬 증상을 완전히 고치겠다고는 장담 못 해요."

　100퍼센트 성공률을 자랑하던 곳에서도 못 고쳤는데, 이런 남자를 믿으라고?

　"하지만 지유 군의 마음이 어디쯤에서 막혀 있는지는 맥을 짚어 낼 수 있을 거예요. 오늘은 이쯤 하고 저 방에서 눈 좀 붙이고 가요."

　남자는 겨우 몇 마디 말을 하더니 지유를 '사랑방'이란 팻말이 붙은 곳으로 안내했다. 싫어요, 말 한마디 할 자신이 없어 지유는 남자의 뜻대로 그 방에 누웠다. 바닥은 따뜻했고 천장의 벽지는 무늬 없이 말끔해 마음이 편안해졌다. 그러다 눈을 감아 버렸던가? 얼마나 잤을까, 혼곤한 상태에서 깨어 보니 남자의 목소리가 들렸다.

"여기는 정해진 금액이 없습니다. 단, 오만 원 이상의 돈은 받지 않습니다."

뭘 한 게 있다고 남자에게 돈을 줘? 정신을 차려 거실로 나갔다. 하지만 엄마는 이미 돈 통에 봉투를 넣은 뒤였다.

집으로 돌아오는 길, 엄마가 지유의 눈치를 살폈다.

"넌 한마디도 안 했다며? 자꾸 연습을 해야 고치지……. 근데 잠은 푹 자더라."

내가 푹 잤다고? 악몽과 흉몽 때문에 긴 잠을 자 본 적이 없었는데 정말 잤다고?

다시 박교순 사랑방에 가느냐 마느냐로 고민하던 지유 부모님은 수면 습관만 고쳐도 어디냐는 맘으로 지유를 그곳으로 데려다줬다.

"아직도 말할 마음은 없지요? 지금부터는 저 방에 가서 자는데 아마 바로 잠이 들지는 않을 거예요. 그러니까 자기 전에 내 마음이 언제부터 불편했을까 기억을 되살려 봐요."

발음에 대해선 한마디도 하지 않았다. 이렇게 잠만 자면서 돈을 내야 하나 싶었지만 불평을 하려면 말을 꺼내야 하니 그냥 참았다.

언제부터 마음이 불편했을까? 지유는 곰곰이 생각했다. 동생에게 무시당했던 그날인가? 아니면 친구들에게 인증의 상

242

처가 교통사고 때문이라고 거짓말했던 때?

그러다 지유는 까무룩 잠이 들었다. 엄마가 와서 흔들어 깨울 정도로 숙면이었다. 남자는 아까 냈던 문제에 대한 답도 묻지 않았다. 뭔가 시시했고 돈이 아까웠다.

"어, 어, 엄마 도, 돈 어, 얼마나 내, 냈어?"

심하게 더듬거렸지만 오랜만에 듣는 지유의 말이 기뻤는지 엄마는 웃으며 대답했다.

"처음엔 오만 원 냈는데 그냥 잠만 재우는 걸 보니까 아까워서 삼만 원만 냈어."

"자, 잘했어."

지유는 박교순 사랑방에 돈 내는 게 아깝다고 생각했지만 이상하게 또 가고 싶었다.

그렇게 몇 번을 다녔을 무렵 남자가 지유에게 물었다.

"지유 군, 오늘은 잠을 청하지 마요. 대신 편안한 자세로 내가 받은 상처에 대해 생각해 봐요. 아주 오래전부터 최근 것까지."

사랑방에 눕자마자 지유는 눈물을 주룩 흘렸다. 지혜의 '병신아' 소리가 떠올랐기 때문이다. 동생에게 무시당하는 존재, 신의 불량품이 바로 자신이었다. 그런데 지유는 문득 오래전부터 자신이 그런 생각을 하고 있었다는 것을 깨달았다. 거울을 보면서 인중 부위를 만지며 왜 이렇게 태어났을까, 고민했던 기억. 그게 몇 살 때였을까?

지금은 없어진 흉터 자리를 만지던 지유는 불현듯 오래전 기억 하나를 떠올렸다. 엄마가 안방에서 전화기를 들고 울고 있었다. 지유는 거실에서 장난감을 갖고 놀던 중이었다. 어, 엄마가 울고 있네, 지유는 어렸지만 엄마를 안아 주려고 뒤에서 살금살금 다가갔다. 그런데 전화기에 대고 한참을 울던 엄마의 말이 귓속으로 쏙 들어왔다.

　"그러게 말이야. 나도 병신 아들을 낳을 줄 몰랐어."

　지유는 발소리를 죽이고 안방을 나와 거울에 비친 자신의 얼굴을 한참 동안 바라봤다. 인중을 꿰맸지만 나는 병신이구나! 그때 지유는 처음으로 인중을 의식했다. 말을 더듬기 시작한 건 그즈음부터였다.

　잊고 싶었고, 잊은 줄 알았지만 지유의 마음속에는 그날의 상처가 그대로 남아 있었다. 지유는 터지는 울음을 참으려 입을 틀어막았다. 그때 남자가 사랑방으로 들어왔다.

　"기억이 났지요? 처음으로 내게 큰 상처를 준 사람이 누군가요? 그 말을 뱉어 내지 않으면 지유 군 마음속에선 상처가 곪아 버려요. 말해요. 얼마든지 더듬어도 되니까 말해요."

　"어, 엄마! 엄마가 그랬어요."

　지유의 입에서 봇물이 터지듯 그간의 시간들이 쏟아져 나왔다. 지유는 더듬거리며 쉬지 않고 말했다. 자신은 언청이로 태어났지만 병신은 아니라고, 말은 더듬지만 하고 싶은 말은 할 수 있다고.

지유가 더듬거리며 말하는 동안 남자는 말없이 이야기를 들어 주었다.

# 율미

　해풍에 고구마 농사가 잘되는 H섬. 고구마밭을 둘러싼 돌 담길에서 군산 할매를 또 마주쳤다. 깜짝이야, 놀란 율미를 툭 치며 군산 할매가 말했다.

　"사람 귀한 섬에서 사람을 만났는디 놀라면 쓰겄냐, 반가워 혀야지."

　죄송합니다, 인사하자 그럴 필요는 없다며 손사래를 쳤다.

　"아즉 공부하는 학생 아녀? 근디 이렇게 이모네 있어도 암 시랑토 안 혀?"

　전혀 모르는 사람에겐 스페인어 정도로 들릴 '암시랑토 안 혀'를 자주 쓰는 군산 할매. 몇 번 들었더니 그 말도 정겨웠다.

　"예, 공부 못해서 그런지 아무도 신경 안 써요."

　율미 대답이 우스운지 할매는 빠진 앞니가 훤히 보이도록 웃었다. 바닷바람이 넉살도 키웠구나. 시원스럽게 대답해 놓고 율미 자신도 놀랐다.

"그래도 기다려 주는 사람 있을 때 제자리로 돌아가라잉. 너무 멀리 와 불면 돌아갈 길만 멀어지는 법이니께."

그러더니 할매는 곱다 고와, 하며 율미 머리를 쓰다듬어 주고는 돌아서 가 버렸다. 할매의 굽은 허리가 안쓰러웠다.


"군산 할매는 틀니 하나 맞춰 줄 자식이 없어?"

등대에 가져갈 밑반찬을 만드느라 허둥지둥하던 이모에게 군산 할매에 대해 물었더니 이모는 바쁜 손을 멈추고 율미를 봤다.

"학교도 안 가고 땡땡이치고 있으니 마음이 편해졌구나? 군산 할매 이 빠진 것도 다 보이고."

내가 그랬던가? 하긴 섬에 와서 보름이 넘도록 아무것도 관심 없었다. 그냥 어슬렁어슬렁 돌아다니기만 했을 뿐.

"좋은 징조야. 근데 지금 말고 좀 이따 말해 줄게. 안개가 자욱해서 등대에 빨리 갔다 와야 해. 같이 갈래?"

등대에 오르는 길은 가팔랐다. 게다가 해무까지 낀 날은 몇 걸음 앞에 선 사람도 짐작할 수 없을 만큼 시야가 안 좋았다. 이모와 짐을 나눠 들고 손전등까지 챙겨 집을 나섰다. 안개 때문에 걸음을 재촉하면서도 이모는 군산 할매의 속사정을 말해 줬다.

군산 할매는 열여섯에 시집와 열아홉에 남편을 잃고 혼자
가 되었단다.

"어쩌다가? 혹시?"

너무 놀라서 발걸음을 멈춘 율미를 아랑곳하지 않고 이모
는 계속 걸었다.

"그래, 바다에 나가서 돌아오지 않았어. 같은 날 남편을 잃
은 분이 아직도 몇 분 더 있어. 그게 섬에 사는 아낙들의 팔자
였어. 아 참, 자식 물었지? 군산 할매는 남편과 3년 사는 동안
아이를 갖지 못했어."

그러면서 이모가 처음 섬에 머물렀을 때 군산 할매가 찬거
리도 챙겨 주면서 자식처럼 살뜰히 챙겼다고 했다.

"왜 고향으로 돌아가지 않았을까? 섬에 혼자 사는 것보다
나았을 텐데……."

율미의 혼잣말을 들었는지 잠시 멈춰서 숨을 고르던 이모
가 대답했다. 군산 할매는 아래로 남동생을 둔 쌍둥이로 태어
났단다. 그게 뭐, 율미가 되묻자 이모가 다시 길을 서두르며
말했다.

"넌 믿지 못하겠지만 옛날부터 남녀 쌍둥이에 대한 안 좋은
미신이 굉장히 많아. 둘 중 하나가 명이 짧다든가, 혹은 둘이
눈이 맞는다든가 하는. 모든 사람이 다 그걸 믿는 건 아니겠
지만 안타깝게도 군산 할매 어머니는 그걸 믿는 분이었나 봐.
남동생 앞길 막는다고, 다시는 고향에 돌아오지 말라고 하면

서 여기 섬으로 일찍 시집을 보내 버린 거래."

자신을 낳아 준 어머니에게 배척당한 거였구나. 원초적인 슬픔을 가졌음에도 군산 할매는 어찌 그리 환하게 웃을 수 있을까? 그게 시간의 힘일까?


등대 정상 가까이 왔을 때 희미한 불빛이 보였다. 손전등을 든 이모부였다.

"괜찮다니까 뭐하러 왔어요. 해상에 안개가 자욱해서 위험하다는데 왜 괜한 고집을 부려요?"

자식들을 만나고 온 뒤에도 이모와 이모부는 별말이 없었다. 그렇다고 겉도는 느낌은 아니었고 자연스럽게 데면데면했다.

'뭐야, 모든 악조건을 이기고 결혼했으면 불타오르는 시늉이라도 해야 하는 거 아닌가?'

율미가 의아할 정도였다. 둘의 모습이 이러니 섬사람들이 궁금해할 만도 했다. 지금도 그렇다. 손전등을 들고 마중 나와서 무거운 그릇들을 받았으면 몇 마디 말이라도 나누고 헤어져야 하건만…….

"안개주의보가 내려졌으니 어서 가요. 조카는 무적 소리 때문에 잘 수 있을랑가 모르겠네…….."

그렇게 이모부는 획 등대로 올라가 버렸고 이모도 아무렇지 않게 집으로 향했다. 안개가 끼면 불빛이 멀리 나가지 못

하기에 등대 옥상에 있는 나팔 소리로 위치를 알린다고 했다. 이모부 말처럼 무적 소리가 밤안개를 뚫고 들려왔다.

뚜우 뚜우, 낮고 무거운 무적 소리에 율미는 잠을 설쳤다. 섬에 온 지 20일이 지나고 있었다. 언제쯤 돌아가야 할까? 여기서 마냥 있을 수는 없는데……. 이 밤중 먼바다를 헤매는 한 척의 배처럼 율미 마음도 안갯속에 갇혀 있었다.

희붐한 빛을 보고서야 잠이 들었다. 아침에 일어났을 땐 점령군처럼 주둔했던 안개는 깨끗하게 사라진 후였다.

"무적 소리에 잠 설쳤구나?"

저장 고구마 수확을 나갔던 이모가 아침을 차려 주러 집에 들렀다. 톳나물 비빔밥을 맛있게 먹는 율미를 바라보던 이모가 흐뭇하게 웃었다. 진즉 애라도 하나 낳지. 외롭게 나이 들어 가는 이모의 시간이 안타까웠다.

"왜 언제 가냐고 안 물어?"

이모는 왜 왔냐고도, 언제 가냐고도 묻지 않았다.

"때가 되면 가겠지. 마음대로 하고 싶겠지만, 마음의 상태를 모르는 사람은 마음대로 하기도 쉽지 않아. 그렇지?"

율미의 대답 따위는 기대하지 않는다는 듯 이모는 다시 고구마밭으로 나갔다. 이모부에게 배웠구나. 멋대로인 행동만 보면 은근 잘 어울리는 부부였다.

밥 한 그릇을 싹 비워 낸 후 지난밤 안개의 흔적이라곤 찾을 수 없이 말갛게 얼굴을 드러낸 바다를 바라보며 천천히 해

안가를 걸었다. 내 마음은 지금 어떤 상태일까? 안개가 자욱한지, 풍랑이 이는지 율미도 알 수 없었다. 안갯속을 헤맬 때 무적 소리로 방향을 잡듯이 방황하는 마음을 잡아 줄 무언가가 필요했다. 그렇지만 난바다의 풍랑이 안바다에 전해지는 것처럼 어쩐지 율미에게도 그 '무엇'이 점점 다가오고 있다는 걸 어렴풋이 느꼈다.

좀처럼 울리지 않던 휴대폰이 진동하는 걸 본 순간 섬뜩했다. '운명은 이렇게 문을 두드린다'고 했던 베토벤의 운명 교향곡처럼 식탁 위에서 드르륵 몸을 떠는 휴대폰에 율미의 운명이 걸린 듯한 느낌이었다. 이 전화가 혹시 그 '무엇'이려나? 하지만 아버지였다. 잘 지내느냐고 안부를 묻던 아버지가 문득 생각났다는 듯이 말했다.

"아 참, 얼마 전에 네 친구라면서 전화가 왔어. 너 지금 어딨느냐고 묻기에 멀리 있다 했더니 무슨 카페에 들어가 보라던데? 어디 카페냐고 물었더니 그냥 끊어 버렸네."

현명한 어부도 아니건만 율미는 난바다의 풍랑을 알아맞혔다. 대수롭지 않게 말하는 아버지와 달리 정글북 카페 이야기에 율미는 심장이 두근거렸다. 누가 그런 전화를 걸었을까?

율미는 급하게 고래슈퍼로 달려가 주민자치센터 열쇠를 얻었다.

"도시에서 실컷 하다가 여기선 어떻게 끊었대? 중독 걸린 사람도 많다며? 그간 갑갑했을 건데 실컷 해."

사람의 기운이 없이 썰렁한 공간에 불을 켜고 컴퓨터의 전원을 눌렀다. 윙, 화면이 켜지기까지 율미 가슴이 팔딱거렸다. 포털 사이트의 메인 화면을 보자마자 정글북 카페로 들어갔다. 게시판에 글이 하나 올라와 있었다. 그것도 '크림콩'의 이름으로.

우리 어른이 되기 위해서라도 이제 만나야 하지 않을까?
수능이 끝난 토요일 오후 3시, 기림중학교 은행나무 앞.

아래 달린 댓글들을 읽어 보니 아이들은 직접 편지를 받은 모양이었다. 그리고 율미처럼 카페에 들어왔다가 당황해서 어쩔 줄 모르고 있었다. 그런데 마지막에 달린 도엽의 댓글이 눈에 들어왔다.

여비 - 너니?

너라면…… 나? 앞에 댓글을 단 친구들이 모두 아니라고 하니 도엽은 율미가 편지를 보냈다고 생각하는 눈치였다. 하지만 율미도 아니었기에 도엽 아래로 댓글 하나를 남겼다.

주님 - 어쩌지? 나도 아니야. 나는 먼바다에 있는걸.

252

'크림콩'이 멋대로 정한 약속 날짜가 얼마 안 남았을 때 율미는 짐을 꾸렸다.

"다음 정기선 올 때 집에 갈래."

엄청 서운해할 거라 생각했던 이모는 담담하게 응, 하고 대답했다.

"뭐야, 그게 끝이야? 더 있으라고 잡아야 하는 거 아니야?"

"잡으면 있을래?"

되묻는 말에 율미 역시 대답을 못 했다. 마음속에 안개가 걷히고 있었다. 이제 돌아갈 때가 됐다.

이모는 김치와 과자를 덜어 낸 뒤 텅텅 빈 가방에 건어물을 차곡차곡 담아 주었다. 특히 외할머니가 좋아하는 마른 홍합은 봉지가 넘치도록 쌌다.

"외할머니 보러 안 올 거야?"

이모는 잘 살고 있다고, 이모부도 나이는 많지만 사람 좋다고, 율미는 외할머니에게 그렇게 말할 생각이었다.

"갈 거야."

"빈말하지 말고."

이모는 빈말 아니라면서 진짜로 엄마를 보러 갈 거라고 말했다.

"겨울을 엄마 옆에서 보낼지도 모르고, 어쩌면 외국에 나갈지도 모르겠어."

병원 가느라 육지에 잠깐 나간 것 말고는 바깥출입조차 안 하고 살았던 이모도 섬을 떠날 준비를 하고 있었다.

"외국? 어디? 또 아프리카 가는 건 아니지?"

이모의 방랑이 또 시작된 건 아닌가 싶어 더럭 겁이 났다.

"저 사람 두고 어딜 가? 잠깐만 갔다 올 거야."

어디 가느냐고 물으려다가 입을 닫았다. 이모 역시 율미에게 아무것도 묻지 않았기에.


육지에서 한 약속 따위 섬에서는 아무 소용이 없었다. 정기 보급선이 사흘째 못 오고 있었다.

'바다가 육지라면, 바다가 육지라면 배 떠난 부두에서 울고 있지 않을 것을, 아아아 바다가 육지라면……'

고래슈퍼에서 들었던 그 노래를 같이 부르고 싶은 마음이었다. 약속한 날짜에 임박한 보급선을 탈 계획을 세운 게 무리였다.

"파고가 많이 높진 않은데 내일 아침까지 가라앉을지 모르것네."

여전히 아리송한 이모부의 화법대로라면 그 무엇도 장담할 수 없었다. 고개를 갸우뚱하는 율미에게 이모가 대신 설명했다.

"올 확률과 안 올 확률이 전부 50퍼센트라는 말이야."

바다 돌아가는 사정이야 율미 뜻대로 되는 것이 아니니 배가 오거나 말거나 기다리는 수밖에 없었다.

배가 온다면 다음 날 정오에 섬을 떠나는 율미를 위해 이모부가 회를 준비했다. 물론 이모부는 준비만 해 주고 등대로 돌아갔다.

율미가 가져온 마지막 와인도 역시 이모 차지였다. 그사이 유일한 와인잔을 깨 버려 사은품으로 얻은 유리컵에다 마셔야 했다. 몸뻬 입고 사이다 컵에 와인을 따르면서도 이모는 상위 1퍼센트의 품위를 잃지 않았다. 소믈리에처럼 와인을 입 안에 물고 우물거리는가 하면 마시고 난 뒤 캬 좋다, 무릎을 치기도 했다. 얼굴이 발그레해진 이모가 율미를 향해 배시시 웃더니 폭탄선언을 했다.

"이모, 첫사랑 찾아서 인도네시아 갈 거야."

아, 또 시작이구나! 그런데 봉사도 아니고 첫사랑 찾아 떠난다고? 이건 아니지 싶어서 한마디 하려는데 이모가 선수를 쳤다.

"이모 첫사랑, 인도네시아 바다에 잠들어 있어. 한참 전에 쓰나미 왔을 때 죽었거든. 그것도 내 대타로 떠난 스킨스쿠버 여행에서."

이모 눈치를 살피며 와인을 마시려던 율미의 손짓이 멈칫했다. 금방이라도 떨어질 듯 눈물을 가득 담은 눈으로 이모는 길고 긴 첫사랑의 상처에 대해 이야기했다.

한 번쯤은 털어놓고 싶었다는 이모의 첫사랑 상대는 이모보다 다섯 살 어렸고 스킨스쿠버 동호회에서 만났단다. 좋아하는 마음은 가득했지만 자신보다 어렸기에 선뜻 다가서지 못했는데 어느 날 그 사람이 먼저 고백을 했단다. 그렇게 연애를 시작했는데…….

"잡지사 다닐 때였어. 여름 특집 기사 취재하느라 휴가를 못 가서 겨울에 인도네시아로 스킨스쿠버 여행을 가기로 했어. 그 사람은 다른 일정이 있어서 못 가고 나만 가게 됐는데 하필 그때 특종이 터졌어. 정확하게 인원 맞춰서 일정을 잡은 거라서 내가 빠진다고 말할 상황이 아니었어. 그렇다고 돈을 포기하자니 아까워서 그 사람에게 나 대신 갔다 오라고 꼬드겼지."

전 지구적 재앙이었던 인도네시아 쓰나미. 이모는 그 사건으로 첫사랑을 잃었고 사랑했던 사람을 죽음으로 몰아넣었다는 죄책감에 긴 방황을 했던 거였다. 나이 차이 때문에 누구에게도 사귄다고 말한 적 없어 아무도 두 사람의 관계를 몰랐기에 대놓고 괴로워할 수도 없었다. 외할머니 말대로 이모는 그때 미쳐 있었다.

"정신없이 떠돌다 지금 이 사람을 만났어. 등대 구경을 시켜 주는데 사람이 참 초라하고 볼품없었어. 나를 보면서 설레는 모습을 숨기지도 못하고. 마침 잘됐다 싶더라. 나한테 벌을 주고 싶었거든. 초라한 남자 옆에서 외롭게 늙어 가야 나 대신 먼저 떠난 그 남자한테 미안하지 않을 것 같았어."

이모부는 또 무슨 죄람! 표정 관리 안 되는 율미 얼굴을 보면서 이모가 고개를 저었다.

"네 이모부도 다 알아. 벌을 주려고 한 선택인데 나한텐 넘치도록 고마운 사람이야. 마음이 잔잔해질 때까지 여기 있으라고, 그다음에 어디든 떠나라고 기다려 주니까."

이모는 섬에 와서야 마음의 평화를 얻었다고 했다. 풍랑이 오는 건 누구 탓도 아니라고, 남편을 잃은 것도 팔자소관이라던 군산 할매의 담담한 말이 그토록 절절하게 다가올 수가 없었다고도 했다.

"풍랑주의보를 해제하는 건 결국 자신이야. 너도 그럴 거야. 아버지와 새어머니의 관계도 결국 네 마음에 달렸어."

아무것도 묻지 않았지만, 이모는 율미가 가진 상처에 대해 알고 있었다.


풍랑이 가라앉고 부정기적으로 오는 정기 보급선이 오는 날이었다. 정글북 아이들과의 약속을 지키려면 아슬아슬했다. 미리 준비해 둔 덕에 여유가 생긴 율미는 고래슈퍼 앞에 가방을 놓고 주민자치센터에 들렀다. 그리고 정글북 카페에 들어가 긴 편지를 썼다.


얘들아, 오랜만에 너희를 불러 본다. 나는 지금 남해안 작은 섬에 있어. 이모가 사는 곳이지.

학교를 쉬고 이곳에 오기까지 3년간 참 힘들었어. 오랜 시간 너희를 원망하기도 했어. 왜 나를 의심할까, 분노하고 저주했지 그런데 이곳으로 떠나기 전 여행 가방을 싸면서 아주 오래전에 쓴 일기장 하나를 발견했어. 내용이야 중학교 아이가 쓸 만한 그저 그런 것들이지만 그 첫 장에 적힌 문구가 내 맘을 흔들었어.

'모든 우주는 진실을 원한다.'

어느 책에서 보고 베껴 쓴 글일 텐데 굉장히 맘에 들어서 일기장 앞에 적어 놓았을 거야. 그 글귀를 보고 있으려니까 뭉클했어. 그때 난 역사와 우주의 진행 방향이 '진실'이라고 믿었어. 그런데 지금의 난, 그렇게 믿었던 진실에서 얼마나 멀어져 있는 걸까?

얘들아, 난 아직도 진실을 원해. 비참하고 가슴 아플지라도 진실만이 오래도록 살아남을 수 있다고 믿어.


그때의 내 모습을 생각해 봤어. 불이 나기 전부터 난 불안했었어. 티 내지 않으려고 무척 노력했지만 아마 너희는 알았을 거야.

그때 아버지가 재혼하겠다고 알려 왔어. 그게 뭐, 라고 하지는 말아 줘. 나한텐 심각한 일이었으니까. 그리고 또 하나 가슴 아픈 일은 소정이가 P읍을 떠나 국제고로 가는 거였어. 사랑했던 두 사람에게 동시에 버림받은 느낌! 찬바람 부는 그 가을에 나는 벼랑 끝에 서 있는 기분이었어.

누가 나의 고민 좀 알아주라, 시위하듯이 얼굴을 구기고 다녔어. 본의 아니게 정글북 분위기를 엉망으로 만들기도 했지. 지금에서야 그게 미안해. 그런 내 모습이 정글북에 대한 불만, 소정이에 대한 질투로 비쳤겠구나 싶어.

그동안 너희는 어떻게 지냈니? 아마도 쉽지 않았을 거야. 왜 나를 의심했을까, 그것만 생각하느라 너희도 힘들었다는 걸 미처 몰랐어.

이곳에서 만난 할머니가 있어. 어릴 때 엄마에게 쫓겨나듯 이 섬으로 시집와 열아홉에 남편 잃고 혼자가 된 할머니야. 열아홉이면 우리 나이잖아. 그런 젊은 시절에 큰 슬픔을 겪었는데도 믿을 수 없을 만큼 해맑은 얼굴로 노래 부르고 다녀. 청춘을 돌려 다오, 하면서…… 슬픔 속에 빠져 산다고 무엇이 달라지겠느냐고 하면서…….

생각해 보니 우린 아직도 청춘이더라! 이제 불신으로 뿔뿔이 흩어졌던 지난날을 접고 다시 만나야 하지 않을까. 언제까지 죄책감 속에 웅크리고 살 수는 없잖아. 큰 슬픔에서 벗어난 할머니처럼 불가능해 보여도 희망을 찾아 나서야 하지 않을까.

조금 있으면 정기선이 도착할 거야. 그리고 한 달간 머물렀던 섬을 떠나게 돼. 고독과 친해지고 사람의 소중함을 알게 해 준 곳이야. 바다를 보면서 너희 얼굴을 떠올렸어. 너희가 보고 싶더라. 그리고 누구보다 경하! 그때 분노에 사로잡혀 경하의 죽음에 대해 진심으로 애도하지 못했으니까. 경하야, 잘 지내!

지금 내 여행 가방 속에는 남동생에게 줄 소라 껍데기가 들어 있어. 맞아, 나한테도 어린 남동생이 생겼어. 눈망울이 참 예쁜 아이야. 못나게도 그 애 한번 안아 주지를 않았어. 다시 P읍으로 가면 동생이랑 신나게 놀아줄 거야.

P읍 생각을 하면 우리가 함께 다녔던 중학교가 생각나. 아마도 이맘때 정글북 동아리방 앞의 은행나무는 우수수 노란 잎들을 흩날리고 있겠지. 홀가분하게 떨어지는 은행잎 속에서 어쩌면 너희는 그 아이를 만날지도 모르겠다. '나' 군으로 불렸던 그 아이를.

그날, 내가 음악실에서 나와 정글북 동아리방으로 갈 때 보았던 그 아이의 뒷모습이 생각나. 전화 통화를 하며 황급히 교문으로 뛰어나가던 모습.

그 아이가 폭죽을 던졌을까? 지독한 의심을 받았던 내가 그 아이를 의심할 수는 없을 거 같아. 하지만 그 아이에게 해 줄 말은 이거 하나야.

'모든 우주는 진실을 원한다.'

그 아이에게도 이 말이 힘이 되었으면 좋겠다.


율미가 편지를 다 썼을 때 정기 보급선이 도착하는 소리가 들렸다. 이제 정말로 떠날 시간이었다.

# 지유

　도대체 치료라고 부를 만한 게 없어서 엄마가 봉투에 만 원만 넣었다는 날, 남자는 지유에게 더 큰 숙제를 냈다.

　"이제는 지유 군이 남에게 준 상처를 기억해 내면 좋겠어요. 우리 할머니 박교순 여사는 언제나 이렇게 말했어요. 오래 생각나는 사람이 있다면 그건 필시 사랑하는 마음과 미워하는 마음 중 하나와 연관 있을 거라고요. 누군가의 얼굴을 떠올리는 것부터 시작해 보세요."

　깊이 고민할 필요도 없었다. 지유는 두 뼘 정도 열린 정글북 창문으로 불붙인 폭죽을 던졌던 장면을 떠올렸다. 오래전 놀렸던 장난에 대한 복수와 나를 빼고도 아무렇지 않은 아이들에 대한 서운한 마음으로 지유는 망설이지 않고 가볍게 던졌다. 겨우 장난감 폭죽이었으니까. 그래서 폭죽을 던져 놓고

도 히히 웃으며 몸을 숨겼다. 누구야, 물었을 때도 잠시 숨었다가 놀랐지, 하며 얼굴을 들이밀 생각이었다.

뭐야, 깜짝이야, 하며 주먹으로 지유를 툭툭 때리는 그런 놀라움을 친구들에게 선물해 주고 싶었을 뿐, 죽을 때까지 잊지 못할 경악을 주고 싶은 마음은 전혀 없었다.

무엇이 잘못된 건지 지유는 이해할 수 없었다. 그때 휴대폰이 울리지 않았다면 지유가 화재를 진압할 수 있었을까? 아니, 지혜가 폭죽을 주지 않았다면? 아니, 아니 감독님이 라이터를 주지 않았다면? 그곳에 스티로폼과 지푸라기가 있는 줄 지유는 정말 몰랐다. 지유는 지독한 근시였고 몸을 숨기면서 봐야 했기에 시야가 좁았다. 왜 모든 불운이 한꺼번에 겹쳐진 건가 싶어 지유는 억울했고 비참했다.

"얘, 얘, 얘들아, 전부 내 탓이야. 경하야, 내, 내가 잘못했어. 흑흑!"

자신의 행동을 들킬까 봐 지유는 크게 울어 본 적이 없었다. 악몽을 꾸고 난 뒤에도 이불을 뒤집어쓰고 흐느끼기만 했을 뿐 지금처럼 목 놓아 울 수 없었다.

지유의 울음소리에 바로 뒤따라 들어온 남자는 재촉하지 않고 한참을 기다려 줬다. 눈물이 마르도록 실컷 울고 난 뒤 지유는 담담하게 그날의 일을 얘기했다.

"치, 치, 친구를 죽였어요."

지유는 그날 정글북 동아리방에서 일어난 일을 모두 다 얘기했다. 의도하지 않았는데도 친구가 죽었다고. 그리고 그걸 동생 지혜가 다 알고 있다고.

얘기를 들은 남자의 얼굴이 심각했다.

"상처에는 두 가지가 있어요. 묻을 수 있는 상처와 뱉어 내야 할 상처. 지유 군이 말한 상처는 뱉어 내야 할 상처예요. 오랫동안 묻고 있었던 상처를 보여 줘서 고마워요. 상처를 보여 준 대가로 내 상처도 말해 줄게요. 나는 차 사고로 사람을 죽인 적이 있어요. 바로 내가 사랑했던 박교순 여사!"

헉! 남자의 말을 듣는 순간 지유는 숨이 멎는 줄 알았다. 그만큼 충격적인 말이었다. 남자는 지유의 놀라는 표정을 물끄러미 바라보며 담담하게 말을 이었다.

"그날의 일이 아직도 생생해요. 금방이라도 비가 쏟아질 듯 하늘이 흐렸고 할머니는 대문 저 앞에 서 있었어요."

세상에는 별의별 일이 다 일어난다고 들었다. 그리고 별의별 일 중에 하나가 지유에게 일어났던 것이고 남자에게도 그랬다. 남자는 할머니를 모시고 병원에 가기 위해 집에서 나오다 할머니를 치었단다. 자동차 급발진이었지만 그걸 입증할 수 없었고 과실 치사로 집행 유예를 받았다고 했다.

"내 어린 시절은 불행했어요. 나는 이 집에서 태어났는데 나를 낳다가 엄마가 돌아가셨어요. 그리고 그 원망 때문인지 아버지는 나를 사랑하지 않으셨어요. 아들이라고 마지못해 손을 잡아 주셨지만 눈빛만은 싸늘했지요. 나도 죄책감에서 자유롭지 못했고요. 아버지가 재혼을 한 뒤에도 나는 할머니와 같이 살아야 했어요. 아버지가 무서워서가 아니라 내 불행이 새로 태어난 동생들에게 옮겨붙을까 봐 그게 두려웠거든요."

충격적인 내용의 말인데도 남자의 목소리는 흔들리지 않았다. 도대체 얼마만큼의 시간이 흘러야 저렇게 상처를 말할 수 있을까? 얼마만큼 힘들어야 담담해질 수 있을까? 감히 그 시간과 고통을 짐작할 수 없기에 지유는 어떤 반응도 할 수 없었다.

"지유 군이 무슨 생각을 하는지 나는 알 것 같아요. 모든 불운과 불행을 타고난 자신의 운명이 원망스러울지도 몰라요. 그렇지만 살아 있는 모든 것은 사랑받을 자격이 있대요. 나는 그걸 할머니에게 배웠어요. 돌아가실 때까지 할머니는 나에게 한 번도 원망의 눈빛을 보낸 적이 없어요. 내가 운전한 차에 그런 일을 당했음에도……. 불행한 일은 언제든 일어나며, 다만 그것이 지금 너에게 왔을 뿐이라고, 그거에 지면 안 된다고 오히려 따뜻하게 감싸 주셨지요. 지유 군, 지면 안 돼요. 숨어 버리면 불행한테 지는 거예요. 이제 지유 군은 나를 따라서 말을 배워야 해요. 처음 그곳으로 돌아가서 친구들에게 자신이 행한 잘못을 똑바로 말해야 하니까요."

말을 마친 남자의 눈이 촉촉이 젖어 있었다. 불행했던 과거가 배어 있는 이 집에 그대로 남은 남자의 뜻을 지유는 조금 알 것 같았다.

264

내내 잠만 잤던 박교순 사랑방에서 지유는 처음 말을 배우는 아이처럼 낱낱의 자음과 모음을 발음했다. 남자는 지유에게 들었던 얘기를 모두 잊은 듯 한 번도 지난 일에 대해 묻지 않았고, 지유는 큰 소리로 책을 읽으며 발음만 교정했다.

가끔은 책에 나오는 우스갯소리에 피식 웃기도 했지만 그러다 남이 볼세라 금세 정색한 표정을 지었다.

"지유 군, 웃어도 돼요. 잘못한 사람도 실컷 웃을 수 있어요. 그게 인생인걸요. 나도 웃잖아요."

치열이 고르지 못해도 활짝 웃는 남자의 웃음은 환했다.

말더듬증을 고치면서 지유는 친구들을 다시 만나기 위한 준비를 해 나갔다. 그러다가도 문득 무서운 생각이 드는 날도 있었다. 어떤 처벌을 받게 되나 인터넷을 뒤져 볼까도 생각했지만 자판을 두들기던 손가락을 멈춰 결국 그만두었다. 숨어 버리면 불행에 지는 거라는 남자의 말을 지유는 믿기로 했다.

정글북 친구들이 어찌 사는지 수소문했고 편지를 보낼 주소도 알아냈다. 율미만 주소가 없어 어쩌나 고민했는데 우연히 경하의 납골당을 찾았다가 그 문제도 해결할 수 있었다.

납골당 안에는 가족사진과 책 그리고 다이어리가 있었다. 가족사진 옆에 놓인 다이어리는 경하가 직접 쓴 프로필 부분이 펼쳐져 있었는데 거기에 정글북 카페 아이디와 비밀번호가 있었다. 그걸 보면서 지유는 율미를 위해서는 인터넷 카페에 편지글을 올리기로 계획을 세웠다.

경하가 무슨 꽃을 좋아하는지 몰라 여러 가지를 잡다하게 섞은 꽃다발을 내려놓으며 지유는 경하 사진을 한참 동안 바라봤다. 지유보다 훨씬 어린 경하의 얼굴. 앞으로도 늙지 않을 얼굴…….

"잘 지내……."

지유는 경하에게 하고 싶은 말이 많았지만, 정작 쓴 건 겨우 세 글자였다. 하지만 그건 온몸으로 울면서 쓴 지유의 마음이었다.


3년의 긴 방황을 끝내고 지유는 처음 그곳으로 돌아갔다. 폭죽을 던진 뒤 몸을 숨겼던 은행나무는 노란 은행잎을 흩뿌리며 의연히 서 있었다. 멀리서 아이들 얼굴이 보였다. 지유는 저도 모르게 뒤로 주춤 물러섰지만 더는 도망가지 않았다.

"모지유?"

은행나무 앞으로 온 아이들은 모두 놀란 얼굴이었다. 전혀 예상치 못한 일이었을 테니 당연했다.

지유는 큰 숨을 들이쉬고 천천히 말했다.

"폭죽을 던진 건 나야."

몇 번이나 연습했던 말이라 또박또박 얘기할 수 있었다. 지유는 마지막 잎이 후르르 떨어지는 은행나무 앞에서 그날의 사건에 대해, 그리고 겪었던 긴 고통에 대해 말했다. 자신을 바라보는 친구들의 눈빛에 몇 번이나 왈칵 울음이 터질 뻔했지만 지유는 쉬지 않고 얘기했다. 지금이 아니면 다신 하지 못할 고백을…….

발길질을 당할지, 경찰서에 끌려갈지, 앞으로 어떤 일이 벌어질지는 알 수 없었다. 하지만 지유는 후회하지 않았다. 긴 터널의 끝에 뭐가 있는지는 아무도 모르니까. 터널을 빠져나가지 않으면 빛을 찾을 수 없기에, 지유는 망설이지 않고 달려야 했다.

## 작가의 말

숨겨진 것은 드러나기 마련이고, 감추어진 것은 알려지기 마련이다. – 마태복음 10장 26절

바닥에 떨어진 은행잎을 이리저리 몰고 다니는 스산한 바람이 부는 가을이었다. 우연히 성당 앞을 지나가는데 바람에 펄럭이는 플래카드가 보였다. 얇게 걸친 옷 때문에 걸음을 재촉하던 나는 이상한 호기심에 플래카드 문구를 읽게 됐다. 도대체 뭐라는 거야, 하는 맘으로 읽었을 뿐인데, 생전 들어 보지 못한 성경 한 구절이 입술이 파랗게 변하도록 발걸음을 붙잡았다.

'저거였구나. 내가 쓰고 싶은 게 저거였구나.'

그 순간 악다구니 쓰듯 머릿속을 가득 채웠던 잡념들이 모두 사라지고 상처 입은 어린 영혼들의 모습이 떠올랐다. 그날부터 어린 영혼들이 내게 끝없이 말을 건넸고 이 이야기를 쓰

게 됐다.

　이 책에 나오는 여섯 아이들은 동아리방 화재 사건으로 친구를 잃었다. 평범했던 열여섯 살 소년 소녀들에게 닥친 엄청난 시련. 그저 하찮은 장난과 사소한 질투, 순간의 망설임뿐이었는데 아이들은 그로 인해 얄궂은 운명의 주인공으로 변했다. 여섯 아이들은 친구의 죽음에 크거나 작게, 알게 모르게 관련이 있었기에 제대로 슬퍼하지도 못한 채 흩어져 버려야 했다.

　하루아침에 어쩜 이렇게……. 너무 심하다 싶겠지만, 생각해 보면 우리네 삶도 하루아침에 변해 버리기도 하지 않는가?

　여섯 아이들을 궁지로 몰아붙이면서도 나는 믿었다. 이 아이들이 상처를 딛고 일어설 수 있을 거라고. 진실을 찾아 나설 수 있을 거라고.

　책 속의 여섯 아이들은 그랬다. 오토바이를 타며 방황하던 추연수도, 과거의 시간을 잊은 것 마냥 살던 진소정도, 정의 따위는 믿지 않았던 백기준도, 두려움에 산골로 숨어들었던 이도엽도, 깊은 의심에 상처받았던 최율미도, 자책감과 죄의식으로 괴로워하던 모지유도 결국 아프고 잔인한 진실을 향해 발걸음을 내딛었다.

　어리석어 보일지 몰라도 나는 이것이 젊음의 모습이라고 믿는다. 저런 애들이 어딨어, 하는 불신의 마음만 접는다면 찾을 수도 있을 거다. 자세히 보면 예쁘고, 오래 보면 사랑스러운 청소년들이 우리 주변에 있음을……. 그래서 나는 오늘도 잔인하고 험악한 시대를 꿋꿋하게 살아가는 이 땅의 십대들에게 큰 소리로 응원을 보낸다. 너희를 믿는다고……. 감히 사랑한다고…….


또다시 스산한 바람이 부는 가을에, 정은숙

# 정글북 사건의 재구성

2014년 11월 27일 1판 1쇄
2020년  9월 15일 1판 5쇄

**지은이** 정은숙

**편집** 김태희, 이혜재, 김민희 | **디자인** 권지연 | **제작** 박흥기
**마케팅** 이병규, 양현범, 이장열 | **홍보** 조민희, 강효원

**출력** 블루엔 | **인쇄** 한승문화사 | **제책** 정문바인텍

**펴낸이** 강맑실
**펴낸곳** (주)사계절출판사 | **등록** 제406-2003-034호
**주소** (우)10881 경기도 파주시 회동길 252
**전화** 031)955-8588, 8558 | **전송** 마케팅부 031)955-8595  편집부 031)955-8596
**홈페이지** www.sakyejul.net | **전자우편** literature@sakyejul.com
**블로그** skjmail.blog.me | **페이스북** facebook.com/sakyejul
**트위터** twitter.com/sakyejul | **인스타그램** instagram.com/sakyejul

ⓒ 정은숙 2014

값은 뒤표지에 적혀 있습니다. 잘못 만든 책은 구입하신 서점에서 바꾸어 드립니다.
사계절출판사는 성장의 의미를 생각합니다. 사계절출판사는 독자 여러분의 의견에 늘 귀 기울이고 있습니다.
이 책은 저작권법에 따라 보호받는 저작물이므로 무단전재와 무단복제를 금합니다.

ISBN 978-89-5828-798-8 44810
ISBN 978-89-5828-473-4 (세트)

이 도서의 국립중앙도서관 출판시도서목록(CIP)은 e-CIP 홈페이지(http://www.nl.go.kr/cip.php)에서
이용하실 수 있습니다.(CIP제어번호: CIP2014031691)